BRIAN LUMLEY · BLUTSBRÜDER

In dieser Reihe erschienen:

2801 *Das Erwachen*
2802 *Vampirblut*
2803 *Kreaturen der Nacht*
2804 *Untot*
2805 *Totenwache*
2806 *Das Dämonentor*
2807 *Blutlust*
2808 *Höllenbrut*
2809 *Wechselbalg*
2810 *Duell der Vampire*
2811 *Totenhorcher*
2812 *Blutkuss*
2813 *Konzil der Vampire*
2814 *Grabgesang*
2815 *Blutsbrüder*

In Vorbereitung:

2816 *Vampirwelt*
2817 *Nestors Rache*
2818 *Metamorphose*
2819 *Vormulac*
2820 *Schlacht der Vampire*
2821 *Blutkrieg*

Brian Lumley

Blutsbrüder

Necroscope 15

Aus dem Englischen von Heiko Langhans

FESTA

1. Auflage November 2004
Originaltitel: *Vampireworld 1: Blood Brothers*

Umschlaggestaltung: BabbaRammDass
Literarische Agentur: Thomas Schlück GmbH, 30827 Garbsen
Druck und Bindung: Finidr, s. r. o.

ISBN 3-935822-92-8

ERSTES KAPITEL

Ausgestattet mit neuer Kleidung, einem festen Ledergürtel und einem Messer aus poliertem Eisenholz mit Knochengriff, war Nathan nunmehr reisefertig. Er wollte flussabwärts in östliche Richtung wandern, denn der Weg nach Westen hätte ihn zu nahe an seinen Heimatort gebracht oder zu dem, was einst sein Heimatort gewesen war. Wenn er auch nur die ungefähre Richtung einschlug, würde es ihm sehr schwer fallen, dem Lockruf von Siedeldorf zu widerstehen, und ihm graute vor dem Gedanken an das, was er dort vorfinden würde.

Atwei geleitete ihn auf dem ersten Wegstück seiner Reise. Sie ging ihm mit langen Schritten über die eingegrabenen Felsufer des Großen Finsterflusses voraus.

Angeblich zog er aus, um weitere Kolonien der Thyre zu besuchen und mit ihren Ältesten und ihren Toten zu sprechen, aber an der Sache war sehr viel mehr dran. Seine Totensprache hatte sich bei den Thyre voll ausgebildet, und seine telepathischen Fähigkeiten waren zwar noch unausgereift, zeigten aber – zumindest laut Atwei und einigen anderen aus ihrem Volk – vielversprechende Ansätze. Entsprechend war sein Selbstvertrauen gestiegen. Zwar musste die Vergangenheit ihm noch als verbotene Einöde erscheinen, aber offenbar hielt die Zukunft möglicherweise so etwas wie ein erfülltes Leben für ihn bereit. Er musste vieles lernen und mit vielen Menschen sprechen, und ob letztere nun den Lebenden oder den Toten zuzurechnen waren … nun, das war ihm mittlerweile einerlei.

Nathans neue Kleidung war recht bemerkenswert. Sie war grundsätzlich im Szgany-Stil, allerdings aus weichem sandfarbenem Eidechsenleder gefertigt, doch war der Schnitt ganz und gar Thyre, die Verarbeitung von hoher Qualität, und die Sachen passten ihm wie angegossen. Kurz gesagt hatten die Thyre von der Stätte-unter-den-gelben-Klippen Nathan von Kopf bis Fuß wie eine Person von herausragenden Eigenschaften gekleidet, was im Wesentlichen der Art und Weise entsprach, wie sie ihn sahen. Seine Fransenjacke hatte einen hohen

Kragen und weite Aufschläge, die Hosenbeine waren ausgestellt, damit sie über die weichen Lederstiefel passten, und seine silberne Gürtelschnalle wies schnörkelige Verzierungen auf, passend zum Schmuckwerk an seiner neuen Messerscheide.

Alles in allem verlieh ihm seine Kleidung in Verbindung mit seinen verblüffend blauen Augen und seinem auf Schulterlänge gewachsenen blonden Haar – Farben, die bei den Szgany schon fremdartig und bei den Thyre ganz und gar unmöglich waren – ein mystisches, wenn nicht gar fremdartiges Aussehen, das seiner Stellung durchaus entsprach. Für ihn bestand die einzige Ironie allerdings darin, dass er, der so viel für die Thyre getan und ihnen große Achtung abgerungen hatte, nicht über die Machtmittel verfügte, etwas für sein eigenes Volk zu tun. Aber er hatte es nicht vergessen, und vielleicht blieb ihm noch Zeit dafür.

Zum ersten Mal in seinem Leben stellte Nathan etwas dar, wenngleich in einer Welt, die fernab lag von seinem vorigen, weitgehend inhaltslosen Dasein. Immer wieder fragte er sich wie unter einem Zwang: Was würden seine Leute, die Szgany Lidesci, jetzt von ihm halten? Wäre er immer noch ein Außenseiter, ein stammelnder Narr, oder hatte er diese Zeit für immer hinter sich gelassen? Und was war mit den Wanderern der Sonnseite, den Szgany in ihrer Gesamtheit – als Volk? Was waren sie dieser Tage für die Wamphyri?

Durch seine selbst auferlegte Verbannung war er von ihnen abgeschnitten und kannte die Antwort darauf nicht. Aber zweitausend Meilen weiter am Großen Finsterfluss duckten sich andere von seiner Art unter der Tyrannei der grotesken Wamphyri-Sklavenherren, und dort fand er vielleicht eine Antwort. Denn sie waren das – taumelndes Gesinde, Schlachtvieh, blutige Nahrung für die grässlichen Vampirherrscher –, was unweigerlich aus seinen Leuten werden musste! So grausig der Gedanke auch war, so eigenartig faszinierend fand Nathan ihn doch. Und je länger er darüber brütete, desto deutlicher sah er den gewundenen Weg vor sich, den seine Pflicht ihm vorzeichnete und der sehr den schwarzen Felswänden des mäandernden Flusses glich ...

Etwa alle halbe Meile hielt Atwei an und zeigte Nathan Vorratsnischen in den feuchten Wänden, in denen in Ölhäute eingewickelte Teerfackeln lagen. Die Fackeln brannten lange; sie übersprang immer zwei oder drei dieser Nischen, ehe sie ihre und Nathans Brandstöcke ersetzte. Auf beiden Seiten des Flusses glitten Fackelbrände wie Glühwürmchen durch die tintenschwarze Finsternis, als andere Thyre ihnen begegneten. Nathan mühte sich vergeblich, die Gedanken dieser Fackelträger in dieser schwärzesten aller Nächte zu spüren, doch er hörte nichts – nur das ferne, schwache Flüstern der Toten ...

Nur fünfzehn Meilen weiter östlich und etwas weiter zum Innern der Wüste gelegen, war Zum-Himmel-offen die nächstgelegene Kolonie. In weniger als fünf Stunden hatten Nathan und Atwei sie erreicht. Der Grund für den Namen der Siedlung war sofort erkennbar: Der Ort war im wahrsten Sinne des Wortes zum Himmel offen.

Das erste Anzeichen für die Annäherung an ihr Reiseziel war die Luft, die sich leicht bewegte und frischer wurde. Die Lichtverhältnisse besserten sich, und der flackernde Schein ihrer Fackeln erhielt Konkurrenz. Der Weg schien vor ihnen in einen nebligen Dunst gehüllt. Kurz darauf konnten sie auf ihre Fackeln verzichten und sich im stärker werdenden Licht weiterbewegen. Das andere Ufer wich weiter zurück, und der Lauf des Flusses verlangsamte sich zu einem trägen Fließen. Dann weitete sich das strudelige Wasser zu einem See, und der Anblick, der sich Nathan bot, war nichts, worauf er sich hätte vorbereiten können.

Es schien, als wäre eine unterirdische Oase erblüht! Zuerst wuchsen nur Farnkraut und Moos aus den Felsspalten, dann hingen kleine Büsche über die Simsränder, schließlich strebten Bäume, Ranken und Kriechgewächse nach dem indirekten, verlockenden Sonnenlicht. Und als das Dach des unterirdischen Flusses sich schließlich zu einer Schlucht öffnete und das Tageslicht sich von oben über die Landschaft ergoss, war in jeder beliebigen Richtung üppiger Pflanzenwuchs zu sehen.

Vom Kiesufer des Flusses erstreckten sich hölzerne Anleger. Rötliche Schlammbänke schoben sich bis an die Ufer heran, und grobe Steindämme schützten das Hinterland vor Überschwemmungen. Dahinter erstreckten sich die Karomuster von Äckern und kleinen Gärten, und noch weiter dahinter standen auf dem zu den Klippen ansteigenden Boden auf Pfählen errichtete Häuser. Zwischen den Häusern und hinter ihnen schlängelten sich Schwindel erregende schmale Wege rankenverhangene Schieferhänge hinauf, in Spalten an der Steilwand entlang und im Zickzack über Simse an den Klippen und von einem Höhleneingang zum nächsten. Wie Ameisen wirkten die Thyre, die über diese Pfade und Wege ihren Alltagsbeschäftigungen nachgingen. Und weit über ihnen ...

... bot sich ihm ein wundervoller Anblick! Die Steilwände ragten zweihundert Fuß und mehr in die Höhe. Das Licht, das schräg einfiel und auf die Wand traf, wirkte blendend nach der stygischen Finsternis des Flusses. Nathan wusste, dass die Oberfläche zum größten Teil aus Wüste bestand, aber dennoch erblickte er am Rand des Steilufers die Umrisse von Palmen. Zum-Himmel-offen war wahrlich ein erstaunlicher Ort.

Sie begegneten den Ältesten der Thyre an einer Stelle, an der der glatte Granit des Flusspfades auf die grob gepflasterte Zugangsstraße zur Siedlung traf. Nathan hätte gerne von Anfang an für sich selbst gesprochen. Doch mittlerweile kannte er sich in ihren Umgangsformen gut aus und überließ es Atwei, für ihn das Wort zu ergreifen. Bei den Thyre war es Sitte, Verhandlungen durch einen Zwischenträger einleiten zu lassen. Sein Name war ihnen bereits bekannt, aber die ihren waren natürlich geheim. Darum erübrigte sich eine Vorstellung.

Nathan gewann im ersten Gespräch den Eindruck von ernsthafter Würde, unter die sich, wie er vermutete, ein gewisses Maß an Argwohn mischte. Atwei, die ihm half und als seine Sprecherin auftrat und sich daher dem Verdacht der Leichtgläubigkeit oder gar der Komplizenschaft bei Betrug und Ketzerei aussetzte, musste anfangs einen wahrlich kühlen Empfang über sich ergehen lassen.

Als sie durch die unteren Ebenen der Kolonie schritten und einen mauerbegrenzten Pfad zur Kaverne der Langen Träume hinaufstiegen – einem Mausoleum der Thyre, das auf einem Viertel der Hochstrecke zum Klippenrand lag –, legten die Fünf ein gewisses Maß an Steifheit und Förmlichkeit ab und wechselten mit Nathan einige höfliche, jedoch zurückhaltende Worte. Allerdings spürte er ihr Zaudern und vermutete, dass einige unter ihnen der Ansicht waren, er habe ihre Amtsbrüder in der Stätte-unter-den-gelben-Klippen irgendwie zum Narren gehalten. Als er die Gruft betrat, wich sein Unbehagen von ihm, und er machte sich sogleich daran, den Wahrheitsgehalt seiner Behauptungen zu beweisen.

Die Fünf hatten eine Reihe von Fragen ausgearbeitet, die Nathan ihren toten Vorfahren stellen sollte und deren Antworten keine Täuschung oder Verschleierung zuließen. Die Toten hatten wiederum durch die Uralten der Stätte-unter-den-gelben-Klippen von der bevorstehenden Ankunft des Necroscopen erfahren. Ihnen war sofort klar, dass diese einleitenden Fragen nur den einen Zweck verfolgten, Nathan gegebenenfalls als Scharlatan zu entlarven. Sobald daher die Verbindung erst einmal hergestellt war und die Toten die Freundlichkeit des Necroscopen spürten, gaben sie wohl bemessene Antworten, die mit einem nicht geringen Maß an Thyre-Sarkasmus durchtränkt waren, der auf die Ältesten selbst gerichtet war.

Dem ›Jüngsten‹ unter den Fünf gingen Nathans trockene und äußerst un-mystische Antworten, die angeblich der Grabesstille entstammten, vermutlich so sehr gegen den Strich, dass er die Befragung unterbrach und fragte: »Vielleicht kannst du uns sagen, warum unsere Vorfahren so bereitwillig mit dir Umgang pflegen, aber nicht mit ihrem eigenen Volk?«

Da riss Nathan der Geduldsfaden. Dieser Älteste erinnerte ihn an Petais, und er hatte keine Lust, das ganze Gezeter noch einmal durchzumachen! Er setzte schon zu einer eigenen unsoufflierten Entgegnung an, aber eine Stimme in seinem Kopf warnte ihn davor und lieferte ihm sogleich die passende Antwort:

»Quatias, dein Vater Tolmia bittet dich, dass du dich an eine Zeit in deiner Kindheit erinnerst – da warst du fünf Jahre alt? –, als du dich nur eine Meile von Zum-Himmel-offen entfernt in der Wüste verirrtest. Du musstest nur eine Düne ersteigen, dann hättest du die Oase ganz deutlich gesehen, so nahe warst du ihr. Aber nein, du warst nur ein Kind und hattest Angst. Du setztest dich auf den Boden und weintest. Hüte dich, dass du dich nicht noch einmal im Gewirr deiner eigenen Zweifel verirrst, da du jetzt einer großen Wahrheit noch viel näher gekommen bist.«

Quatias sperrte den Mund auf, schloss ihn wieder und gab einen würgenden Laut von sich. Schließlich sagte er mit gebrochener Stimme: »Nur mein Vater Tolmia kann gewusst ... gedacht ... gesagt haben, was du gerade sagtest. Daher zweifle ich nicht länger. Nathan, bitte sage ihm, dass ich ihn sehr liebe!«

»Das weiß er«, gab Nathan zur Antwort. Sein Zorn war verflogen. »Und er liebt dich auch jetzt nicht minder, als er es im Leben tat.«

Kurz darauf fand die erste Sitzung ihr Ende. Die erschütterten Fünf mussten die Dinge neu überdenken und darüber nachsinnen, auf welche Weise sie Nathan am besten einsetzen konnten – falls er dazu noch bereit war. Also machten sie Anstalten, sich in ihre Ratskammern zurückzuziehen und über sein erstaunliches Talent zu beraten. Doch bevor er sie gehen ließ, sagte er: »Ihr sollt wissen, dass das Mädchen Atwei eine gute Freundin von mir ist. Sie hat sich um mich gekümmert, bis ich wieder gesund war. Nun verstehe ich, dass ihr über uns eure Zweifel hegtet. Das war nur natürlich, und ich mache es euch nicht zum Vorwurf. Aber das ist jetzt vorbei, und ihr müsst wissen: Wer Atwei schmäht, der schmäht auch mich.«

Er konnte es nicht wissen, aber von diesem Augenblick an wurde sie zu einem Teil der ihn immer stärker umrankenden Legende: Atwei von den Thyre, die Freundin Nathans ...

Und so wurde wie zuvor in der Stätte-unter-den-gelben-Klippen Nathan auch hier zu einer Brücke zwischen zwei Welten, jener, die den Lebenden gehörte, und der Finsternis jener, die weitergegangen waren. Zuvor war jedoch Wichtiges zu erledigen, und dazu gehörten Shaekens Erfindungen.

Im Einklang mit den Wünschen des Uralten gab er an die Handwerksmeister von Zum-Himmel-offen detaillierte Zeichnungen seines Wasserrades, der Presse und der Winde weiter, denen hier eine besondere Bedeutung zukam. Nach ihrer Fertigstellung lieferte Shaekens hydraulische Winde die Mittel für eine mühelose Bewässerung der über ihnen liegenden Oase, wodurch die Thyre gedeihen konnten.

Sobald diese technischen Einzelheiten weitergegeben und verstanden worden waren, richtete Nathan im Laufe der fünf folgenden Sonnaufs seine ganze Kraft auf die Aufgabe, die Verständigung zwischen den Lebenden und den Toten zu ermöglichen. Und wie in der Stätte-unter-den-gelben-Klippen gereichten auch hier die Früchte seiner Bemühungen den Menschen einhellig zum Segen, und auch diesmal verbreitete sich die Kunde vom Necroscopen in die Außenwelt, und von den flussabwärts gelegenen Siedlungen trafen Gesandte der Thyre ein, um mit ihm zu sprechen.

Da jedoch diese Arbeit für ihn nichts Neues mehr war, blieb sie eben auch nur das ... bloße Arbeit. Sie war durchaus befriedigend, und Nathan gewann zahlreiche neue Freunde unter den Toten, aber er zog kein Vergnügen mehr daraus. Außerdem schien ihm die Zeit nur noch schneller zu verstreichen, und er hatte das Gefühl, er müsste eigentlich andernorts sein und andere Dinge tun.

Es war an der Zeit weiterzuziehen.

Atwei spürte diesen Drang in ihm. Vielleicht las sie ihn sogar in seinem angeblich ›unantastbaren‹ Geist. Aber Nathan machte ihr das nicht zum Vorwurf, weil er erkannte, wie traurig sie war ...

Eines Tages stiegen sie zur Oase auf, und im hellen Sonnenlicht erkannte Nathan, wie blass er geworden war. In seiner Nachdenklichkeit sprach er den Gedanken laut aus. »Wie kommt es«, fragte er sie, »dass ihr so braun seid, wenn ihr so viel Zeit in den Tiefen und der Finsternis verbringt?«

»Aber vor unserer Begegnung«, antwortete Atwei schlicht, »verbrachte ich viel Zeit im Licht. Die Thyre sind schließlich ein Wüstenvolk, und die meisten unserer Arbeiten führen uns an die Oberfläche. Außerdem wurde ich mit brauner Haut geboren. Aber warum seid ihr so bleich, da ihr doch in den Wäldern und im Sonnenschein geboren wurdet?«

Er zuckte die Achseln. »Wir sind also verschieden.«

»Sind wir so verschieden, Nathan?«

Er sah sie an und stellte sich die gleiche Frage. Sind wir es? Und fast ehe er es begriff, wusste er – und hörte –, was sie dachte: *Wenn ich eine Szgany wäre oder er ein Thyre, dann wären wir Liebende. Er läge dann in meinen Armen, und ich würde spüren, wie er in mir pulsiert. Und ich würde seinen Rücken streicheln, während meine Schenkel den Saft aus ihm pressen.*

Telepathie ... oder tat sie es absichtlich? Letzteres ganz sicher nicht, denn sie war eine Thyre, und daher hätte es sich nicht geziemt. Atweis Gedanken verrieten jedoch ihre nachdenkliche Stimmung. *Nathan hat Recht: Wir sind verschieden. Und ich muss ihn so lieben, wie ich einen Bruder liebe.*

Dann bemerkte sie seinen Blick, in dem wohl etwas Fragendes gelegen hatte, und sah rasch beiseite. Er tat, als sei nichts geschehen, als habe er nichts bemerkt; er wollte sie nicht in Verlegenheit bringen. Ihr Geist hatte sich jetzt ohnehin verhüllt. Sie hatte eine Abschirmung darüber gelegt, und er musste annehmen, dass sie einen Verdacht hegte. Zur gleichen Zeit überkam ihn jedoch eine blitzartige Erkenntnis, durch die ein Rätsel, das ihn schon lange beschäftigt hatte, seine Lösung fand. Von Anfang an hatte er sich gefragt, weshalb die Thyre, die lebenden Thyre, ihn so gut verstanden, wenn er etwas sagte. Nun kannte er die Antwort:

Wenn Nathan mit den toten Thyre sprach, geschah es in der Totensprache, aber hinter ihren geistigen Stimmen und Bildern hatte er stets auch einen Widerhall ihrer gesprochenen Sprache wahrgenommen. Und jetzt begriff er, wie leicht es für einen

Telepathen war, zum Sprachenkenner zu werden. Wenn hinter den Gedanken der Widerhall der Worte lag, fiel es nicht schwer, eine Sprache zu erlernen. Ähnlich verhielt es sich mit den lebendigen Thyre: Sie hatten die Sprache der Wanderer nicht aus seinem Geist gestohlen, jedenfalls nicht unmittelbar. Schließlich hatten sie schon seit langer Zeit mit den Szgany Handel getrieben und waren somit ihrer Sprache ohnehin einigermaßen mächtig. Nein, gestohlen hatten sie sie nicht, aber sie hatten sie in seinem Ausdruck gelesen, in seinen Augen erblickt und trotz gewisser Tabus und ›unausgesprochener Regeln‹ im Widerhall seiner Gedanken gelesen!

Und er begriff, warum er plötzlich große Teile der Thyre-Sprache verstand, deren gesprochene Worte er in seiner Umgebung vernahm – denn er hatte sie auf genau die gleiche Weise gelernt! Atwei hatte Recht: Beizeiten würde auch er zu einem Telepathen werden.

Als all dies über ihn hereinbrach, war es für Nathan ein Schock ... und eine Offenbarung zugleich! Besonders was Atweis Gefühle für ihn betraf. Diese Art ihrer Gefühle für ihn überzeugte ihn mehr als alles andere, dass es wahrlich an der Zeit war, seine Reise fortzusetzen, solange sie noch mit brüderlichen Gefühlen an ihn dachte ...

In der Kaverne der Langen Träume sprach Nathan inmitten der verdorrten Toten und ihrem Gedankenchor mit Ethloi, dem Ältesten, der sich mit Zahlen auskannte. Von dem Augenblick an, da er Shaekens Namen erwähnte, war der Damm gebrochen, denn zu Lebzeiten waren Ethloi und Shaeken Freunde gewesen.

Wie kann ich dir behilflich sein? Ethloi war eifrig darauf bedacht, ihm in jedweder Weise beizustehen.

»Ich habe Träume«, eröffnete Nathan ihm. »Ich träume von Zahlen. Ich habe stets gedacht, dass sie eine Bedeutung haben, und Shaeken war der gleichen Ansicht. Wie mir gesagt wurde, bist du ein Experte auf diesem Gebiet. Vielleicht kannst du erkennen, was dahintersteckt.«

Ein Experte auf dem Gebiet der Rechenkunst? Kann es so etwas geben? Ethloi schien sich nicht schlüssig zu sein. *Shaeken musste sich damit befassen, um die Anzahl der Zahnkränze in seinen Rädern zu berechnen, das ist wohl wahr, aber er wandte sie praktisch an. Durch Herumprobieren konnte ich ihm dabei ein wenig behilflich sein. Nicht sehr. Was mich selbst betrifft: Wie auch du habe ich im Tod und im Leben von Zahlen geträumt. Sie gehören zu den Dingen, die ich auch jetzt noch erforsche, allerdings nicht sehr eingehend. Denn da diese Kenntnisse nutzlos sind (weil niemand meine Ergebnisse mangels Verständnis bestätigen oder widerlegen kann), wie soll ich da feststellen, ob die Dinge, die ich weiß, von Nutzen sind? Es gibt keine Bezugspunkte. Und was deine Unterstützung angeht ... wir wissen ja nicht einmal, ob die Zahlen der Szgany und der Thyre miteinander identisch sind. Erkläre mir euer System.*

»Das System der Szgany?«

Ja.

»Meinst du damit, wie wir zählen? Aber gewiss zählen doch alle Wesen auf gleiche Weise?«

Oh nein. Ein Vogel kennt nur zwei Zahlen: die Eins und eine Zahl, die ›mehr als eins‹ bedeutet. Wenn er zwei Eier legt oder drei oder vier, ist das immer nur ›mehr als eins‹. Wie zählen also die Szgany?

»Wir zählen in Fünfern nach den Fingern einer Hand«, berichtete Nathan. »Wir verwenden Striche und Querstrichblöcke – etwa so.« Er zeigte dem anderen ein Bild:

I, II, III, IIII, ~~IIII~~

Die Thyre verwenden das gleiche System, gab Ethloi zur Antwort, *aber ich zähle in Zehnern!* Sein Bild in Nathans Verstand entsprach zwei durchgestrichenen Querstrichblöcken.

Nathan runzelte die Stirn. »Aber das ist doch nur das Abzählen der Finger an zwei Händen. Gibt es da einen Unterschied?«

Oh, ja!, antwortete der andere. *Der Unterschied liegt in der Einfachheit! Schau her:*

1, 2, 3, 4, 5, 6, 7, 8, 9, 10,
11, 12, 13, 14, 15, 16, 17, 18, 19, 20.

Die Zahlen, die er Nathan zeigte, waren nicht die hier dargestellten, sondern von ihm eigens erdachte Zeichen mit ebendiesen Werten. Nathan betrachtete sie eine Zeit lang – wobei er erkannte, dass die letzte Zahl vier Querstrichblöcken entsprach – und schüttelte den Kopf. »Für jede Ziffer eine andere Form? Das soll einfach sein? Mir kommt das kompliziert vor.«

Ethloi gab es auf. Damit erging es ihm nicht anders als vielen anderen Mathematikern. Er seufzte und sagte: *Sage mir, wie ihr teilt.*

»Teilt?«

Wie viele von denen hier: | |*, sind in dem hier:* ++++ + | *?*

»| | |«, gab Nathan sofort zur Antwort.

Und wie viele von denen hier: ++++*, sind hier drin:* | | | *?*

Abermals verzog Nathan das Gesicht. »Das sind nur Teilstücke«, sagte er achselzuckend.

Ethloi seufzte. *Wie ich schon vermutete: Du kannst nicht teilen.*

Jetzt war Nathan enttäuscht. »Ich weiß genug, um eine Orange unter Freunden aufzuteilen!«, stieß er hervor. »Die hat nämlich Spelten!«

Ja (es folgte das Nicken eines weisen, wenngleich körperlosen Hauptes), *und mein System hat diese ›Spelten‹, diese Teilchen, ebenfalls! Unendlich kleine Teilchen und unendlich große Zahlen. Ich zähle in Zehnern aufwärts und ich zähle abwärts bis zur Eins und dann in Zehnteln und in Zehnteln von Zehnteln! Aber was deine Orange betrifft: Was ist, wenn sie nun acht Spelten hat und sechs Freunde sie teilen wollen?*

»Dann haben zwei von ihnen Glück gehabt!« Nathans Gedanken kamen mürrisch hervor, weil diese Sache über seine Begriffe ging. Er wollte nichts mehr davon wissen.

Ethloi spürte das und schüttelte den Kopf. *Zahlen sind nicht leicht, Nathan. Oh, ich könnte dir viele zeigen und viele Spielereien, die man mit ihnen anstellen könnte. Aber ohne eine Erklärung sind es eben nur Zeichen. Wissen dieser Art stellt sich nicht plötzlich ein, sondern muss erlernt werden. Und irgendwie glaube ich nicht, dass du einen guten Schüler abgibst.*

»Zeige mir trotzdem noch einige Zahlen«, bat Nathan ihn. »Dann kann ich sie wenigstens betrachten.«

Ethloi tat, worum Nathan ihn gebeten hatte, und ließ seine

Berechnungen über den geistigen Schirm des Jungen abrollen. Dezimalstellen, Brüche, ein wenig grundlegende Algebra und Trigonometrie, Berechnungen für die Größe der Welt, die Entfernung zum Mond, zur Sonne und den Sternen. Es war beeindruckend, aber nicht erschreckend. Nathan verstand es vielleicht nicht, aber er erkannte, dass diese Dinge im Vergleich zu einigem, was er gesehen hatte, doch recht einfach gestrickt waren.

Dennoch übte das Schauspiel eine gewisse Wirkung auf ihn aus. Als wäre er durch diese niederen Übungen heraufbeschworen worden, brodelte der Mahlstrom der Zahlen in seinem Geist wie eine unglaubliche Windhose, die nur darauf wartete, die eindringenden Berechnungen in kleinste Teilchen zu zerreiben. Ethloi spürte davon nichts, aber er bemerkte die unverhüllten Gedanken des Necroscopen, die auf dessen Desinteresse für das Spektakel hinwiesen. Sofort erstarben die Bilder, die er auf den Schirm von Nathans Geist warf.

Also gut, knurrte Ethloi, *wollen wir doch mal sehen, welche Zahlen du zusammenträumst.*

»Meistens kommen sie im Schlaf zu mir«, eröffnete ihm Nathan. »Aber mir wird allmählich die Zeit knapp. Und als du mir deine Zahlen vorführtest, spürte ich ... spürte ich die meinigen in mir, als warteten sie auf einen Weckruf.« Er schloss die Augen. »Vielleicht kann ich sie herbeirufen.«

Was dann folgte, geschah ... gedankenschnell! Der Mahlstrom der Zahlen brodelte vor Kraft; er sog transformierende Gleichungen so rasch in seinen Kern, wie sie sich an seinem Rand bildeten. Aus der sich rasend schnell drehenden Hohlwand schossen unglaubliche metaphysische Gleichungen in salvenähnlichen Ausbrüchen wie Sternschnuppen aus einem Meteoritenschauer hervor!

Hör auf!, stöhnte Ethloi schließlich.

Nathan tat wie geheißen, schlug die Augen auf und sagte: »Das ist es, wovon ich träume.« Er war nicht stolz darauf. Er wollte es nur unbedingt verstehen – und Ethloi las auch dieses Sehnen in seinem Geist.

Aber wie kannst du so etwas hervorrufen, ohne es zu verstehen? Die Frage erklang wie ein ehrfürchtiger Hauch.

»So, wie ich Gefühle in meinem Herzen und meinem Kopf habe«, gab Nathan zur Antwort, »die ich auch nicht verstehe.«

Ethloi vermittelte ein geistiges Nicken und sagte: *Aye, und vielleicht hast du damit deine eigene Frage beantwortet. Denn so, wie die Telepathie den Thyre zu Eigen ist – durch das Blut von Gutawei dem Seher, dem Ersten in unserer Erinnerung, auf uns gekommen und durch seine Kinder und die ihrigen unter den Thyre verbreitet –, so ist dir dieser Zahlenwirbel zu Eigen. Er ist offenbar so sehr ein Teil von dir wie deine blonden Haare und deine blauen Augen. Und auf die gleiche Weise kam er, hervorgebracht von einem gewaltigen Vorfahren, auch auf dich!*

»Ich habe ihn geerbt?« Rogei hatte etwas ganz Ähnliches gesagt. »Aber von wem? Nicht von meinem Vater, denn er war ein ganz gewöhnlicher Mann.«

Dann von ebenjenem Vorfahren, der dir deine Totensprache schenkte, antwortete Ethloi.

»Aber meine Totensprache ist ein Talent, und das hier ... ist ein Fluch!« Nathan schüttelte den Kopf. »Es quält mich! Ich kann es nicht begreifen!«

Ethloi musste ihm darin beipflichten. *Wohl wahr: Nicht alles Ererbte ist zum guten Nutzen. Bei mir war es das schlechte Gehör meines Vaters, das mich zum Ende hin ertauben ließ, gerade so, wie es ihm auch ergangen war. Es focht mich nicht weiter an: Ich verfügte immer noch über meine Telepathie.*

»Der Zahlenwirbel stellt also auch dich vor ein Rätsel?« Nathan war enttäuscht. »Du weißt nicht, was er bewirkt?«

Was er bewirkt? Zahlen existieren, Nathan. Sie bewirken nicht unbedingt etwas. Und dennoch ... spürte ich etwas dahinter, ja. Ich kann nicht sagen, was es war. Vielleicht ist der Mahlstrom ein Schlüssel.

»Ein Schlüssel? Wozu?«

Zu einer Tür, oder zu vielen Türen. Ich spürte sie in deinem Bewusstsein. Türen zu weit entfernten Orten – sogar zu weit entfernten Zeiten! Die allesamt im Strudel des Mahlstroms liegen.

»Aber zuerst muss ich die Zahlen verstehen?«

Und sie beherrschen!, stimmte Ethloi ihm zu. *Wenn du sie wie einen*

Jagdhund zu dir rufen kannst – sie geordnet auf dem inneren Schirm deines Geistes zeigen kannst, so wie ich dir meine bescheidenen Zahlen zeigte –, dann wird der Schlüssel dein sein.

Nathan schwieg lange. Alles, was Ethloi gesagt hatte, entsprach dem, was er bereits seit langem vermutet hatte. Der Mahlstrom der Zahlen enthielt einen Schlüssel, den er finden musste. Und dann musste er die Tür finden, zu der er passte. Doch im Augenblick war er wie ein Säugling in Windeln, der rennen wollte und das Laufen noch nicht gelernt hatte.

Ethloi wartete schweigend.

Schließlich seufzte Nathan und sagte: »Vielleicht solltest du mir noch einige Zahlen zeigen und mir dein System erklären. Wie du zu Recht sagtest, werde ich wohl einen schlechten Schüler abgeben, aber wer weiß? Vielleicht bleibt etwas hängen. Jedenfalls muss ich irgendwo anfangen.«

Er blieb eine Stunde lang dabei, bis ihm der Kopf schwirrte und er nichts mehr aufnehmen konnte ...

Nathan schlief ein weiteres Mal, nahm ein sonderbar fad schmeckendes stummes Essen mit Atwei ein und sagte dann den Ältesten, dass er aufbrechen wollte. Sie begleiteten ihn bis zum Flussweg. Quatias, der immer noch vergleichsweise gut zu Fuß war, erbot sich, ihn zur nächsten Kolonie zu begleiten, die nur acht Meilen entfernt lag. Aber in einem Garten mit gelben Blumen, wo dunstiges Sonnenlicht durch Blatt und Ranke schien, erbat Nathan sich eine kurze Zeit der Abgeschiedenheit mit Atwei.

Sie reichte ihm eine dünne Silberkette mit einem Schließanhänger, den er öffnete. Darin lag eine krause, schwarze Haarlocke. »Das ist eine Sitte der Thyre«, erklärte sie ihm. »Etwas Geheimes, das Geschwister tun, wenn sie sich trennen müssen.«

Er zog sie an sich und küsste sie auf die Stirn. »Und so verabschiedet sich bei den Szgany ein Bruder von seiner Schwester.« Dann hängte er sich den Anhänger um den Hals und sagte: »Ich werde dich nie vergessen, und ich danke dir für diese Locke von deinem Haupthaar.«

»Meinem Haupthaar?«, sagte sie und hob eine dichte Augenbraue. »Oh nein, das wäre doch ungehörig!«

Verdutzt hob er die Augenbrauen, sah Atwei an, dann auf den Anhänger, schüttelte schließlich den Kopf und lächelte. Die Thyre mit ihren seltsamen und ›geheimen‹ Sitten, ihren ›Geheimnissen‹! Dann blieb sie stehen, und er ging, um sich von den Ältesten zu verabschieden ...

»Mit dem verschwendest du deine Zeit«, sagte Brad Berea mit rauer Stimme zu seiner Tochter Glina. »Er kann fischen, Dinge holen und tragen, einen Vogel im Flug treffen und essen – oh ja, und wie er essen kann! –, aber vernünftig sein? Da verlangst du zu viel von ihm. Mit mir hat er nur ein einziges Mal gesprochen und mir gesagt, dass er der Lord Nestor wäre, aber ich frage dich: welche Art von ›Lord‹? Seitdem: nichts mehr.«

Um es freundlich auszudrücken, war Glina keine Schönheit. Und Nestor, Mensch oder Lord oder was auch immer, war ein gut aussehendes Exemplar. Er war auch ein naturbegabter Jäger und musste einst ohne Zweifel ein wertvolles Mitglied einer Wanderer-Gruppe oder Bürger einer Szgany-Siedlung gewesen sein. Nun jedoch hatte Brad mehr Emsigkeit, mehr Streben, mehr Verständnis oder Erkenntnisfähigkeit bei den Geckos gesehen, die in den Dachsparren lebten und Fliegen fingen, wenn die Sonne heiß aufs Dach schien. Sie waren ebenfalls Jäger, aber ihnen musste man nicht sagen, wie sie es anzustellen hatten! Ihnen war die Jagd als Instinkt gegeben. Aber der hier – hah! – es überraschte Brad, dass er genug wusste, um nach dem Schlafen wach zu werden! In der Not konnte man jedoch nicht wählerisch sein, und Glina wollte ihn nach Möglichkeit in ihr Bett locken. Und was dann, fragte sich Brad. Wurde das Lager dann von Idioten überschwemmt? Vielleicht hätte er Nestor besser im Fluss ertrinken lassen.

»Was denkst du, was ist mit ihm geschehen?« Glina warf durch den rauchgeschwängerten Raum einen Blick auf ihren Vater, der gerade einen Span aus dem Feuer zog, um damit die erste Lampe des Abends anzuzünden. Mit Einbruch der Nacht wurde kein Holz mehr nachgelegt, und der Brand erlosch allmählich. Andernfalls hätte der durch die stille Nachtluft aufsteigende Rauch wie ein Signal gewirkt auf ... nun ja, auf alles, was vielleicht zufällig über ihnen einherflog. Die Waldhütte war jedoch warm, und eine Lampe reichte völlig aus. Vor den Fensteröffnungen hingen Decken, die das Licht in der Hütte und die Kälte draußen hielten, und die Bereas befanden sich in behaglicher Sicherheit.

»Was mit ihm geschehen ist?«, schnaufte Brad. »Wenn du mal seinen Hinterkopf gleich über dem rechen Ohr betastest, weißt du, was mit ihm geschehen ist. Irgendetwas hat ihm da einen mächtigen Schlag versetzt, der ihm fast den Schädel eingedroschen hätte! Der Knochen ist wieder verheilt, aber unter der Haut ist noch ein dicker, fester Knoten, der wahrscheinlich noch tiefer geht. Außerdem hat er einen Bolzen abbekommen und eine Menge Blut verloren. Man sieht ganz deutlich die Narben an der Seite. Er ist in den Fluss gestürzt oder geworfen worden und dabei fast ertrunken. Und das alles ist mit den ersten Angriffen der Vampire auf Siedeldorf und Zwiefurt zusammengefallen. Davon wusste ich nichts, als ich ihn aus dem Wasser zerrte, ansonsten hätte ich mich nicht sehr beeilt. Oder? Soweit ich weiß, hätte er gut und gern ein Opfer der Wamphyri sein können! Nun ja, mittlerweile hätten wir das sehen müssen. Das ist also mit ihm geschehen. Alles in allem ist er ein Einfaltspinsel mit einem Dachschaden, bei dem scheinbar nur die natürlichen Instinkte in Ordnung sind – jedenfalls einige davon. Aber selbst die scheinen nicht ganz auf der Höhe zu sein, sonst hätte er längst gemerkt, dass du hinter seinem besten Stück her bist!«

»Brad Berea?« Hinter der verhangenen Plattform unter den Sparren, die ihnen als Bett diente, erklang die Stimme seines Weibes. »Komm ins Bett und lass die jungen Leute in Ruhe.« Nach dem harten Tag hatte sie sich schon früh zur Ruhe begeben, aber sie würde auch ebenso früh in den frühen Nachtstunden wieder aufstehen. In der gefährlichsten Zeitspanne konnte man ebenso gut wach sein, wenn die Sonne untergegangen war, die Sterne hell über dem Grenzgebirge schienen und die Vampire nach langem Schlaf durstig waren.

»Ha!«, schnaubte Brad und dachte: *Jawohl, Brad, alter Junge, voran und tu deine Pflicht!*

Aber Irma war ihm schon eine gute Frau. Ohne sich zu beklagen, hatte sie mehr als zwanzig Jahre lang zu ihm gehalten und das einsame Dasein im Wald mit ihm geteilt. Brad war ein Einzelgänger gewesen, als sie damals von ihrer Szgany-Gruppe davongelaufen war, um bei ihm zu bleiben, und ein Einzelgänger war er geblieben. Ab und zu besuchten sie Zwiefurt. Das war Irmas einziges Vergnügen im Leben, das und Brads Liebe und das Wissen, dass er sein Leben lang auf sie und ihre Tochter aufpassen würde. In Zeiten wie diesen war es mehr als genug. Zwiefurt lag nun allerdings in Trümmern, die Straßen waren menschenleer, und das Geräusch der im Wind schlagenden Türen klang wie vereinzelte trotzige Schreie. Es gab keinen Grund mehr, dorthin zu reisen.

»Und ihr beiden?« Der bärtige Brad sah zu Glina und Nestor, die neben der offenen Tür saßen. »Bleibst du wieder die ganze Nacht lang auf, Mädchen? Um bei dem da zu sein? Kein sinnvolles Unterfangen! Denn ich frage mich: Sitzt er nur herum und denkt nach? Oder sitzt er nur herum?« Er legte seine Jacke ab und trat an die Stufenleiter, die zu seinem Bett führte.

Glina sah zu Nestor, dessen Blick Brad bei seinem Aufstieg folgte. In diesen Augen lag nicht viel, aber sie hatten Seele in sich. Brad führte eine raue Sprache, aber er hatte auch ein weiches Herz, und Glina glaubte, dass Nestor dies wusste. »Ich bleibe noch etwas sitzen und rede mit ihm«, sagte sie. »Ich glaube, er weiß, was ich sage; es bedeutet ihm bloß nicht viel. Vielleicht gehen wir im Licht der Sterne am Fluss spazieren. Das gefällt Nestor.«

Ach ja, dachte Brad, *und was gefällt Nestor sonst noch?* »Na, dann ist er wohl der starke, schweigsame Typ, oder?«, rief er hinunter und grinste unwillkürlich. Er trat hinter die Vorhänge, legte seine Kleidung ab und hängte die Sachen an Zapfen in den Sparren. Kurz darauf lag er im Bett.

Unten lauschte Glina kurz und hörte das Knarren, als ihr Vater sich zurechtlegte, und dann das leise, warnende Raunen ihrer Mutter: »Schscht! Sei leise ... die beiden jungen ... komm schon, lass mich mal.« Und dann die rhythmischen Laute ihrer Paarung. In einer Holzhütte gab es nur wenig Privatsphäre.

Dann legte sich Nestors Arm um ihre Hüfte, und seine Hand glitt unter ihre Bluse und drückte ihre großen Brüste. Das ergab sich ganz automatisch, wenn er mit ihr allein war, etwas, das er mittlerweile erwartete und das ihm gefiel, etwas, das Glina ihm beigebracht hatte. »Ja, ja«, hauchte sie in sein Ohr und fuhr ihm mit den Fingerspitzen über den Hosenschritt. »Aber nicht hier.« Und er folgte ihr durch die offene Tür in die Nacht.

Noch war die Nacht nicht kalt. Zuerst gingen sie langsam unter dem hellen Sternenlicht, dann etwas schneller, bis sie schließlich schwer atmeten und keuchend über einen ausgetretenen Pfad zum Fluss liefen. Am Ufer aus Sand und Kies warfen sie ihre Kleidung von sich, ließen sich darauf niedersinken, und sie führte seinen zuckenden Stachel in ihr Fleisch ein. Sie wusste, wie es sein würde, aber sie ergab sich, wie sie es seit dem ersten Mal getan hatte. Aber da Glina ihn von Anfang an dazu verleitet hatte, konnte sie sich kaum beschweren. Schließlich war er ein Mann, und wenn er sie ausfüllte, dann füllte er auch die Einsamkeit in ihr aus.

Das erste Mal ...

... das war geschehen, als er wieder auf den Beinen gewesen war, vielleicht fünf oder sechs Sonnaufs, nachdem ihr Vater ihn aus dem Fluss gerettet hatte. Glina hatte seine Wunden gesäubert und gepflegt, ihn gefüttert und sich überhaupt um Nestor gekümmert. Und sie hatte ihn in ihren Armen gewiegt, als er im Fieber seltsame Namen gerufen hatte, seine Leidenschaft unbekannten Menschen entgegengeschrien und bitterlich über sonderbaren Kummer und eigenartige Enttäuschungen geweint hatte. Ungeachtet dessen, was Brad Berea jetzt von ihm behauptete, hatte einst ein heißes Feuer in Nestor gebrannt. Aber als das Fieber von ihm wich, war das Schweigen gekommen, und eine Zeit lang hatte in seinem Blick nur Leere gelegen.

Binnen kurzem war er wieder zu Kräften gekommen und ging willig an die Arbeit. Er ging mit einer Armbrust auf die Jagd, fischte, wusste eine Axt zu führen und trug klaglos Holz und Wasser. Zweimal pro Woche badete er im Fluss, und Glina sah ihm heimlich dabei zu. Er war groß und brachte ihr Inneres in Aufruhr.

Als sie sechzehn gewesen war, also vor drei Jahren, waren die Bereas nach Zwiefurt gegangen. Brad brauchte neue Werkzeuge, ihre Mutter wollte ein neues Kleid, neue Töpfe, neue Pfannen haben, Glina wollte sich nur umsehen und gesehen werden. Vielleicht erkundigte sich ein Jüngling nach ihr und kam dann zur Hütte hinaus, um sich mit ihr zu treffen. Eine vergebliche Hoffnung, denn schon damals hatte sie gewusst, dass sie keine Schönheit war. Ihrem braunen Haar fehlte der Glanz, die Nase war zu groß und ihr Hintern zu dick. Als Kind war sie oft in Zwiefurt gewesen und hatte dort die vielen hübschen Mädchen gesehen.

Damals, als sie sechzehn war, hatte gerade ein junges Paar geheiratet. Es hatte ein Fest gegeben, Musik hatte gespielt, Gelächter hatte die Luft erfüllt und abends sollte es Tanz und Trunk geben. Ein alter Freund ihres Vaters hatte gesagt, dass sie die Nacht über bleiben konnten. Nun ja, Brad Berea wusste, wie man trank und wie man tanzte, und er hatte gesehen, wie sehr Irma es nötig hatte. Es schien nur gerecht zu sein.

Aber während Brad und Irma zur wilden Musik umeinander wirbelten, war Glina ... ebenfalls fortgewirbelt worden. Ein Zigeunerknabe hatte seinen Wein mit ihr geteilt und war mit ihr hinter einen Baum gegangen, dessen Äste niedrig hingen. Mittlerweile wusste sie nicht einmal mehr, wie er ausgesehen hatte. Aber damals war er der hübscheste Junge des Dorfes gewesen, und im Unterschied zu Nestor hatte er genau gewusst, was er zu tun hatte. Sein Mund hatte ihr die Luft aus den Lungen gesogen, und dann hatte er ihre Röcke angehoben und war geschwind wie ein Aal in sie geschlüpft. Danach ... war er so rasch verschwunden, wie er gekommen war. Bis auf Glina – und den Jungen natürlich – hatte niemand je etwas davon erfahren, aber seither hatte sie fast jede Nacht von ihm geträumt – bis Nestor kam. Und dann hatte sie von Nestor geträumt.

Eines Tages war ihr Vater auf der Jagd, ihre Mutter wusch Kleidungsstücke und lagerte Gemüse ein, und Glina hatte ihre Arbeiten in der Hütte erledigt und war zum Fluss gegangen, wo Nestor gerade fischte. Sie hatte absichtlich ein kurzes Kleid getragen und die Bluse um die Hüfte hochgeknotet. Und sobald sie außer Sichtweite der Hütte war, hatte sie die oberen Knöpfe ihrer Bluse geöffnet, um die Kurven ihrer weichen Brüste freizulegen.

Sie hatte sich neben Nestor gesetzt, dann hatte sie ihr Kleid umständlich hochgeschoben, damit die Schenkel zu sehen waren. Dann hatte sie mit ihm gesprochen und dabei seinen Kopf herangezogen und seinen Blick auf ihren Ausschnitt gelenkt. Und er hatte sie angesehen. Etwas hatte in seinem Blick gestanden, das sie nicht hatte benennen können. Aber auch als sie mit ihm sprach und die Hand auf seinen Schenkel gelegt und leicht gedrückt hatte, war seine Aufmerksamkeit jedes Mal, wenn sie geschwiegen hatte, wieder zum Fluss und seiner Angel zurückgewandert.

Schließlich hatte Glina sich entschlossen ausgezogen, war in den Fluss gewatet und hatte direkt vor ihm ein Bad genommen. Schließlich würde er wohl kaum jemandem davon erzählen. Nestor konnte also nicht weiterangeln, hatte sie beobachtet, und als sie schließlich nass glänzend und mit schaukelnden Brüsten aus dem Fluss gestiegen kam, war er endlich aufgestanden. Da hatte sie ganz sicher etwas in seinem Blick gesehen und ein noch größeres Etwas in seiner Hand.

Sie hatte ihm hastig die Kleidung vom Leib gerissen und den Körper, den sie so lange gesund gepflegt hatte, mit Küssen bedeckt, dann seine Hand genommen und an ihr lechzendes Fleisch geführt, während sie an seinem Stab saugte. Nestor mochte wohl an seinem Geist Schaden genommen haben, aber sein Körper war gesund, und bald setzte der Brand in seinen Lenden schwache, flüchtige, zusammenhanglose Erinnerungen in seinem Kopf frei. Und dann ...

... war es so gekommen, wie es seither immer wieder geschehen war und jetzt wieder sein würde.

Als er im sonnendurchsprenkelten Schatten einer Weide in sie stieß, als ob er sie in der Mitte spalten wollte, war Nestors Miene eine Maske des – Hasses? – gewesen. Oh, ihren Körper hatte er schon gewollt, und es verlangte ihn verzweifelt danach, seine ganze Wut und seine Frustration in sie zu entladen und sich ihrer damit wenigstens für eine kurze Zeit zu entledigen. Aber es war weder Liebe noch Lust, die er empfand. Nein, Nestor nahm höchstens Rache für etwas, das er selbst vergessen hatte, für etwas, das er von vornherein nicht verstanden hatte.

Grob hatten seine Hände ihre Brüste gepackt, die kaum Verletzungen davontrugen, aber dem Schmerz und der Lust nachgaben, als sein Mund sich schmerzhaft auf ihren presste. Und Nestor hatte aufgestöhnt, als er wieder und wieder in ihr gekommen war, und sie hatte seine heißen Strahlen brennend in ihrem Innersten gespürt. Er hatte einen Namen hervorgestöhnt – Minha? Minya? – Misha! Wie ein Fluch war er seinem feuchten, schlaffen Mund entwichen, als seine rechte Hand sich von ihren Brüsten löste und sich um Glinas Hals legte.

Aber Glina war kein schwächliches Mädchen, das sich so einfach würgen ließ. Damals und auch jetzt packte sie ihn an den Haaren, riss seinen Kopf zurück, umklammerte ihn mit ihrem Geschlecht und saugte ihm den letzten Tropfen seines Hasses heraus, bis er erschöpft zur Seite fiel und auf den Rücken rollte. Und dann umarmte sie ihn und schluchzte, während sie seine schrumpfende Männlichkeit umfasste und rieb. Sie schluchzte um ihretwillen, weil sie nicht diese Misha war, die ihm so wehgetan hatte – die er geliebt haben musste –, und um Nestors willen, weil ihm solches Leid bereitet worden war ...

So liebte Glina ihn und wurde ihrerseits ›geliebt‹.

Später benutzte sie ihn und ließ sich auf der Stelle nieder, die ihre Hände zu neuem Leben erweckt hatten. Aber da sein Blick wieder stumpf geworden war und seine Reaktionen eben nur Reaktionen waren, war ihr Lustgewinn nur schal ...

Auf dem Rückweg zur Hütte erstarrte Nestor auf einmal und hob das Gesicht zum Himmel. Witternd sog er die Luft ein – es klang wie der Laut eines Tieres – und in seinen dunklen Augen funkelten die Sterne. Und gleich darauf fühlte, spürte, hörte Glina es auch. Und keuchte erschrocken auf!

Der Mond schwebte tief über dem fernen Grenzgebirge. Aber mehr als nur Mond und Sterne trieben am Himmel. Kleine dunkle Schatten huschten einher, verdeckten kurz das Sternenlicht und flitzten weiter. Dann kamen größere, unheimlichere, rochenförmige Schatten herangeglitten, und schließlich ...

... wummerte und pochte etwas zunächst leise, dann immer lauter heran.

»Runter!«, flüsterte Glina und zerrte Nestor in einem feuchten Gebüsch auf die Knie. Über ihnen glitten zwei Kampfbestien der Wamphyri spotzend und pochend heran, ihre Chitinpanzer schimmerten bläulich im funkelnden Sternenlicht.

Ein leichter Wind war aufgekommen und trieb die Ausdünstungen der Krieger in stinkenden Schwaden, die schlimmer als ein vor Maden wimmelnder Leichnam rochen, über den Himmel. Der eklige Brodem senkte sich auf den Wald. Glina hielt den Atem an, aber Nestor holte tief Luft. Und plötzlich ... wurde er wach! Er streifte ihre Hand von sich, stand auf und richtete sich zu voller Größe auf, als die albtraumhaften Gestalten außer Sichtweite verschwanden. Er sah, wie die klugen, feuchten Augen der Krieger sich spähend und suchend in ihren Bäuchen drehten, aber er erfuhr nie, wie viel Glück er doch hatte, dass sie ihn nicht erspähten. Die Jagdstaffel hielt sich nördlich mit einem leichten Drall nach Westen und raste in die immer tiefer werdende Finsternis der Nacht.

»Wamphyri!«, hauchte Glina, als sie verschwunden waren.

Wamphyri! Das Wort brannte wie kaltes Feuer.

Nestor sah sie an. Er war bleich. In seinem Blick stand so etwas wie Erkennen, eine Frage. Sein Mund zuckte leicht. Dann fragte er: »Wamphyri?«

»Pssst!«, flüsterte sie warnend, obgleich sie mittlerweile verschwunden waren.

Einige Sekunden verstrichen, dann sagte er wieder in drängendem Ton: »Wamphyri?«

Über den Pfad, der von der Hütte zum Fluss führte, kam Brad Barea gerannt und knöpfte sich die Jacke zu. Sein Atem erzeugte Dampfschwaden in der klaren Luft. »Nestor ... und Glina!« Er schob Nestor beiseite, stürzte sich auf seine Tochter und umarmte sie. »Wir hörten sie – ihre Krieger – und ich wusste, dass ihr hier draußen seid. Aber zwischen den Bäumen sind wir gut verborgen, und sie sind wieder an uns vorbeigeflogen ...«

Nestor packte ihn am Arm, und Brad sah ihn überrascht an. »Na?«, sagte er. »Was ist das denn? Steckt in diesem Klotz also doch Leben? Hat ihn die Angst munter gemacht?«

»Wieder?«, sagte Nestor. »Sie sind wieder an uns vorbeigeflogen?«

»Sieh an!«, grunzte Brad. »Er plappert mir alles nach wie ein Papagei, ohne auch nur ein einziges Wort zu verstehen!«

»Wamphyri!«, schrie Nestor plötzlich auf und packte Brad an der Kehle. Aber Brad war stark und nun, da die Gefahr vorüber war, auch zornig. Er stellte Nestor ein Bein und schickte ihn taumelnd in die Büsche.

»Vater!«, schrie Glina auf. »Er hatte doch nur Angst!« Aber sie hegte Zweifel ... Nestors Blick war so sonderbar gewesen, als er den Flug der Ungeheuer beobachtete .. sie hatte seine Faszination gespürt.

Nestor stand auf, und sie ergriff seinen Arm. »Schon recht, pass nur auf ihn auf«, schnaufte ihr Vater und wandte sich ab, um wieder zur Hütte zu gehen. »Denn wenn er mich noch einmal angeht, kannst du seinen kaputten Schädel gleich noch einmal verarzten!«

Als er in der Dunkelheit verschwand, flüsterte Nestor: »Wieder? Sind sie denn ... zuvor schon hier gewesen?«

»Als du krank warst«, berichtete sie ihm. »Wie heute Nacht geschah es gegen Ende der ersten Stunde nach Sonnenuntergang. Sie hatten einen frühen Jagdzug durchgeführt. Wir sahen sie auf ihrem Heimflug in Richtung des Nordsterns, der über dem letzten Horst der Sternseite leuchtet.«

»Zum Nordstern!«, sagte er, wandte den Kopf in die genannte Richtung und ließ den Blick auf dem bösen Funkeln des Sternes ruhen, der wie ein gefrorener Eissplitter über dem Grenzgebirge stand. »Auf dem Heimweg. Die Wamphyri ...«

»Komm schon«, sagte sie und zerrte ihn beinahe über den Pfad. »Wir wollen zur Hütte zurück.«

Aber kurz vor der Hütte stieß sie ihn gegen einen Baum und tastete ihn ab, um zu sehen, ob noch Leben in ihm war. Es war gerade noch Zeit. Wenn sie ihn mehr als einmal gehabt hatte, war er manchmal noch ein weiteres Mal bereit; aber nicht heute.

Und als sie ihn wieder bei der Hand nahm und zur Hütte führte, blieb sein Blick immer noch auf die Umrisse der Berge geheftet, die sich schwach am Horizont abzeichneten, und auf den Unglücksstern, der sie beschien. Und in Nestors Verstand hallten ungehört die Worte wider:

Nach Hause – der Nordstern – der letzte Horst – die Wamphyri! Im Vergleich damit war die Verlockung von Glinas Körper ein Nichts ...

Mitten in der Nacht verließ er in aller Stille die Hütte. Als Glina erwachte, um einem Drängen der Natur zu folgen, sah sie, dass sein Bett leer war.

Ihr Gejammer weckte die beiden auf dem Hochbett. Ihr Vater stieg herunter und meinte: »Was denn, er ist weg? Wahrscheinlich kommt er bald zurück ... und wenn nicht, auch gut! Hier gibt es nur einen Herrn, Glina, und ich habe nicht viel für Hunde übrig, die die Hand beißen, die sie füttert.«

Als er dann entdeckte, dass Nestor eine Armbrust und ein Messer mitgenommen hatte, verfluchte er ihn laut und ausdauernd. Aber verdammt noch mal: Wenigstens war es nicht die gute Armbrust. Und der Trottel brauchte ganz gewiss etwas Schutz so ganz allein da draußen in der Nacht.

Bald begab Brad sich wieder zu Bett und schlief trotz Glinas Schluchzen tief und fest wie ein Säugling ...

Auf unwiderstehliche Weise vom Nordstern angelockt durcheilte Nestor die nachtdunklen Wälder. Er durchwatete seichte Bäche und umging gefährliche Löcher. Aber dabei blieb sein Bezugspunkt stets der Eissplitterstern, der kalt über dem Grenzgebirge funkelte. Hinter jenem Gebirge lag die Sternseite, der letzte Horst, die Heimat der Wamphyri. Und da er sie nun wieder gesehen hatte, wie sie auf finsteren Schwingen durch die Nacht glitten, schien sich endlich alles zusammenzufügen.

Nestor wusste, dass er schon einmal dort gewesen war. Zwar konnte er sich nicht an die Umstände erinnern, aber er war sich ganz sicher. Vielleicht stammte er ja von der Sternseite? Zumindest war er gewiss, dass er dorthin musste. Die Sternseite war seine Bestimmung. Vielleicht war er ein Ausgestoßener, ein gemiedener Mischling, den sein eigenes Volk verbannt hatte, damit er sich in der Welt durchschlug, so gut er es eben vermochte. Nun gut, und jetzt war er auf dem Rückweg nach Hause.

Was die Sonnseite betraf ...

... so wusste er, dass er dort Feinde hatte, er musste sich auf dem Weg in Acht nehmen, Menschen hatten ihn verfolgt, hatten ihn verletzt und würden ihn töten, wenn sie konnten! Er trug Narben, die das bewiesen. Und er erinnerte sich an ... Dinge. Während seiner gesamten Zeit bei den Bereas hatte er sich an sie erinnert, konnte aber nicht über sie sprechen, wagte es nicht. Einmal hatte er zu Brad Berea gesagt, ohne nachzudenken: »Ich bin der Lord Nestor.« Aber danach hatte er geschwiegen. Denn wie seine vielen unbestimmten Gedanken und Erinnerungen war auch seine Zunge ein verräterisches Ding. Sie würde ihn verraten, und es hatte schon genug Verrat gegeben.

Einst hatte er einen Freund gehabt, einen so genannten ›Bruder‹, ein Kind, das mit ihm spielte, als er selbst noch ein Kind war. Aber das war ein Verräter gewesen, dessen verlogene Gedanken sich hinter einem Schirm aus Zahlen verborgen hatten, die er nur dazu benutzt hatte, Nestor selbst noch in seinen Träumen zu quälen. Der war nun wirklich sein größter Feind!

Einst hatte Nestor ein Mädchen geliebt, das ihn aber nicht wiedergeliebt hatte. Sie war ebenfalls eine Verräterin. Aber ob sie nun wollte oder nicht, eines Tages würde sie ihn schon noch ›lieben‹. Und sie würde an ihrer Liebe zu ihm sterben. So lautete sein Schwur.

Früher hatte er auch einen Flieger besessen. Er erinnerte sich an sein Ende: wie er brodelnd in den Hügeln verfaulte. Er wusste noch, wie ein Bolzen das Tier in die Seite getroffen hatte, und erinnerte sich an den Fluss, dessen kaltes Streicheln ihn fast hätte ertrinken lassen, und an Glina, deren heißes Streicheln ihm seine Männlichkeit gegeben hatte. Wenn sie geahnt hätte, wer und was er war ... dann wäre sie vielleicht nicht so eifrig bemüht gewesen. Nicht einmal die unscheinbare Glina.

Ich bin Lord Nestor von den Wamphyri!

Aber ein Lord in der Verbannung, seiner Kräfte beraubt, der nun auf dem Weg nach Hause war ...

Mühelos trabte er durch die langen Stunden der Nacht. Wenn er ein Ziel vor Augen hatte, kannte er keine Müdigkeit. Bei Tag hatte er genug Zeit zum Schlafen, bevor er seinen Weg zur Sternseite fortsetzte. Der Nordstern lockte ihn unaufhörlich, und die Meilen glitten unter seinen Füßen dahin.

Er ließ sich von seinem Instinkt leiten, behielt nur den hellblauen Eissplitter am Himmel im Auge und ließ seinen Körper sich um den Rest kümmern ... schon die schiere Vorstellung besorgte den Rest. Die Zeit verging wie im Flug, und schließlich wurden seine Schritte unsicher. Er war doch nicht so unermüdlich, wie er gedacht hatte.

Er trank aus einem Bach, wusch sich den Schmutz des Waldes aus den Augen, setzte sich an einen Baum und ließ den Rücken dagegen sinken. Fast ohne es zu merken, schlief er ein, und er erwachte zitternd und verwirrt und fragte sich, wo er war. Aber da war der Nordstern, und die Vorstellung erwachte erneut zum Leben. Als er seine Glieder wieder in Gang setzte, pochte das heiße Blut in ihm, und bald vertrieb seine Wärme die Kälte aus ihm.

Dann traf er auf ein Szgany-Lager. Sie hatten Wachen aufgestellt, und mindestens ein Wolf war dabei. Ihr Wachhund schlug an, die Männer hörten ihn und riefen eine Parole in die Nacht. Nestor gab keine Antwort, sondern hastete weiter. Sie ließen ihr Tier los, das sich sogleich auf seine Fährte setzte und ihm folgte. Fauchend fuhr er herum und richtete die Spitze des Bolzens auf seine Kehle. Aber ... der Wolf wedelte mit dem Schwanz, kam witternd näher, sprang an ihm hoch und leckte ihm übers Gesicht! Da kam Nestor eine schwache Erinnerung, dass er und ... er und ... ein anderer (der ihm nahe stand? Aber es gab niemanden, der ihm nahe stand!) schon immer gut mit Wölfen und Hunden hatten umgehen können. Als er noch ein Kind war, da waren die Wildhunde aus den Wäldern gekommen, um mit ihm zu spielen; gezähmte Wölfe und ›Wachhunde‹ wie dieser hier hatten die wildeste Zauserei geduldet, ohne ihn anzugehen; die wilden Wölfe in den Hügeln waren ihm vorsichtig, aber ohne Bosheit, aus dem Weg gegangen.

Er hatte sich nie etwas dabei gedacht. Er dachte sich auch jetzt nichts dabei. Tatsächlich sah er die freundliche Haltung des Wolfes als einen dummen Fehler des Tieres an. Er war ja kein Szgany. Er war Lord Nestor! Aber er war allein, und die anderen waren viele, und sie waren sicher schlauer als ihr zahmer Wolf.

Er lief weiter ...

In der Nacht verschwendete er reichlich Zeit mit Schlafen, mit dem Umgehen von Hindernissen und damit, in dem ein oder anderen Sumpf stecken zu bleiben und sich wieder herauszukämpfen. Aber zwischen den Bäumen erspähte er die Berge, die sich schwarz vor dem dunkelblauen Himmel und den eisig blauen Sternen erhoben und immer näher rückten – genau wie die Morgendämmerung.

Als der Wald lichter wurde und sich im Hügelland verlor, rastete er ein wenig, spähte über die Sonnseite und entdeckte das erste blasse Morgenlicht am Horizont. Bis zur echten

Dämmerung würde es noch Stunden dauern und weitere Stunden bis zum wahren Sonnauf, aber der Anfang war gemacht. Nestor fürchtete die Sonne nicht: Es gehörte zu seinen Absonderlichkeiten, dass die Sonne keine Macht über ihn besaß. Sein Flieger hatte dieses Glück nicht gehabt. Das ... verwirrte ihn ein wenig, aber es war eben so, wie es war.

Ihm war, als erinnere er sich an einen Pass im Gebirge. Doch wo genau? Im Osten oder im Westen? Er meinte, er läge im Osten. Aber als er einem alten, halb vertrauten Pfad durch das Hügelland folgte ...

... erklang über ihm ein Geräusch und er spürte sogar Bewegungen vor sich – graue Schatten im grauen Morgenlicht, das der Nacht noch näher war als dem Tag! Nestor eilte mit langen Schritten durch einen sich vom Boden erhebenden Nebel, der wie ein wallendes Leichentuch um seine Knöchel waberte. Zu seiner Rechten lag der Wald, und links von ihm erhob sich das Hügelland zum Grenzgebirge. Aber oben, wo der Weg steil anstieg, ragte ein riesiger, grauer, unheimlicher Umriss über den Rand eines Steilhangs, der gegen den dunkelblauen Himmel nickte und hin und her schwankte. Aus einem keilförmigen Kopf am Ende eines langen, schmaler werdenden Halses durchmaßen stumpfe, leblose Augen die Nacht. Ganz unverkennbar ein Flieger! Er saß auf einem hervorragenden Abflugplatz und wartete, was nur eins bedeuten konnte: Irgendwo weiter unten streifte sein Vampirmeister, ein Lord oder Offizier der Wamphyri, durch die Nacht!

Nun herrschte zwar im Augenblick Nacht, aber der Morgen dämmerte rasch herauf. Der Halter der Bestie musste sicher bald zurückkehren. Wenn er nicht schon hier war ...

Nestor wollte sehen, ohne gesehen zu werden, wollte erfahren, ohne dass andere von ihm erfuhren, und so trat er noch leiser näher. Wie eine Katze bewegte er sich über den Pfad, hielt sich in den dunkelsten Schatten und schlich unter und an dem Flieger auf seinem Startplatz vorbei. Doch wenig später erblickte er weiter oben am Hang den undeutlichen Umriss einer zweiten Kreatur im trügerischen Licht. Es waren also zwei Flugbestien, und von ihren Herren keine Spur. Es konnte sich nur um einen kleinen Jagdtrupp handeln.

Zwar schien es unwahrscheinlich, dass die stumpfsinnigen, dummen Geschöpfe als Wachposten aufgestellt worden waren, aber Nestor ging kein Risiko ein und hielt sich weiter verborgen. Fünfzig Schritte weiter und dann ... was war das da unten, wo ein Steinvorsprung sich bis zu den Bäumen erstreckte? Ein Feuer?

Es war ein Feuer, in der Tat, das da im Windschatten der Felsen rot und gelb flackerte. In einer grauen Spirale stieg Rauch in die Höhe, Bratenduft – etwa ein Kaninchen? – zog in Nestors Nase und machte ihm den Mund wässrig. Und ... kauerte dort nicht eine Gestalt, die einen Spieß drehte? Vielleicht ein Einzelgänger, ein Szgany, der sich ein frühes Morgenmahl bereitete? Ganz gewiss, denn die Wamphyri waren auf gebratenes Fleisch nicht erpicht. Außerdem hatten sie nicht viel für Kaninchenfleisch übrig! Aber wusste der Idiot denn nicht, dass hier mindestens zwei Vampire umgingen, wenn nicht gar drei, wenn Nestor sich selbst einrechnete?

Der Mann hatte etwas zu essen. Nestor war hungrig. Er konnte ihn warnen und sich mit ihm das Morgenmahl teilen. Darin lag kein Verrat an den Wamphyri, seiner eigenen Art. Schließlich war er ein Ausgestoßener. Und sein Erscheinungsbild täuschte den Einzelgänger gewiss ebenso, wie es Brad Berea getäuscht hatte. Trotzdem war er besser auf der Hut!

Nestors Armbrust war gespannt, der Bolzen eingelegt. Vorsichtig, darauf bedacht, keine losen Steine loszutreten, kletterte er von Felsen zu Felsen hinab. Unter ihm hustete der Idiot, als er den Spieß am Feuer drehte, grunzte und brabbelte leise vor sich hin, als wäre er ganz allein auf der Welt! Nestor kam ihm nahe, sehr nahe, als die kauernde Gestalt plötzlich schwieg, in der Luft schnupperte, aufsah und den Kopf wandte.

Der Mann war sicher bewaffnet. Nestor wollte sich keinen weiteren Bolzen einfangen; er duckte sich hinter die Felsen, wartete und sammelte seinen Mut, um über die Kante zu spähen und den anderen mit einem Ruf auf sich aufmerksam zu machen. Der Nebel wurde immer dichter, er fühlte sich richtig schleimig an. Nestor spürte, wie er eine Gänsehaut bekam, als er durch eine V-förmige Lücke zwischen den Felsen spähte.

Der Einzelgänger kauerte immer noch am Feuer. Aber ...

... er war nicht mehr allein!

Aus einem dunklen Hain glitt wie ein rascher, todbringender Schatten eine zweite Gestalt von der Seite über den nebelüberwaberten Boden an den Fremden heran. An ihren Absichten konnte es keine Zweifel geben. Es war unverkennbar ein Wamphyri, und er war auf Mord aus! Auch wenn er nur als düsterer Umriss von der Seite zu sehen war, brannte sich Nestor das entsetzliche Gesicht ins Gedächtnis: Von dem scharf hervorspringenden Gesicht streckte sich ein kurzer, bebender Tentakel nach seinem Opfer aus.

Nestor benötigte keine weitere Bestätigung, aber als wolle das Wesen ihm noch beweisen, dass es tatsächlich ein Wamphyri war, warf es ihm einen kurzen Blick zu, während es so lautlos wie ein Rauchschwaden auf sein Opfer zuraste. Die Augen brannten rot wie glühende Kohlen in der wabernden, scheußlichen Fratze!

Nestor konnte sich nicht länger beherrschen. Mit einer unwillkürlichen, krampfhaften Bewegung fuhr er in die Höhe, und unter seiner Sandale knirschte ein Kieselstein! Der Mann am Feuer hörte, wie der Stein klappernd zwischen die Felsen rollte, fuhr auf dem Absatz herum und kam in einer geschmeidigen, fließenden Bewegung in die Höhe. Dabei wandte er jedoch dem Wesen, das ihn angriff, den Rücken zu!

Rein instinktiv und ohne einen bewussten Gedanken stieß Nestor einen Warnschrei aus, riss die Armbrust hoch und feuerte den Bolzen auf den Vampir ab. Es schien, als wüsste er ohne nachzudenken, auf wessen Seite er sich schlagen musste. Seine Reaktionen waren die eines Wanderers, eines Szgany, und entsprachen ganz und gar nicht dem Verhalten eines Vampirs, obwohl er sich doch dafür hielt. Vielleicht waren seine Beweggründe auch gar nicht so vielschichtig. Vielleicht lag es nur daran, dass Nestor, als das tentakelgesichtige Ungeheuer ihn aus seinen blutroten Augen anstarrte, gewusst hatte, dass er als Nächster an der Reihe war.

Als der Vampir-Lord sein Opfer schon fast erreicht hatte, traf der Bolzen ihn in den Hals und ließ ihn taumeln. Und während Nestor den Halt verlor und über den letzten runden Findling hinabrutschte und rücklings am Boden aufschlug, packte das ›Opfer‹ ein brennendes Scheit und wandte sich seinem Angreifer zu. Nestor lag auf dem Rücken, rang nach Atem und starrte die beiden an. Im hellen Feuerschein erkannte er nun deutlich, wie sehr er sich getäuscht hatte: Bei beiden dieser Kreaturen handelte es sich um Wamphyri!

ZWEITES KAPITEL

Die Wamphyri-Lords Wran Todesblick, genannt der Rasende, und Vasagi der Sauger starrten sich aus roten Augen wütend über Nestor hinweg an, der zwischen ihnen auf dem Rücken lag und nach Atem rang. Sie beachteten ihn nicht weiter. Sie ließen es nicht zu, dass er sie von ihrem Streit, ihrem Zweikampf, ihrem gegenseitigen Hass ablenkte. Nun, da er seinen Bolzen verschossen hatte, konnte er ihnen ohnehin nichts mehr anhaben. Aus Nestors Perspektive waren sie Furcht erregend, riesig – und von gewaltiger Bosheit erfüllt!

»Verräterischer Bastard!«, fauchte Wran, schlug mit seinem knisternden Brandscheit nach Vasagis scheußlichem Gesicht und stieß Nestor mit dem Fuß aus dem Weg. »Du dachtest also, du könntest dich unter dem lärmenden Schutz dieses tapsigen Narren an mich heranschleichen, ja? Hieltest du es tatsächlich für möglich, dass ich sein Getrampel mit deinem schmierigen Schleichgang verwechseln könnte?« (Tatsächlich war ihm genau das passiert.)

Vasagis feuchtschimmernder Saugstachel glich dem starren Kolben eines fremdartigen Gliedes. Er gab ein fast sexuelles Schmatzgeräusch von sich, als er aus der Scheide in der Spitze seines beweglichen Rüssels beziehungsweise Tentakels fuhr und wieder zurückglitt. Vasagi zerrte an Nestors Bolzen, der oberhalb seiner linken Schulter in den kräftigen, muskulösen Ansatz seines Halses eingedrungen und am Rücken wieder ausgetreten war. Dabei hatte er die Wirbelsäule nur um Haaresbreite verfehlt. Nestor konnte seine Antwort nicht hören, aber Wran der Rasende hörte sie sehr wohl:

Todesblick, du räudiger Hund! Nur dein unverschämtes Glück und dieser Szgany-Abschaum haben dich vor meinem sauberen Todesstreich bewahrt. Jetzt musst du dich also meinem Handschuh stellen – bevor ich meinen Stachel tief in dein Rückgrat ramme und deinen zappelnden Parasiten aussauge!

Er war geschwätziger, als es eigentlich seiner Art entsprach. Er wollte Wran täuschen, und dieser wusste es. Vasagi wagte es nicht, ihm den wahren Inhalt seiner Gedanken zu offenbaren.

Seine Wunde war nicht schwer, schlimmstenfalls unangenehm. Aber sogar ein Bienenstich kann den Ausgang eines Kampfes bestimmen, und der Bolzen des Jungen war keinesfalls als Bienenstich zu bezeichnen. Wran wusste, dass der Sauger noch darum rang, das Gleichgewicht zu bewahren. Warum also die Sache hinauszögern?

Er schwenkte ungeschickt das flammende Scheit in der linken Hand, schlug seinen Mantel mit der Rechten beiseite und enthüllte damit seinen Handschuh. Rot und gelb schimmerte er im Feuerschein, als er die Hand in dem Metallschutz ballte. Vasagi täuschte nach links an, dann nach rechts. Seine Bewegungen gingen fließend ineinander über. Sogar mit dem Bolzen aus Eisenholz, der schräg in seinem Hals stak, war er ein Gegner, mit dem unbedingt gerechnet werden musste.

Nestor lag immer noch rücklings am Boden, vermochte jedoch wieder zu atmen. Er versuchte sich kriechend von den beiden abzusetzen. Aber der Sauger bewegte sich in die gleiche Richtung. Als Vasagi gegen Wran vorsprang, geriet er mit den Füßen zwischen Nestors zappelnde Beine und stolperte. Auf diese Blöße hatte Wran gewartet. Als Vasagi taumelte, sprang er vor, schlug mit der Fackel nach dem zuckenden Gesicht des Saugers, nach seinen tief liegenden Augen und packte sein abnormes Gesicht hinter dem Rundmuskel, der seinen Stachel bewegte. Und während Vasagis Handschuh ihm den Rücken bis auf die Rippen aufriss, holte Wran zu einem Schlag gegen den Saugstachel seines Feindes aus.

In Wrans Bewusstsein war seine finstere Absicht deutlich zu erkennen, und Vasagi erkannte, was ihm bevorstand. Er konnte nur noch einen ›gellenden‹ geistigen Schrei hervorstoßen: *Neeeeeiiiiinnnn!*

Die Wucht dieses Entsetzensschreis war so stark, dass selbst Nestor sie spürte. Harry Keoghs Blut rann in seinen Adern, und er besaß ebenfalls die Begabung des Mentalisten, auch wenn sie wie die seines Bruders noch ungeschult war. Vasagis geistiges Aufkreischen drang zu ihm durch und ließ ihn auf dem Fleck erstarren. Irgendwie kam er taumelnd auf die Beine, aber er vermochte nicht zu fliehen. Er fiel zu Boden und kam wieder gegen den Felsvorsprung zu liegen.

Vasagi war dem ersten Schlag seines Feindes zwar irgendwie entgangen, aber Wran hatte den Griff um den Saugrüssel seines Feindes nicht gelockert. Jetzt bewegte der Rasende die Finger seines Handschuhs in einer bestimmten Weise, und kurz bevor er zuschlug, sprang zwischen den Knöcheln und dem Handgelenk eine scharfe gezackte Klinge hervor, die dem Stachelkamm eines Reptils glich. Nestor sah das Folgende nur als blitzschnelle, verschwommene Bewegung.

Wrans Handschuh schlitzte die bebende Schnauze des Saugers bis zur Hälfte auf, und mit einer fetzenden, sägenden Bewegung brachte Wran die blutige Arbeit zu Ende. Dann trat er einen Schritt zurück, warf den abgetrennten Rüssel und den Saugstachel darin ins Feuer, wo sie aufzischend zu brutzeln begannen, und lachte Vasagi in das blutige Gesicht, das dieser taumelnd befingerte.

Trotz Wrans eigener Höllenschmerzen - sein Mantel hing ihm am Rücken in Fetzen herunter, und von seinen Rippen hing ihm das gleichermaßen zerfetzte Fleisch in Streifen herab - lachte er höhnisch! »Haha, und wie soll man dich jetzt nennen?«, krähte er vor Vergnügen. »Vielleicht Vasagi den Schlabberer?«

Aus dem aufgerissenen Fleischstumpf, an dem Vasagis Saugstachel befestigt gewesen war, spritzte das Blut. Seine Schmerzen waren weit größer als die von Wran, und Tränen der Pein quollen aus seinen Augen, die von dem Fackelstreich des Gegners halb geblendet waren. Er hielt seinen Handschuh vor sich und schwenkte ihn wie den Stock eines Blinden. Aber Wran der Rasende kannte keine Gnade. Er trat vor und nahm, immer noch vor Lachen brüllend, das flammende Scheit wieder auf. Vasagi wandte sich zur Flucht, stolperte blindlings über scharfe, gezackte Felsen und stürzte zu Boden.

Wie der Blitz kam Wran über ihn. Er sprang los und landete mit beiden Stiefeln und seinem ganzen Gewicht auf Vasagis Waffenarm. Mit einem Übelkeit erregenden Geräusch zerbrachen Elle und Speiche, und durch die blutige Öffnung, die einmal sein Gesicht gewesen war, würgte Vasagi einen gurgelnden Aufschrei hervor – er gab tatsächlich einen Laut von sich.

Nestors Mund war so trocken wie altes Feuerholz. Im langsam sich aufhellenden Morgengrauen warf er verstörte Blicke um sich und hielt verzweifelt nach seiner Armbrust Ausschau. Sie war ihm bei seinem ersten Sturz aus der Hand und klappernd in die Geröllhalde gefallen. Dann erblickte er einen stumpfen Schimmer zwischen den Steinen und schob sich langsam darauf zu, behielt jedoch dabei den nunmehr ganz und gar ungleichen Kampf im Auge.

Wran trat so lange auf Vasagis bewehrte Hand ein, bis der Handschuh sich löste, und beförderte ihn dann mit einem letzten wuchtigen Tritt außer Reichweite seines Gegners. Der Sauger war halb geblendet, besaß keinen Saugrüssel mehr, war seines Handschuhs beraubt, und sein Arm hing kraftlos herab, dennoch versuchte er taumelnd auf die Beine zu kommen. Jedes Mal, wenn ihm dies beinahe gelang, trat Wran ihm die Beine unter dem Leib weg. Schließlich wand Vasagi sich nur noch erschöpft mit zuckenden Bewegungen am Boden. Da ließ Wran sich neben ihm auf ein Knie nieder, packte den Eisenholzbolzen, der ihm aus dem Hals ragte, und drehte ihn in der Wunde, bis die Krämpfe des anderen zu einem qualvollen Zittern wurden.

Nestors bebende Hand zog die Armbrust aus einer Felsspalte hervor. Er spannte sie unter Zuhilfenahme beider Hände, zog den zweiten Bolzen aus dem Gehäuse unter dem Schaft hervor. Und dann ...

»Oh ja, lade du nur deine Waffe«, knurrte Wrans tiefer Bass aus einer Entfernung von nur vier oder fünf Schritten. »Lade sie und bringe sie zu mir.« Nestor folgte der ersten Anweisung, aber im Gegensatz zur zweiten richtete er die Armbrust auf Wran. Der andere richtete sich auf, ließ aber einen gestiefelten Fuß auf dem Hals des sich windenden Vasagi. »Also dann«, sagte er und starrte Nestor aus blutroten Augen an, »worauf wartest du noch? Erschieße mich, wenn du sicher bist, dass du mein Herz triffst. Aber falls nicht, dann mach besser, was ich dir sage.«

Nestor fand seine Stimme wieder. »Du ... bist ein Wamphyri!«

Wran nickte. »Und du bist ein Narr! Aber ein Narr, der mir wahrscheinlich das Leben gerettet hat. Der mir jedenfalls eine ganze Menge Ärger erspart hat. Dafür bin ich dir etwas schuldig. Aber wenn du mir diesen Bolzen hineinjagst, schulde ich dir noch eine Menge mehr. Und diese Schuld werde ich Stück für Stück abbezahlen, bis deine Schreie so laut klingen, dass die Lawinen losbrechen! Also los, Junge. Lass mich nicht länger warten und schieß diesem scheußlichen Ding deinen Bolzen ins Herz.« Er nahm den Fuß von Vasagis Hals, und Vasagi setzte sich auf.

Nestor sah ihn an und wurde von noch stärkerer Furcht erfüllt ... Vasagi bot einen scheußlichen, erbärmlichen Anblick ... ihn zu töten würde ein Gnadenakt sein. Nestor hatte nur noch einen Bolzen. Er blickte auf den hässlichen, gebrochenen, blutenden Vasagi, dann auf Wran. Letzterer sah eher wie ein Mensch aus; er war – nun ja, gut aussehend? Jedenfalls gut gekleidet. Er sah ganz wie jene Art von Vampirlord aus, den Nestor immer gespielt und sich vorgestellt hatte und der er jetzt zu sein glaubte.

»Hah!«, schnaubte Wran. »Nicht genug Mumm dafür, was? Aber wenn ich Befehle gebe, dann erwarte ich, dass meine Knechte springen!«

»Knecht?«, gab Nestor knurrend zurück. »Ich ... bin der Lord Nestor!«

»Hä?« Wran runzelte die Stirn, entfernte sich zwei Schritte von Vasagi und trat näher an Nestor heran. »Was bist du? Ein Lord, sagst du?« Hinter ihm ergriff Vasagi mit der linken Hand einen scharfkantigen Stein und erhob sich mit einer geschmeidigen Bewegung.

Nestor schrie gellend auf: »Pass auf!« Und Wran senkte die Schultern, duckte sich und wich zur Seite aus. Einen Augenblick später sauste Nestors Bolzen mit einem surrenden Geräusch durch die Luft und grub sich bis zur Befiederung in Vasagis bereits blutdurchtränktes Hemd. Als der Sauger diesmal zu Boden ging, blieb er reglos liegen ...

Der Bolzen war nahe genug bei Vasagis Herzen eingedrungen, um ihn zu lähmen. Mit Nestors Hilfe zerrte Wran den schlaffen Körper an den Beinen aus der Felshalde über den Hang zu einer Stelle, die genau nach Süden ausgerichtet war. Dort band er ihn mit dem Gesicht nach unten an eingeschlagenen Pfählen fest, damit die aufgehende Sonne ihn erwischte.

»Natürlich sind wir bis dahin schon lange verschwunden«, sagte Wran. »Schade eigentlich, denn ich denke, dass die Schreie des Saugers mich ergötzen würden, wenn die Sonne ihn in einen stinkenden Aschehaufen verwandelt!«

»Seine Schreie?« Grauenerfüllt sah Nestor auf die angepflockte Gestalt herab. »Aber wie kann er denn schreien?«

»In seinem Geist«, erklärte Wran. Und Nestor fiel wieder ein, wie er Vasagis verneinendes Aufkreischen ›gehört‹ hatte, als Wran ihm seinen Saugstachel abtrennte.

»Ah ja!«, sagte er.

Wran richtete seinen blutroten Blick auf ihn und schnaubte verächtlich. »Hah! Für einen ›Lord‹ weißt du nicht allzu viel, oder?« Er setzte ein Grinsen ganz eigener Art auf. »Und welche Art von ›Lord‹ bist du überhaupt?«

»Ein Ausgestoßener.« Nestor hob trotzig das Kinn. »Ausgestoßen von der Sternseite. Und jetzt bin ich auf dem Rückweg dorthin.«

»Ach wirklich.« Der andere nickte und befingerte nachdenklich seine Warze. »Ausgestoßen, sagst du? Vielleicht für irgendein grässliches Verbrechen? Ein Verbrechen gegen die Wamphyri?«

»Ich weiß es nicht.« Nestor schüttelte den Kopf, fuhr sich mit der Hand durchs Haar und tastete über das vernarbte Gewebe an seinem Hinterkopf, wo der Knochen wieder zusammengewachsen war. »Ich ... erinnere mich nicht mehr.«

Wran sah ihm tief in die dunklen Augen: Ihr Blick wirkte leicht verschwommen, und der Geist dahinter schien nicht vollständig zu sein. Offenbar hatte der Junge irgendeinen Überfall überstanden – wenngleich nur mit knapper Not! Körperlich zumindest war er allerdings in guter Verfassung.

»Du willst also ein Lord der Wamphyri werden, ja?« Wran nickte wieder. In seinem Geist zeichneten sich die Umrisse eines amüsanten Planes ab. Ob und wie dieser funktionieren würde, wusste er nicht; das blieb abzuwarten. Doch soweit es Vasagi den Sauger betraf, würde er Wran gewiss die Gelegenheit verschaffen, zuletzt und am lautesten zu lachen. »Nun, es wird nicht eben jeder zu einem Lord«, sagte er. »Aber in deinem Fall – kann ich es vielleicht in die Wege leiten.« Dann warf er einen kurzen Blick gen Süden, sah, wie das fahle Licht über dem Horizont immer heller wurde, und seine roten Augen verengten sich. »Nur müssen wir es rasch erledigen.«

»Was denn?« Nestor war so unschuldig wie ein Kind. Er fuhr zusammen, als Vasagi ein blubberndes Geräusch von sich gab und dabei rote Bläschen erzeugte. Er gewann allmählich das Bewusstsein wieder.

Wran antwortete nicht, aber sein Blick war von vollkommener Bosheit durchdrungen. In seinen Augen lag eine Drohung (gar eine Aufforderung?), als er fragte: »Hast du ... Hunger?« Er warf einen kurzen Blick auf Vasagi. »Nun, ich jedenfalls habe Hunger, und der da trägt einen Parasiten in sich. Wenn wir jeweils an des anderen Stelle wären, dann täte er mit mir das Gleiche.«

Wieder wollte Nestor fragen: *Was denn?* Aber er behielt die Frage für sich und wich zurück. Denn Wran hatte sich auf die Knie niedergelassen, und sein wandelbares Gesicht war nicht mehr das eines Menschen. Der Mund klaffte wie eine Falltür weit auf. In dem roten Loch sprossen und verlängerten sich die Zähne zu weißen, geschwungenen Dolchen, die aus seinem Gaumen hervorbrachen. Reißzähne! Die Eckzähne waren die reinsten Messer, deren ›Klingen‹ so lang waren wie Nestors eigenes Messer. Sie überragten Wrans bebende Unterlippe! Seine Nase, die zuvor dunkel und gerade mit großen, schwarzen Löchern gewesen war, wurde so gewunden, zitternd und empfindlich wie die einer Fledermaus. Und aus seinen Augen schien das Blut zu tropfen.

»Ja, lass mich jetzt allein«, bellte er und warf Nestor einen Blick zu, der jedes etwaige Widerwort im Keim erstickte. »Aber entferne dich nicht allzu weit. Und wenn ich dich rufe, komm sofort her.« Seine kurzen Finger rissen Vasagis Hemd auseinander und glitten mit knetenden Bewegungen über die Erhebungen seines freigelegten Rückgrats.

Nestor entfernte sich mit stolpernden Schritten über den Pfad, der zu der sterbenden Glut von Wrans Lagerfeuer führte. Schwer hing der Geruch nach gebratenem Fleisch in der Luft. Irgendein wildes Tier war dort zugange, ein Fuchs oder ein Wildhund, den Nestors nahende Schritte aufschreckten. Er packte den heruntergefallenen Spieß mit dem Fleisch daran, ließ das heiße Fleisch wieder fallen, wich in die Schatten zurück und kehrte gleich darauf zurück, um das Fleisch noch einmal anzugehen.

Nestor hatte sich Wrans Braten vorher nicht genauer angesehen, aber als er jetzt rauchend neben dem Feuer lag und der Fuchs – tatsächlich ein Fuchs – ein zweites Mal danach schnappte, erkannte er, was es war. Wenigstens glaubte er, es zu erkennen. Und dann wollte er es gar nicht mehr wissen, nur konnte sein Verstand die Gestalt nicht verdrängen: die geschwärzte Form eines Szgany-Kleinkindes! Der ›Köder‹, mit dem Wran Vasagi seine Anwesenheit verkündet und ihn in den Untergang gelockt hatte!

»Nestor, komm zu mir!« Wrans Stimme drang durch den dünner werdenden Nebel an Nestors Ohr. Nestor blickte auf und erkannte, wie weit der Tagesanbruch schon fortgeschritten war. Über dem Grenzgebirge war das Funkeln des Nordsterns schon viel schwächer geworden. Aber als er den Unheilsstern sah, flammte seine Vorstellung erneut klar und hell in ihm auf, und sein Grauen verschwand. Angst? Zittern? Zaudern? Nein, dies war sein angestammtes Erbe. Er war der Lord Nestor, und er kehrte nach Hause zurück.

Er begab sich wieder zu Wran und sah sich einem Albtraum

gegenüber! Aber Nestor hatte seine Empfindsamkeiten weitgehend verloren, sie waren verkümmert und hatten sich sogar in ihr Gegenteil verkehrt. Was ihn vor kurzem noch mit Entsetzen erfüllt hätte, übte nun lediglich eine morbide Faszination auf ihn aus. Dies waren die Dinge, die er irgendwie vergessen hatte oder die man ihn hatte vergessen lassen, aber die er sich wieder ins Gedächtnis zurückrufen oder auch neu erlernen musste, wenn er es auf der Sternseite zu etwas bringen wollte. Vielleicht war überhaupt sein Versagen, diese Dinge zu schätzen, für seine gegenwärtige missliche Lage verantwortlich!

Wran erkannte seine ungesunde Faszination und nickte. »Nun, du bist schon ein seltener Vogel, das gebe ich gerne zu. Ich gab dir die Gelegenheit zur Flucht – der Tag ist beinahe angebrochen, ich muss bald gehen und hätte dich nicht verfolgt – aber du bist immer noch hier. Du willst also wirklich ein Wamphyri werden.«

Nestor hörte ihn kaum, sah nur kurz zu ihm hin und bemerkte, dass sein Gesicht und der Mund fast wieder ›menschlich‹ waren, jedoch blutbefleckt. Dann starrte er wieder auf Vasagi herab, dessen Rücken bis auf den Knochen aufgerissen war. Dort wand sich etwas Schwarzes – sein Parasit? – jedoch mit schwachen Bewegungen, die denen einer sterbenden Schlange aus schwarzem Muskelgewebe glichen. Das Wesen war halb mit dem freiliegenden Rückgrat verwachsen. Es war verletzt worden, und eine tiefrote Flüssigkeit sickerte aus ihm heraus. Die Farbe entsprach genau den Blutflecken auf Wrans Gesicht und Lippen.

Schließlich fragte Nestor, wobei seine Stimme Staunen verriet, aber so gut wie keine Furcht: »Warum habt ihr gegeneinander gekämpft? Ihr seid doch wohl beide Wamphyri.«

Wran lachte auf. »Ist das nicht Grund genug?« Und dann nüchterner: »Er hat mich beleidigt.« Er zuckte die Achseln. »Nun ja, wir beleidigten uns gegenseitig. Unser Zwist war mannigfaltiger Art und konnte so nicht mehr weitergehen. Unsere Behausungen lagen zu nahe beieinander, und wir liefen uns zu häufig über den Weg. Die Herausforderung war beidseitig und konnte nur dadurch beigelegt werden, dass einer von uns den Tod finden musste. Dennoch verspürten wir kein Verlangen danach, unseren ›Brüdern‹ und unserer ›Schwester‹ im letzten Horst der Sternseite ein Schauspiel zu bieten. Also sollte unser Zweikampf privat, hier auf der Sonnseite, ausgetragen werden. Es gab keine Regeln, nur die, dass wir allein antreten sollten. Die gesamte Sonnseite war unser Schlachtfeld, und der Kampf sollte über die lange Nacht von Sonnunter bis Sonnauf stattfinden.«

»Und wenn er nicht zu dir gekommen wäre?« Nestors Blick hing wie gebannt an den krampfhaften Bewegungen des schwarzen Dinges, das sich allmählich von Vasagis Rückgrat zu lösen begann.

»Dann hätte es immer noch die folgende Nacht gegeben«, antwortete Wran. »Aber das war wenig wahrscheinlich. Denn um hier eine weitere Nacht zu erleben, musste ein weiterer Tag überlebt werden. Und das war die andere Bedingung: Wir konnten nicht zur Sternseite zurückkehren, ehe die Sache zu Ende gebracht war. Oh ja, nur einer von uns durfte zurückkehren. Jeder andere Ausgang wäre als – nun ja, bestenfalls halbherzig? – und schlimmstenfalls als Feigheit ausgelegt worden. Aber weder der Sauger noch ich waren Feiglinge, und wir waren auch nicht halbherzig.«

»Das ... Ding da«, Nestor deutete mit dem Kinn auf Vasagis verstümmelte, gepeinigte, angepflockte Gestalt, »kommt aus ihm raus.«

»Sein Parasit? Oh ja, das tut er!«, antwortete Wran. »Denn er weiß, dass Vasagi verloren ist. Vielleicht hat er ... an anderer Stelle ... eine bessere Chance weiterzuleben?« Mit einem scheußlichen Grinsen legte er den Kopf auf die Seite.

»An anderer Stelle?« Nestor beobachtete die Bemühungen des Wesens, als es wie eine lange, gefurchte Schnecke aus Vasagi auf die harte Erde glitt. Es war blind, hatte keine Augen, dennoch schwenkte sein ›Kopf‹ in Wrans Richtung, als spürte es seine Anwesenheit. Es verharrte kurz und schwankte hin und her, als sei es erschöpft und stünde kurz vor dem Zusammenbruch. Alles in allem maß das mit Furchen überzogene Wesen vielleicht achtzehn Zoll, grüne Flecken verteilten sich auf der schimmernden schwarzen Haut, und hier und da klebte das vergossene rote Blut des Saugers an ihm.

»Ein starker neuer Wirtskörper«, lachte Wran leise. Es klang gurgelnd und erstickt. »Sein kostbares Blut würde ihm das Leben retten. Nur kann ich das nicht zulassen, denn in ihm ist viel zu viel von Vasagi selbst. Also ... gib mir dein Messer.«

Nestor reichte ihm das Messer, und bei seiner Bewegung wandte sich Vasagis Parasit ihm zu. Wran war schon beurteilt worden. Er besaß bereits einen Parasiten und kam daher als möglicher Wirt nicht in Frage. Aber Nestor ... besaß noch keinen Schmarotzer. Und mit langsamen, mühsamen Wellenbewegungen seines Unterbauches setzte es sich gleitend auf Nestor zu in Bewegung.

»Nicht doch, mein Freund!«, schrie Wran da auf. Er stürzte sich auf das Ding, packte den Leib mit eisernem Griff, trennte ihm mit einer blitzschnellen Bewegung den sechs Zoll langen ›Kopf‹ ab und schleuderte ihn beiseite, dass er auf dem dunstverhangenen Pfad landete. In dem Ding war nur noch sehr wenig Blut vorhanden, und es war sehr schwach. Zuerst wand und zappelte es wie ein frisch aus dem Fluss gefangener Fisch, doch nach kurzer Zeit lag es still. Wran erhob sich trat zurück und knurrte: »Und jetzt ... sieh es dir an!«

Nestor benötigte die Aufforderung nicht. Er konnte den Blick kaum von dem Wesen abwenden, das mittlerweile eine kränkliche, schimmernd graue Färbung angenommen hatte. Jetzt lag es auf dem Rücken, und sein Bauch leuchtete silbern im rasch heller werdenden Licht. In dem Schlitz, der vielleicht ein Zeugungsorgan war, bildete sich so etwas wie eine Blase. Wran zeigte darauf und sagte: »Ah ja, genau darauf habe ich gewartet! Es ist neu geboren und weiß noch von nichts. Ha, auf seine Weise ist es dir sehr ähnlich, Nestor! Oh ja, Vasagis Ei wird voll und ganz vom Instinkt gelenkt. Sieh nur!«

Die Blase war zu einer kleinen grauen Kugel angewachsen, die sicher nicht größer war als der Daumennagel eines Mannes. Sie löste sich von dem größeren Wesen und glitt über den

Bauch der Kreatur zu Boden. Nestor sah, dass sich darin etwas bewegte. Er hatte als Kind einmal gesehen, wie Kaulquappen sich aus dem Froschlaich wanden, und das hier ähnelte dem Erlebnis. Nur war die Hülle des Eis eher eine Art Membran als ein Schleimklumpen. Plötzlich platzte es auf und gab seinen Inhalt frei. Die kleine silberne Kugel darin kam zappelnd hervorgeschossen. Sie war mit vielen hundert winzigen Haaren bedeckt und flitzte unruhig zwischen den Steinen umher.

Wran sagte: »Ist das denn zu glauben? Verstehst du es überhaupt, Nestor? Dieses winzige harmlose Ding dort ... ist das, was du werden willst! Es ist Wamphyri!« Wieder ließ er sich auf ein Knie nieder, streckte die Hand nach dem Ding aus – und die Kugel rollte rasch über seinen Finger in seine Handfläche und drehte sich dort wie ein Kreisel. Er streckte die Hand aus, damit Nestor es besser sehen konnte: dieses wirbelnde Ding in seiner Hand – das plötzlich erstarrte!

»Ah!«, sagte Wran. »Es will mich probieren. Sieh genau hin.«

Gaffend rückte Nestor näher. Er hatte die Augen weit aufgerissen und sein schlaffer Mund stand offen. Das Ei fuhr einen dünnen roten Stachel aus, der mühelos in das hornhautbedeckte Fleisch von Wrans Hand eindrang. Und es probierte ihn – schmeckte ihn! Dann wurde der Stachel rasch wieder zurückgezogen, und das Ei nahm seine Drehung wieder auf.

»Ach wie schade!«, rief Wran aus. »Es mag mich nicht! Wenn es in meinen Körper eindringt – würde es sogleich verschlungen werden, und das weiß es. Aber dein Körper ist etwas ganz anderes!« Wran lächelte auf einmal nicht mehr, seine Augen brannten wie die Flammen der Hölle, und als wolle er Nestor eine Kusshand zuwerfen, hauchte er das Vampirei von seiner Handfläche genau in Nestors Gesicht!

Nestor klappte den Mund zu und wandte sich ab, als ihn Wrans stinkender Atem traf. Aber zugleich traf ihn auch das Ei und hing einen Lidschlag lang wie Speichel an seiner Wange. Dann spürte er, wie es über sein Fleisch in sein Hemd und in seinen Nacken huschte. Wran hatte Recht: Von da an geschah alles ganz instinktiv. Der Instinkt befahl ihm, dies Ding zu zermalmen, es herauszureißen, es zu töten, ehe es auch ihn probierte und schmeckte. Doch es war schon zu spät, denn in seinem Fall war die Probe nicht nötig. Das Ei besaß ebenfalls Instinkte und erkannte, dass Nestor noch unbefleckt war.

Dann verhielt die schimmernde Perle und wurde dunkelrot. Sie brauchte keinen Eierstachel, sondern sickerte in Nestors Fleisch wie Wasser in Sand. Sie ließ sich in seinem Rückgrat nieder und stellte die Verbindung zu den zurückweichenden Nervenzellen her. Bis dahin hatte Nestor noch nicht gewusst, was echte Schmerzen waren. Doch nun wurde ihm diese Erfahrung zuteil.

Er zuckte zusammen, schrie auf, fuhr hoch und vollführte mit zappelnden Gliedern einen unwillkürlichen Luftsprung. Hart schlug er rücklings auf spitze Steine und spürte sie nicht einmal, denn er fühlte nur noch, wie das Wesen sein Rückgrat erkundete. Wieder sprang er hoch und hüpfte herum, als wollte er es sich aus der Haut schütteln. Und dann verstärkte sich die Pein, die sich in seinem gesamten Körper ausbreitete – im Rücken, in seinem Schädel, in allen Gliedern. Ein Feuer brannte in seinen Adern, das schlimmer wütete als Essig in einer offenen Wunde.

Er stolperte, stürzte, rollte zwischen die Steine, die ihm die Haut aufrissen, und spürte doch nichts davon. Denn seine Schnittwunden waren bloße Kratzer im Vergleich zu einer Peitschengeißel, nur waren es hundert Peitschen, und ihre Hiebe schlugen in seinem Inneren ein.

Und während der ganzen Zeit lachte Wran der Rasende wie ein Wahnsinniger – wie die Verkörperung des Wahnsinns lachte er, sprang umher und hielt sich den Bauch, setzte sich schließlich hin und wiegte den Oberkörper in höllischer Freude. Er lachte, bis ihm die Tränen aus den roten Augen und über die grauen Wangen rannen, bis sie ihm von seiner Kinnwarze tropften, lachte, bis er sich mit dem Rücken gegen einen Felsen warf und über das offene Fleisch seines Rückens scheuerte. Und da ... konnte er vielleicht endlich einen Teil von Nestors Schmerzen nachvollziehen.

Nestor hatte die Stadien der Panik und der Verzweiflung durchlaufen und war nun weit auf dem Weg in die Hölle vorgedrungen. Er glaubte sterben zu müssen, dachte, dass seine Todesqualen ihn bald, aber nicht bald genug, das Leben kosten mussten, und er erkannte, dass er den Tod als einen Freund und eine gnadenreiche Erlösung willkommen heißen würde. Sein Schädel war am Platzen, sein Rückgrat stand in Flammen, Säure floss durch seine Adern, während er sich auf dem Boden wand und zappelte. Doch als Wran an ihn herantrat, raffte er von einem ihm unbekannten Ort die Kraft auf, sich zuckend auf die Knie zu erheben und ihn anzuflehen: »B-b-bitte!«

»Ja, das reicht jetzt«, sagte Wran, nickte und streckte ihn mit einem Schlag nieder ...

»Aufwachen!« Eine Hand, die so hart war wie altes Leder, schlug Nestor ins Gesicht, dass sein Kopf hin und her schwankte. Er saß erschöpft gegen einen runden Felsen gelehnt. Die Qual seines inneren Kampfes war verschwunden, aber seine neuen Schnittwunden und Prellungen pochten und schmerzten. Er schlug die Augen auf und sah, wie Wran von den Wamphyri riesenhaft gegen das herannahende Morgenlicht vor ihm aufragte. Ja, das Morgenlicht, denn der Vampir-Lord zeichnete sich als Umriss vor der Sonnseite ab, und hinter ihm breitete sich am Rand der Welt allmählich ein goldener Fächer über den Himmel aus.

»Ich gehe jetzt«, grunzte Wran. »Oben am Hang«, er ruckte mit dem Kopf, »warten zwei Flieger. Einer davon gehörte Vasagi. Wie du weißt, hat er keine Verwendung mehr dafür. Du trägst sein Ei, nimm dir also auch seinen Flieger, warum nicht, eh? Als du dich mir in der Nacht genähert hast, vernahmen dich meine Ohren auf jedem Zoll deines Weges. Falls du nicht blind gewesen bist, hast du die Bestien gesehen. Habe ich Recht?«

Nestor nickte. Das war alles, was er fertig brachte.

»Na, dann, mein Lord Nestor, liegt alles andere bei dir«, verkündete ihm Wran. »Wenn du zur Sternseite kommen willst, steht dir der Weg offen. Unterwirf dir Vasagis Tier und fliege darauf nach Hause. Oder – wenn du zu schwach dazu bist, ist es am besten, du bleibst hier. Ich muss dich warnen. Das Ei ist empfindlich: Wenn es die Sonne auf deinem Fleisch spürt, kann dich seine Raserei das Leben kosten. Also flieg oder stirb – ganz einfach.«

Wieder nickte Nestor. Aber sein Blick war nicht mehr ganz so leer. Tatsächlich ruhte er unverwandt und hart auf Wrans Gesicht, als wollte er sich jede Linie und Pore darin einprägen.

»Die Nacht ist vorbei«, sagte Wran. »Höchstens noch eine Stunde, bis eine goldene Blase am Rand der Welt aufplatzt und diese Grenzlandberge mit gelbem Eiter bespritzt. Aber auf der Sternseite ist alles sicher und dunkel.«

Er wandte sich um, entfernte sich mit langen Schritten und konnte dabei Nestors Blicke brennend auf seinem Rücken spüren, als er den unwegsamen Hang zu seinem Flieger erklomm ...

Nestor konnte nicht gehen, also kroch er auf Händen und Knien. Aber als er an Vasagis angepflocktem Körper vorbei wollte, sprach etwas in seinem Kopf: *Junge, löse die Pflöcke heraus.*

Ein bloßes Flüstern nur, schwach, gequält, Mitleid erweckend. Und noch konnte Nestor Mitleid empfinden. Er blickte Vasagi an, wie er da lag: Aus dem blutigen, verstümmelten Gesicht blubberte roter Schaum in den Staub; ein Arm und das Rückgrat waren gebrochen; ein Bolzen ragte aus seinem Rücken, und in seinem Hals klaffte eine entsetzliche Wunde an der Stelle, wo der erste Bolzen herausgezerrt und beiseite geworfen worden war. Und dennoch lebte er noch!

Wohl wahr, aber ich sterbe, ›erklang‹ die Stimme wieder. *Wran fügte mir schwere Wunden zu, aber du warst es, der mich niederstreckte. Vielleicht bist du es doch wert, ein Wamphyri zu sein. Aber du hast schon mein Ei, meinen Flieger ... musst du dann auch noch mein Leben nehmen? Es geht ohnehin dem Ende zu – aber nicht so, darum bitte ich dich. Zieh die Pflöcke heraus und lass mich in eine Höhle kriechen, damit ich dort sterben kann. Aber nicht im Sonnenlicht, denn du kannst nicht wissen .... was es für einen wie mich bedeutet ... im Sonnenlicht zu sterben ...*

Nestor wusste das schon recht genau. War sein Flieger nicht auf gleiche Weise dahingegangen, indem er sich in Gestank und Dunst auflöste? Aber die Pflöcke herauszuziehen ... und wenn diese Kreatur immer noch gefährlich war?

Das Gelächter, das in seinem Bewusstsein aufbrandete, war bitter und mit schmerzlicher Ironie erfüllt. *Gefährlich? Oh, das war ich wohl, stimmt schon. Doch jetzt? Ich habe keinen Parasiten mehr in mir, bin zerschmettert, ausgeweidet, nur noch eine leere Hülle. Aber du ... du bist – oder warst – ein Szgany. Und in dir sind noch andere Dinge lebendig als die krankhaften Gefühle eines Wamphyri. Wenigstens noch eine Zeit lang. Daher bitte ich dich ein letztes Mal: Ziehe die Pflöcke heraus.*

Das tat Nestor, dann kroch er weiter. Wenig später konnte er sich wieder auf die Beine rappeln. Er blickte zurück, und Vasagi lag dort immer noch ausgestreckt. Er hatte sich nicht gerührt, vielleicht konnte er das auch nicht mehr. Nestor dachte nicht weiter an ihn und ging zu seinem Flieger.

Die Bestie sah ihn herannahen und blickte aus dummen, glanzlosen Augen auf ihn. Vorsichtig näherte er sich der Kreatur, denn ihm war bewusst, dass sie sich auf ihn wälzen oder werfen und dadurch zermalmen konnte. Doch ihr Gewebe bestand aus dem Stoff der Vampire, und das Biest spürte den Vampir in Nestor und blinzelte lediglich nervös, als er nach dem Zaumzeug langte. Als er sich dann in den Sattel zog, sah er Vasagis blutigen Handschuh, den Wran für ihn zurückgelassen hatte, von einem Lederriemen herabbaumeln. Das war nur billig, denn was war ein Lord der Wamphyri schon ohne seinen Handschuh?

Die Sonnseite wies mittlerweile grüne und graue Farben auf, aus den dunklen Wäldern stieg Nebel in die Höhe, von fernen Lagern und Siedlungen erhob sich blauer Rauch, und die Vögel erwachten und stimmten ihren morgendlichen Gesang an. In der Mitte des südlichen Horizontes drohte ein goldenes Leuchten jederzeit zu einem goldenen Glutofen zu werden.

Nestor stieß seinem Reittier die Fersen in den Ansatz des sich wiegenden Halses und zerrte zaghaft an den Zügeln. »Hoch mit dir«, stieß er hervor. »Wir müssen los.«

Die Kreatur wandte den langen Hals, sah ihn neugierig an, breitete die rochenähnlichen Schwingen aus – und rührte sich nicht. Nestor verpasste ihr einen Klaps auf den Hals, das graue Fleisch zuckte ein wenig – das war alles. »Auf!«, schrie er und trieb ihr die Fersen heftiger in die Haut, wo Vasagis gespornte Stiefel tiefe Furchen hinterlassen hatten. Das Tier schnaubte und bebte leicht, verharrte jedoch am Boden. Die Antwort lag in Nestors Kopf vergraben, und schließlich fand er sie auch.

Ich will, dass du fliegst!, befahl er dem Wesen. *Auf jetzt, hoch in den Himmel und zurück zur Sternseite. Oder willst du lieber schmelzen, wenn die Sonne aufgeht?* Da schwollen verwandlungsfähige Muskeln an, und die Sprungbeine des Fliegers krümmten sich wie gespannte Stahlfedern. Aber immer noch wollte – und konnte – die Bestie ihm nicht gehorchen. Doch plötzlich gesellte sich Vasagis erschöpfte ›Stimme‹ zu derjenigen Nestors:

Oh ja, du warst stets ein getreues Tier. Als ich dir befahl, dort zu bleiben, bliebst du auch dort. Aber jetzt gehörst du ihm. Es gefällt mir, dich ihm zu schenken ... jedenfalls für eine gewisse Zeit. Also flieg – flieg!

Die Schwingen der Bestie streckten sich, als hohle Knochen, Flughäute und Muskeln sich im Fluss der Verwandlung reckten und in neue Gestalt flossen. Sodann beugte sich das Wesen über den Klippenrand. Nestor drückte die Knie zusammen und packte die Zügel fester. Die Sprungbeine des Fliegers stießen ihn in die Höhe und nach vorn ... und dann flog er!

Der Wind peitschte Nestor ins Gesicht, als sein unheimliches Reittier über die Sonnseite glitt und allmählich an Höhe gewann. Doch die Sonnseite war nicht sein Ziel. »Zur Sternseite!«, schrie er mit Stimme und Geist. »Zur Sternseite!« Bis der Flieger seine Rochenschwingen in riesige Krümmungen legte, in denen sich die Luft fing, eine Aufwindsäule nutzte und zu den Gipfeln emporstieg.

Und in den nebelverhangenen Tälern und Wäldern blieb all das zurück, was Nestor gewesen war und getan hatte – alles, was er gekannt und nunmehr vergessen und aufgegeben hatte ...

Nathan folgte dem Lauf des Großen Finsterflusses und besuchte nacheinander Spalte-im-Fels, Viele-Höhlen, die Zwillingskolonien See-des-Lichts und See-der-Sterne sowie Stätte-der-Tierknochen. Meistens nahm er den Flussweg tief unter der Wüste. Ab und zu musste er, wenn der Fluss ohne einen Pfad in einem Loch verschwand, ein Fährboot durch die schwarzen Gedärme der Erde benutzen. Manchmal wanderte er auch an der Oberfläche von Oase zu Oase, wo Brunnen oder Wasserlöcher den herbeigewehten Sand mit den unterirdischen Ablagerungen des Flusses verbanden.

Es gab viele Thyre-Kolonien, obgleich nur wenige davon mehr als etwa einhundert Personen beherbergten. Selbst Zum-Himmel-offen, die größte, die er bisher besucht hatte, bot nur etwa zweihundertsechzig Bewohnern Platz. Atwei zufolge gab es alles in allem nicht mehr als fünftausend Thyre. Wurde diese Zahl überschritten, drohte eine Verschlechterung der Lebensbedingungen in den begrenzten Wohnräumen.

Nathan gab Kenntnisse weiter, lernte, was er lernen konnte, und erwarb sich einen Ruf als Freund der Thyre. Dabei vergaß er nie die Bescheidenheit, die das Wüstenvolk und seine Toten so sehr an ihm schätzten. Und während er lehrte, lernte Nathan zugleich.

Er begegnete noch anderen, die ›sich mit Zahlen auskannten‹, traf aber auf keinen, dessen Kenntnisse das rudimentäre Verständnis des Ältesten Ethloi übertrafen. Er studierte, was Ethloi ihm gezeigt hatte, nahm sich sein ›Zehner-System‹ vor, erforschte Division, Multiplikation, sogar Dezimalstellen – all das tat er, ohne den Zweck dahinter zu kennen oder auch nur zu ahnen, ob es überhaupt einen Zweck über die Information hinaus gab. Alles, was er wusste, war, dass dies für ihn wichtig war. Und manchmal beschwor er den Mahlstrom der Zahlen herauf, fing ganze Abschnitte der wandelbaren Berechnungen ein und ließ sie auf dem inneren Bildschirm seines Geistes erstarren, damit er sie besser betrachten konnte. Aber sie gaben nichts preis und blieben ihm so fremd wie die fernsten Gestirne. Und wenn er seine Konzentration nur einen Augenblick außer

Acht ließ ... dann gerieten sie wieder in Fluss, wandelten sich, schlossen sich erneut dem Mahlstrom an und wurden in den unendlichen Strudel unauslotbarer Gleichungen gesogen ...

Die Thyre berichteten ihm Neuigkeiten über die Wamphyri. Hier, weit östlich des Großen Passes, waren ihre Spuren spärlicher. Was Nathan hier erfuhr, passte gut zu dem, was er bereits wusste. Nur eine Hand voll Wamphyri hatte die Große Rote Wüste zur Sternseite durchquert, und sie hatten sich in Karenhöhe, dem letzten Horst, niedergelassen. Dort hatten sie ihre Stellung befestigt, ihre Armee aufgebaut, weitere Vampire erschaffen. Da ihr ›Rohmaterial‹ nur eine Flugstunde entfernt auf der anderen Seite der Berge zu finden war, hatten sie bisher keine Notwendigkeit gesehen, im Osten zuzuschlagen. Im Augenblick gaben sie sich damit zufrieden, die östlichen Bereiche lediglich auszuspähen. Man hatte sie gesehen, wie sie mitten in der Nacht als bloße Schatten vor dem Mond und den Sternen aus der Höhe das Land erkundet und gierige Blicke auf den menschlichen Reichtum geworfen hatten, den sie sich bald zu holen gedachten.

Westlich des Passes – bei den vertriebenen und enteigneten, belagerten und verheerten Menschen von Siedeldorf, Tireni-Hang und Mirlu-Städtchen, einem halben Dutzend weiterer Dörfer und Lagerstätten und sämtlichen Szgany-Stämmen, die sich nunmehr dort auf Wanderschaft befanden – sah es freilich anders aus. Dort waren bereits die ersten Opfer der Blutpest anzutreffen – und nur die ersten. Denn sobald die Wamphyri genügend Knechte und Offiziere in ihre Dienste gepresst, hinreichend Flieger und Krieger herangezüchtet und sich zu einer unüberwindlichen Eroberungsstreitmacht aufgerüstet hatten, war die Zeit gekommen, dass sie ihre Grenzen gen Osten erweiterten. Die Schändung der Sonnseite würde anhalten, sich ausbreiten und schließlich alles umfassen. Dann war die alte Ordnung dahin, und die Szgany wären ... nicht mehr als Schlachtvieh ...

Auf seinem Weg nach Osten legte Nathan in jeder neuen Thyre-Kolonie nur kurze Aufenthalte ein. Er fühlte sich zum

Osten, zu der Wurzel jenes Krebsgeschwürs, das sich durch die Sonnseite ausbreitete, regelrecht hingezogen. Da er es nicht länger zufrieden war, vor der Seuche davonzulaufen, hatte er sich entschlossen, geradezu auf sie loszustürmen. Denn wenn er den Rest seines Lebens nicht bei den Thyre verbringen wollte, würde die Seuche ihn ohnehin irgendwann einholen. Im Lauf der Zeit mochte sie sogar die Thyre selbst überrennen!

Die Ortsnamen der Thyre vermischten sich in seinem Verstand, als die entweder unterirdisch oder in den endlosen Sandweiten der Oberfläche verbrachten Wochen zu Monaten wurden: Acht-schiefe-Bäume, Glühwurm-See, Garten-über-der-Klamm und Garten-unter-der-Klamm, Sieben-Brunnen-im-Süden, Stätte-der-heißen-Quellen, Großes-Strudelloch und Bröckelhöhle. Schließlich erfuhr er von den Toten von Salzstein-Grube den Namen eines Uralten in Fluss-Schnelle hinter der Großen Roten Wüste: Thikkoul, der aus den Sternen die Zukunft der Menschen gelesen hatte. Leider war Thikkoul vor seinem Tod erblindet, und die Sterne waren für ihn unsichtbar geworden. Doch jetzt ... war es durch Nathan vielleicht möglich geworden, dass er sie erneut deuten konnte? Vielleicht konnte er aus den Sternen sogar Nathans Zukunft lesen.

Nathan beschloss, mit Thikkoul zu sprechen, aber bis Fluss-Schnelle lagen noch viele Meilen und zahlreiche weitere Kolonien vor ihm ...

Auf dem fruchtbaren Rand von Krater-See, der sich wie eine falsche Hochebene aus der Glutwüste erhob, besprach Nathan sich mit seinem Führer Septais, einem jungen Thyre, der nur fünf oder sechs Jahre älter war als er. Septais begleitete ihn nun schon seit drei Monaten: Sie hatten sich angefreundet und empfanden wenig oder nichts an Fremdartigkeit oder Sonderbarkeit an der Gesellschaft des jeweils anderen. Nathans Stimme klang gedämpft und sogar ehrfurchtsvoll, als er fragte: »Wie kann es denn sein, dass Szgany und Thyre einander nicht kennen? Wir haben so lange so nahe beieinander gelebt und sind uns doch, abgesehen von gelegentlichen Handelstreffen, fremd geblieben!«

»Aber ... wir kennen euch doch«, antwortete Septais und blinzelte.

»Ja«, sagte Nathan und nickte, »ihr kennt uns – jedenfalls wisst ihr etwas über uns –, aber die Szgany haben euch eigentlich nie gekannt. Und gewiss haben sie hiervon nichts gewusst!« Er breitete die Arme aus, als wolle er ganz Krater-See einschließen.

Der Ort trug seinen Namen zu Recht. Es handelte sich um einen gewaltigen Krater, der eine ganze Meile durchmaß und in dessen Inneren sich eine Caldera erhob. Der Fluss zog sich durch Höhlen am Fuße der Westwand und bildete einen großen blauen See, der durch ein Loch in der zentralen schroffen Aufschüttung in eine wirbelnde Sinkgrube abfloss. Danach floss der Große Finsterfluss wie zuvor unterirdisch weiter gen Osten. Die Kolonie war eine große, wunderschöne Oase.

»Du meinst unsere Oasen, unsere geheimen Stätten? Aber wenn ihr über sie Bescheid wüsstet, wären sie nicht länger geheim. Wenn ihr über sie Bescheid wüsstet ... wie lange würde es wohl dauern, bis auch die Wamphyri von ihnen erführen?« Septais zuckte die Achseln. »Ihr Szgany habt eure Stätten, eure Wälder und Hügel, und wir vom Wüstenvolk haben die unseren.«

»Ich kann es euch nicht verdenken, dass ihr sie nicht teilen wollt«, meinte Nathan.

»Vielleicht sollten Menschen von verschiedener Art miteinander leben«, gab Septais zur Antwort. »Aber nach unserer Erfahrung können sie das nicht. Einst fielen die Nekromanten des Ostens bei uns ein. Vom Aussehen ähnelten sie scheinbar uns Thyre – jedenfalls waren sie uns weit ähnlicher als ihr Szgany –, aber sie hatten nichts mit uns gemein. Zum einen beherrschten sie nicht unsere Telepathie. Dafür beherrschten sie ... andere Künste.«

»Darüber hat man mir berichtet«, sagte Nathan und nickte.

Wieder zuckte Septais die Achseln. »Wir handeln ein wenig

mit den Szgany, damit sie wissen, dass wir ein friedliches Volk sind. Das ist genug.«

»Das verstehe ich«, sagte Nathan. »Aber ich kann immer noch nicht verstehen, warum wir nichts über euch wissen. So nahe und doch so unwissend. Und was eure Telepathie angeht: Ich habe gehört, dass gewisse Menschen unter den Szgany schon vor mir ähnliche Begabungen besessen haben. Hörten sie denn nie eure geistigen Gespräche? Forschten sie niemals nach?«

»Unsere Gedanken sind stets unter Kontrolle«, sagte Septais. »Von der Geburt bis zum Tode achten wir sehr darauf, wie wir diese Gabe einsetzen. Unter den Szgany tritt Telepathie selten auf. Aber unter den Wamphyri – ist sie keineswegs selten!«

Nathan nickte. »Das ergibt Sinn! Ich könnte den Gedanken, dass sie hierher kommen, nicht ertragen!« Er erschauerte unwillkürlich und schwieg einen Moment. Aber er war immer noch neugierig und ein wenig verwirrt. »Davon einmal abgesehen«, sagte er schließlich, »leben wir sehr nahe beieinander – ich meine landschaftlich gesehen –, ohne dass uns etwas so Gewaltiges wie das Grenzgebirge trennen würde. Es überrascht mich, dass einsame Szgany-Wanderer eure Oasen nicht zufällig entdeckt haben.«

»Tatsächlich?«, sagte Septais. »Das überrascht dich? Nun, deine Landschaftskunde mag auf die Sonnseite zutreffen, Nathan, aber hier in der Glutwüste lässt sie doch ein wenig zu wünschen übrig. Du fragst, warum Menschen nicht zufällig auf uns gestoßen sind?« Er zeigte nach Norden und leicht westlich. »Dort drüben, etwa sechzig Meilen entfernt, liegt der Ostrand des Grenzgebirges, wo die Berge zur Großen Roten Wüste hin abfallen.« Er ließ den erhobenen dünnen Arm ausgestreckt und drehte sich langsam um neunzig Grad gen Osten. »Das alles ist die Große Rote Wüste – über eine Weite von tausend Meilen. Dahinter liegt eine Fortsetzung der Sonnseite mit Bergen, Szgany und Wamphyri. Für euch ein unbekanntes oder sagenhaftes Land! Menschen, Szgany, haben die Große Rote Wüste noch nie durchquert. Wie hätten sie das tun können, wenn nicht einmal die Thyre den Weg über die Oberfläche geschafft haben? Von den Szgany wirst du der Erste sein, aber du wirst sie umgehen und unterqueren!«

Nathan blickte in die von Septais zuerst angezeigte Richtung. »Die Sonnseite – nur sechzig Meilen entfernt«, sagte er nachdenklich. »Und am flachen Horizont zeigt sich kein einziger Zacken, weil die Berge hinter der Krümmung der Welt liegen. Natürlich hast du Recht, Septais. Warum sollte ein geistig gesunder Szgany sich hierher wagen? Die Wälder gehen in das Grasland über, das wiederum von einer sandigen Steppe abgelöst wird, und dahinter erstreckt sich die Glutwüste endlos zur Sonne hin. Nur die fremdartigen, dünnen dunkelhäutigen Nomaden können in der Wüste leben, und sie fristen ein kümmerliches Dasein in den sonnengebleichten Dünen, den felsigen Schluchten und ausgedörrten Hochebenen. So haben wir stets gemutmaßt, und wir wussten nur wenig.« Er setzte eine säuerliche Miene auf. »Doch ich frage mich: Falls mein Volk ausgelöscht wird, getötet oder ... von den Wamphyri verwandelt, könnten nicht einige von ihnen sich in die Wüste retten?«

»Das müssen die Ältesten entscheiden«, seufzte der andere. »Wenn ich einer von ihnen wäre ... du weißt, dass ich dir nichts abschlagen und versuchen würde, es einzurichten. Denn ich habe deine Traurigkeit gespürt, wie sie sich in großen Wellen von dir ausbreitet. Große Trauer, aber auch großen Hass – auf die Wamphyri!«

»Du kannst sie ›spüren‹?« Nathan lächelte schief. »Durchstöberst du heimlich meine Gedanken?«

»Das ist nicht nötig!«, sagte Septais. »Aber ich denke, dass du, Nathan, vielleicht lernen solltest, nach Art der Thyre deine Gedanken zu beherrschen. Manchmal strahlen sie in einer solchen Stärke aus, dass ich mich gegen sie wappnen muss, damit sie mich nicht mit Widerwillen erfüllen!«

So stark? Er sah Septais an und nickte grimmig. *Oh ja, das mag schon sein, aber ich wünschte, sie wären noch stärker – so stark, dass ich sämtliche Wamphyri in die Vernichtung denken könnte! Besonders den einen: Canker Canisohn.*

Der andere schüttelte den Kopf und ergriff Nathans Arm.

»Dazu reicht der Wille nicht aus«, sagte er. »Kein Mensch kann etwas herbeidenken oder es aus dem Dasein sinnieren. Und wenn wir es könnten, gefiele es uns nicht. Denn in allen Menschen liegt Gutes und Böses verborgen. Wer weiß schon, was ein Mann in einem traurigen, zornigen Augenblick denken mag?«

»In allen Menschen liegt Böses«, antwortete Nathan. »Ja, da hast du wohl Recht – doch in den Wamphyri nistet weit mehr davon! Ich weiß es, denn ich habe es mit eigenen Augen gesehen. Und das kannst du mir glauben: Wenn ich es vermöchte, würde ich sie in meinem Zahlenwirbel ertränken oder sie zu Tode denken!«

»Nun ja«, sagte Septais, »in diesem Fall hast du wohl noch eine ganze Menge zu lernen, denn noch sind deine Zahlen ohne Gewicht und könnten nicht einmal eine Fliege ertränken. Außerdem steht dir noch langes Nachdenken bevor. Denn deine Gedanken sind zwar leidenschaftlich, aber auch unbeherrscht, und du bist der Einzige, der an ihnen sterben kann!«

Mit diesen Worten erwies sich Septais als weise über seine zweimal zwanzig Jahre hinaus ...

Nathan hatte sich seit etwa einem Jahr und fünf Monaten – oder rund dreiundsiebzig ›Tagen‹ – bei den Thyre aufgehalten, als er am Rand der Großen Roten Wüste aus der Rotbrunnen-Grube an die Oberfläche kam. Vor etwa elf Sonnaufzyklen hatte er sich von Septais getrennt, seitdem hatten ihn mehrere Thyre den Lauf des Großen Finsterflusses entlang geleitet. Von hier an trug der große unterirdische Strom einen anderen Namen. Aufgrund der Mineralien, die aus der rostigen, ausgebrannten Erde in ihn gespült wurden, hieß er nun der Große Rote Fluss.

Nathans neuer Führer war ein rüstiger Ältester der Thyre namens Ehtio, der sich in dieser unbewohnbaren Region genauso gut auskannte wie jeder andere auch: nämlich so gut wie gar nicht. Im scheußlichen Schimmer einer blutroten Dämmerung zeigte Ehtio Nathan eine auf Echsenhaut gezeichnete Karte, die den Verlauf des Flusses von ihrem letzten Halt bei Zehn-sprudelnde-Quellen bis zu ihrer gegenwärtigen Position zeigte.

»Der Fluss ist nach Norden abgebogen«, krächzte er, »und hat uns unter die Große Rote Wüste geführt. Und das hier« – er sah sich um und blinzelte mit seinen sanften Thyre-Augen – »ist die Große Rote Wüste, jedenfalls ihr südlicher Randbereich. Wie du siehst, trifft ihr Name voll und ganz zu.«

Sie waren über eine Treppe in der Wand eines gewaltigen Brunnens aufgestiegen. Einhundertfünfzig Fuß unter ihnen lag ihr Boot vertäut, in dem Thyre-Ruderer warteten. Hier gab es keine Kolonie, und ihr Aufenthalt sollte so kurz wie möglich sein, damit Nathan einen Blick auf den Ort werfen und angemessene Abscheu dafür entwickeln konnte. Und wahrlich verabscheute er ihn vom ersten Augenblick an.

Er stand hinter der Brüstung des Brunnens, drehte sich langsam einmal um die eigene Achse und blickte auf die Große Rote Wüste hinaus. In jeder Richtung sah er das Gleiche: Wellenkamm um Wellenkamm aus roten und schwarzen Dünen, zwischen denen Flächen lagen, die wie gewaltige Blasen wirkten, welche aufgeplatzt und ausgetrocknet und nun in sich zusammengefallen waren, und dazwischen wieder andere Stellen, Seen aus dampfenden, blubbernden, rauchenden Chemikalien. Nathan roch Teer, Schwefel, den überwältigenden Gestank nach faulen Eiern und den Brodem ätzender Säuren. Die Umrisse der Dünen wirkten wie Runzeln in einer erkrankten Haut, als wäre die gesamte Landschaft eine riesige kosmische Leiche, die an ihren Geschwüren und Infektionen eingegangen war und deren aufplatzendes Fleisch nun langsam verrottete, wobei Nathan und Ehtio in ihrem Nabel standen.

Es herrschte Abenddämmerung. Im Süden schimmerte der Horizont in einem kränklichen, wabernden, rauchigen Ocker; der Sonnenuntergang war nur durch einen aufsteigenden Dunst aus giftigen Dämpfen zu sehen. Im Norden wirkte der Horizont schwarz, buckelig und fremdartig. Über ihnen flackerten die Sterne. Wie kranke Glühwürmchen blinkten sie wie sterbend in dem allgegenwärtigen Gestank.

»Die Luft ist schlecht«, sagte Ehtio. »Wir können nicht bleiben.«

»Und das geht jetzt über eintausend Meilen so?« Nathan schüttelte den Kopf und wandte sich der Treppe zu. »Ich will gar nicht bleiben ...«

Die feuchte, stickige Luft aus dem Brunnen schien im Vergleich frisch und süß zu schmecken. Als sie im unsteten Fackelschein hinabstiegen, fragte Nathan: »Was ist dort passiert? Weiß das irgendjemand?«

»Nicht mit Gewissheit.« Ehtio schüttelte den Kopf. »Es ist zu lange her, um noch Teil der Geschichte zu sein. Es gibt nur Mythen, Sagen, Legenden. Ich kann mich dafür nicht verbürgen.«

»Erzähle es mir trotzdem.«

»Eines Tages vor langer, langer Zeit fiel eine weiße Sonne vom Himmel. Sie hüpfte über die Welt wie ein flacher Stein übers Wasser. Dieser Ort war eine der Aufschlagstellen, und der Einschlag war so gewaltig, dass ihre eiserne Schale zerbrach und sich in unzählbar vielen Bruchstücken über das Land verstreute. Das Land erhitzte sich. Chemikalien im Boden sammelten sich in Teichen an. Säuren zerfraßen die Metallhaut der weißen Sonne zu Rost. Dieser Vorgang hält bis zum heutigen Tage an. Aber der Kern der weißen Sonne tat einen letzten Sprung. Er schrumpfte und raste nach Norden und leicht nach Westen. Seine Anziehungskraft war so groß, dass er die Berge aus der Erde zog, die das Grenzgebirge bilden, und er wurde seinerseits von der Erde angezogen.«

Nathan nickte. »Wie kennen eine sehr ähnliche Sage. Die weiße Sonne fiel auf die Sternseite und erschuf die Geröllebene. Sie liegt noch heute dort – ich habe sie gesehen – und starrt wie ein kaltes, blindes Auge auf die Sternseite. Aber das ist noch nicht alles, denn die Legende der Szgany besagt, dass diese Kugel aus kaltem weißem Licht eine Art Tor zu einem höllischen Land im Jenseits ist.«

»Jenseits? Jenseits wovon?« Ehtio sah ihn an.

»Jenseits seiner selbst, jenseits dieser Welt.« Nathan schüttelte den Kopf. »Ich vermag es nicht zu beschreiben. Aber ... es ist nicht bloß eine Legende, denn aus der Jenseitswelt sind Menschen durch das Tor zu uns gekommen. Und Kreaturen der Sternseite sind gleichermaßen auf ihre Seite hinübergewechselt.«

»Kreaturen?«

»Wamphyri! Ich habe gehört, dass sie manchmal einen der ihren verstoßen – ihn in das Tor werfen.«

»Tatsächlich«, sagte Ehtio und nickte traurig, langsam und sehr nachdenklich. »Vampire haben also dieses Tor durchschritten, ja?« Er nickte wieder. »Nun ja, da kommt mir in den Sinn: Falls diese ›Jenseits‹-Länder zuvor nicht höllischer Natur gewesen sind, dann sind sie es jetzt bestimmt.« Das gemahnte Nathan daran, dass Lardis Lidesci einst etwas sehr Ähnliches gesagt hatte ...

Bei der Rotbrunnen-Grube schwenkte der Flusslauf wieder nach Süden und unter eine verhältnismäßig gesunde Wüste. Doch war der Rost noch in so gewaltigen Mengen vorhanden, dass das Wasser des Flusses über weitere einhundert Meilen rötlich gefärbt war.

Die nächste Thyre-Kolonie lag vierzig Meilen östlich der Rotbrunnen-Grube und achtzehn Meilen südlich der Großen Roten Wüste. Sie hieß Stätte-unter-den-rotgelben-Zacken und erinnerte Nathan an Stätte-unter-den-gelben-Klippen, ebenso an seine Thyre-Schwester Atwei. Eine Höhle der Uralten war ebenfalls vorhanden, nur gab es hier keine Decke aus Kristall und keinen Rogei.

Die Stätte-unter-den-rotgelben-Zacken lag vor einem weiten Plateau, dessen Hauptachse sich in ostwestlicher Richtung erstreckte. Als Nathan vom höchsten Punkt gen Norden über die Große Rote Wüste blickte, sah er, dass der gesamte nördliche Horizont schmutzig rot verfärbt war. Das Grenzgebirge lag weit im Westen, ebenso wie die Sonnseite und Siedeldorf, die ihm während seiner gesamten Jugendjahre eine Heimat gewesen waren. Er hatte Heimweh, sehnte sich nach irgendetwas aus dem Lebensbereich der Szgany. Einst war er unter den Sonnseitern ein Einzelgänger gewesen. Er hatte sich nichts so sehr gewünscht, als die Flucht in eine fremde Welt antreten zu können, und währenddessen war Misha sein einziger Anker in dieser Welt gewesen. Nun gab es Misha nicht mehr, und er lebte in einer wahrhaft fremden Welt, die von Tag zu Tag ihren Reiz für ihn verlor.

»Menschen sind widerborstig«, krächzte Ehtio neben ihm. »O ja, Szgany und Thyre gleichermaßen.« Der Klang seiner Stimme holte Nathan wieder in die Wirklichkeit zurück.

»Ach ja? Habe ich schon wieder laut gedacht?«

»Schon oft«, sagte der andere. »Übst du dich nicht mehr in deinem Geistesschutz?«

Nathan dachte an Mishas Gesicht – er konnte nicht verhindern, dass es vor seinem geistigen Auge erschien –, aber wie Septais ihm während vieler Stunden des Probierens und der Unterweisung beigebracht hatte, ›verhüllte‹ er jetzt den Gedanken und das Bild. »So«, sagte er. »Wie ist das?« Er spürte Ehtios Sondierung: ein Kitzeln am Rande seines Bewusstseins, das er von sich fernhielt.

»Ganz ausgezeichnet«, sagte der Älteste wenig später. »Aber da nun deine Gedanken geordnet und geschützt sind, musst du dich mehr auf deine Gefühle konzentrieren. Die beiden sind eng miteinander verbunden.«

Nathan nickte. »Das habe ich schon einmal gehört.«

»Nathan«, sagte Ehtio. »Man hat mir gesagt, ich solle dir Folgendes ausrichten: Solltest du es wünschen, wird es bei den Thyre stets einen Platz für dich geben.«

Das war cinc großc Ehre, was Nathan sehr wohl erkannte. Dennoch sagte er: »Es gibt einige Dinge, die ich zuvor erledigen muss. Und selbst danach ... ich weiß noch nicht.«

»Dinge, die du erledigen musst? Du meinst wohl: dein Leben aufs Spiel zu setzen? Zu den Szgany des Ostens gehen, die sich – und ihre Kinder – ohne aufzubegehren den Wamphyri überantworten? Ach ja? Wie werden sie dann erst mit dir verfahren?«

»Es ist schwer zu glauben, dass sie das ihrem eigen Fleisch und Blut antun.« Nathan schüttelte den Kopf. »Nicht ohne

Protest. Und was mich betrifft ... ich muss erfahren, wie es um sie bestellt ist und wie es auf der Sonnseite sein wird.«

Ehtio machte eine hilflose Handbewegung. »Aber was kann dir das schon nützen? Was kannst du dadurch verändern? Du hast nichts zu gewinnen und alles zu verlieren. Ja, und wir, die Thyre, haben ebenfalls alles zu verlieren.«

»Mit meiner Person?«

»Natürlich.«

»Ihr schätzt mich zu hoch ein.«

»Wie das? Dein Wert ist unschätzbar.«

»Ich muss gehen.« Nathan war fest entschlossen. »Aber ich bin den Thyre für alles dankbar, was ich von ihnen gelernt habe. Und ich werde weiter an meiner Telepathie arbeiten – jawohl, auch an meinen Gefühlen – und an den Zahlen, die Ethloi mir gezeigt hat. Es kommt mir so vor, als müsse es einen Grund, einen Zweck hinter all dem geben. Aber ich muss nach Osten gehen, und sei es nur, um mit Thikkoul in Fluss-Schnelle zu sprechen und meine Zukunft aus den Sternen zu erfahren.«

»Die beiden erstgenannten Dinge kannst du tun, ohne dich selbst zu gefährden«, entgegnete Ehtio. »Und das Letztgenannte stellt eine Ausrede dar oder zumindest eine vergebliche Hoffnung. Es kommt mir so vor, als wolltest du dich selbst opfern.«

»Nein«, leugnete Nathan beharrlich. »Ich gehe, um mich zu verbessern. Vor einiger Zeit – jetzt kommt es mir vor, als läge es schon lange zurück – leistete ich einen Szgany-Eid. Vielleicht legte ich ihn im Zorn und unter dem Eindruck des Entsetzens ab, aber dennoch war es mein ureigenster Schwur. Falls ich ihn jetzt aufgebe, wäre das ... nicht ziemlich. Vielleicht sind meine Gaben Werkzeuge, deren Anwendung ich erlernen muss, um meine Verpflichtungen zu erfüllen. Und in dem Fall wird es mir von Nutzen sein, wenn ich meine Zukunft kenne.«

»Du bist ein sturer Mensch«, meinte Ehtio, aber er sagte es ohne Groll.

»Ich bin ein Szgany«, erwiderte Nathan schlicht ...

Nach weiteren zwölf Sonnaufs erreichte Nathan Fluss-Schnelle. Hier stürzte der Große Rote Fluss in einen fast lotrechten Schacht und wurde zu einem in rasender Eile dahinschießenden Wasserstrudel, der über eine Strecke von elf Meilen enge unterirdische Auswaschungen durchfuhr, ehe er sich wieder erweiterte und in vernünftigem Tempo gemächlich seinen Weg fortsetzte. Unterirdisch waren diese Meilen unpassierbar. Das betraf Nathan jedoch nicht oder nur kaum, dessen weiterer Weg gen Norden über die Oberfläche führte.

Zwei letzte Kolonien der Thyre lagen im Osten, dahinter verlor sich der Flusslauf in Mythen und Geheimnissen. Diese zwei Stätten mussten jedoch auf seinen Besuch verzichten; die Fluss-Schnelle war Nathans letzter Aufenthalt am Ende einer Reise, die ihn über zweitausend Meilen vom Ort seiner Geburt weggeführt hatte.

An der Oberfläche war der Ort eine kleine Oase, etwa zwanzig Meilen südlich der ›Sonnseite‹ dieser unbekannten Ostregionen. Hinter der Sonnseite lag ein Gebirge und dahinter ›Sternseite‹. Dort hausten die Wamphyri in einer gewaltigen Schlucht, deren Name Nathan von den Thyre erfahren hatte: Turgosheim. Aber obgleich die Vampire hier die unumstrittenen Herrscher waren, galten für sie doch die bekannten Einschränkungen: Die Nacht war ihr Element, aber die Sonne ihr Todfeind.

Einst hatten die Thyre mit den Szgany in dem Grasstreifen zwischen Wüste und Wald Handel getrieben, gerade wie sie es im Westen auch taten. Dieser Austausch hatte vor etwa drei Jahren ein blutiges Ende gefunden. Denn die Szgany dieser Weltgegend waren zu einem ausgemergelten, gierigen Volk geworden. Unter der ständigen Belastung durch die Wamphyri war ihnen nach und nach jedes menschliche Gefühl abhanden gekommen, bis sie kaum mehr geworden waren als wilde, reißende Geschöpfe, denen man nicht trauen konnte.

Als die Mitglieder eines Handelstrupps der Thyre bemerkt hatten, wie die Szgany sie betrogen, und darauf sogar bedroht worden waren, hatten sie den Versuch unternommen, sich wieder in die Wüste zurückzuziehen. Die Szgany fielen über sie her und brachten sie um. Ihre spärlichen Handelswaren wurden geraubt, und sie bezahlten mit ihrem Leben für eine Hand voll medizinischer Salze und einige glatt gegerbte Eidechsenhäute. Nur ein Mann, der eine Wunde in der Seite davongetragen hatte, war nach Fluss-Schnelle zurückgekehrt und konnte von dem Ereignis berichten.

Nachdem Nathan dies gehört hatte, war er besorgt, und er schämte sich. Denn es waren Szgany gewesen – seine Leute. Außerdem hatte er sie besuchen wollen. Vielleicht würde er seine Pläne ändern ...

Jedenfalls ging seine Arbeit nun vor, und innerhalb eines einzigen Sonnaufs machte er seinem Ruf in dem Mausoleum, das die Halle der Endlosen Stunden genannt wurde, alle Ehre. Als er schließlich wieder frei über seine Zeit verfügen konnte, besprach er sich mit Thikkoul, einem ehrwürdigen Lumpenbündel, das in einer vom Licht einer flackernden Kerze beleuchteten Nische lag.

So bist du also gekommen, raunte die Totenstimme des anderen im Geist des Necroscopen. *Nun, das sollte mich nicht überraschen, denn ich weiß noch, wie ich es vor meiner Erblindung in den Sternen las: dass mich jemand besuchen würde, der mich wieder, wenngleich nur für kurze Zeit, sehen lässt. Dann starb ich, und du warst immer noch nicht gekommen. So viel zu meiner Sterndeuterei, dachte ich mir! Und ich zweifelte an meinem gesamten Lebenswerk. Ach, wie konnte ich auch wissen, dass es selbst im Tode noch Licht gibt!*

»Hast du wirklich die Zukunft der Menschen aus den Sternen gelesen?«, fragte Nathan fasziniert.

Zweifelst du an mir?

»Die Sterndeuterei scheint mir eine sonderbare Begabung zu sein.«

Ach ja, ist sie sonderbarer als die Telepathie? Sonderbarer als die Totensprache, die es mir gestattet, mich mit meinen zahllosen Leidensgenossen in der Großen Mehrheit zu unterhalten? Sonderbarer als deine eigene einzigartige Begabung?

»Es ist nicht so, dass es mir an Glauben mangelt«, gab Nathan zur Antwort. »Aber selbst die Thyre untermauern ihren Glauben mit Tatsachen. Zeige es mir.«

Der andere schmunzelte. *Aber gerne! Zeige du mir nur die Sterne, und ich werde dir die Zukunft zeigen.*

Nathan nickte. »Aber in der Halle der Endlosen Stunden gibt es keine Sterne, Thikkoul. Ich werde also zur Wüste hinaufsteigen müssen. Bleibe du nur bei mir ...«

Oben herrschte Nacht. Die Sterne funkelten wie Diamanten, aber ihr Licht schien hier weicher als über der Sternseite und dem Grenzgebirge. Nathan entfernte sich über den abgekühlten Sand von der Oase. Im Schweigen und der fast schmerzhaften Einsamkeit der Wüste drangen Thikkouls Gedanken umso klarer in seinen Geist. *Lege dich nieder, schau nach oben, sieh in die Himmelsgefilde. Lass mich durch deine Augen alle Zeiten erblicken, die waren, die sind und die sein werden. Denn so wie das Licht von den Sternen unsere Vergangenheit ist, so ist es auch unsere Zukunft. Nur ...*

»Ja?« Nathan breitete eine Decke aus, legte sich darauf und sah zu den Sternen auf. Ebenso wie Thikkoul.

Nur ... sollte ich dich zuerst warnen: Die Dinge sind nur selten so, wie ich sie sehe.

»Du irrst dich also?«

Oh, ich sehe schon, was ich sehe!, erwiderte Thikkoul rasch. *Aber wie die Dinge, die ich erblicke, sich ereignen werden, ist nicht immer deutlich. Die Zukunft ist trügerisch, Nathan. Man muss tapfer sein, um sie zu erschauen, und nur ein Narr würde sich für ihre Bedeutung verbürgen.*

»Das verstehe ich nicht.« Nathan runzelte die Stirn und schüttelte den Kopf.

Thikkoul blickte durch Nathans Augen auf die Sterne – erblickte sie zum ersten Mal seit hundert Jahren wieder – und seufzte. *Ahhh! Als Junge und als Mann faszinierten sie mich, und sie faszinieren mich immer noch. Ich stehe in deiner Schuld, Nathan Kiklu von den Szgany. Aber ein Entgelt mag sich für uns beide als schwer erweisen.*

»Nein, das ist ganz leicht. Lies meine Zukunft, das reicht schon aus.«

Aber das meinte ich doch. Was ist, wenn ich dir schwere Zeiten vorhersage? Muss ich dir dein Verhängnis ebenso offenbaren wie deinen Erfolg?

»Was immer du erblickst, wird genug sein.«

Ich werde mein Bestes tun, versprach der andere und verfiel eine Zeit lang in Schweigen. Dann ... brach es wie eine Flut, ein Blitz, wie ein über die Ufer tretender Fluss mit einer solchen Wucht über Nathan herein, dass er kaum die Worte und Bilder zu fassen vermochte, die Thikkoul in seinen Geist schleuderte:

Ich sehe ... Türen! Wie die Türen auf hundert Wagen der Szgany, aber flüssig, gezeichnet auf Wasser, gebildet aus Wellen. Und hinter jeder dieser Türen – ein Stück deiner Zukunft. Eine Tür öffnet sich. Ich sehe einen Mann, einen Szgany, einen so genannten ›Mystiker‹. Sein Name lautet – Io... Io ... Iozel! Und sein Geschäft – ist der Betrug! Jetzt sehe ich Turgosheim; die Stätte eines großen Magiers; du und er zusammen. Er will dich benutzen, von dir lernen, dich unterweisen und verderben! Die Tür schließt sich, aber eine weitere tut sich auf ...

Die Sonne geht auf und wieder unter, und Sonnaufs folgen rasch aufeinander, während du ein großes finsteres Schloss mit vielen Höhlen durchwanderst. Ich sehe dein Gesicht: die eingefallenen Augen, das ergrauende Haar? Jetzt sehe ich ... einen Flug in die Freiheit, oh ja! Aber ... auf einem Drachen? Eine Tür schließt sich und eine andere tut sich auf. Ich sehe .... eine junge Frau, euch beide – euch drei? – gemeinsam. Du scheinst glücklich zu sein; mehr und mehr Türen tun sich auf und schließen sich wieder; und jetzt wirkst du traurig ...

Einige Stunden sind so lang wie Tage, andere eilen wie Sekunden dahin; doch ob lang oder kurz, sie ziehen dich in die Zukunft. Und immer wieder öffnen und schließen sich die Türen deines Geistes. Ich sehe ... eine Schlacht – einen Krieg! – Szgany und Wamphyri! Du gewinnst und du verlierst. Jetzt sehe ich ein Auge, weiß und blind und gleißend, fast wie die meinen, ehe ich starb, aber so gewaltig wie eine Kaverne! Du stehst davor, und das Auge ... ist eine weitere Tür! Es blinzelt! Und binnen eines Blinzelns dieses gewaltigen blinden Auges bist ... du ...

Thikkoul hielt inne, als müsse er nach Atem ringen.

»Ja?« Nathans körperliche Stimme klang heiser vor Aufregung ... Thikkouls Totensprache dagegen ›klang‹ heiser vor Grauen, als er schließlich fortfuhr:

Du bist – verschwunden!

DRITTES KAPITEL

In den kalten, freudlosen Stunden unmittelbar vor dem Morgengrauen, die Nathan nun, da er auf sich allein gestellt war, nur noch kälter und einsamer erschienen, ließ er die Oase hinter sich und wanderte über die Sanddünen, die die unterirdischen Höhlen der Thyre vor neugierigen Blicken bewahrten. Er hatte die Auskunft erhalten, dass der Weg zwischen der Oase und der Sonnseite nicht sehr beschwerlich sei, aber er hatte sich ohnehin an das Gehen im Wüstensand gewöhnt und empfand es nicht als besonders anstrengend. Die Nacht war klar und die Sterne leuchteten hell. Der Mond, der über das Grenzgebirge eilte, warf Nathans Schatten riesengroß über die Wüste, und der gezackte Schatten der Bergkette begrenzte weit vor ihm im Dunkeln den schartigen Horizont. Immer wieder zogen Meteoritenschauer über den Himmel und hinterließen helle, flüchtige Spuren.

Nach der langen Zeit, die er unter der Erde verbracht hatte, übertraf Nathans Nachtsicht seine frühere Orientierungsfähigkeit bei weitem. Er konnte fast so gut wie am Tage sehen. Und was die Richtungsweisung anging, so konnte er sich ganz einfach nicht verirren. Niemand kannte die Sterne so gut wie er, nicht einmal die ihm bekannten Thyre ... mit Ausnahme von Thikkoul. Während er mit raschen, ausgreifenden Schritten durch die eintönige Wüste wanderte, dachte Nathan an das, was Thikkoul ihm offenbart hatte, an die Unterhaltung, die auf die Sternenschau des toten Astrologen gefolgt war:

»Was bedeutet das?«, hatte er wissen wollen.

Alles. Und nichts, hatte Thikkoul ein wenig bekümmert geantwortet.

»Ich brauche es nicht zu beachten?«

Nein, das brauchst du nicht. Aber leider wird es dich beachten.

»Kannst du dich nicht etwas deutlicher ausdrücken?«

Thikkoul hatte einen geistigen Seufzer ausgestoßen. *Habe ich dich nicht gewarnt? Die Zukunft ist trügerisch, Nathan. Das Problem stellt sich so dar: Wird das, was ich in den Sternen erblickt habe, sich ereignen, weil wir daran glauben und es somit herbeiführen? Oder wird es sich dessen ungeachtet so oder so ereignen? Und wenn wir ihm zu entgehen trachten, wie sollen wir das anstellen? Kann es nicht sein, dass unsere Handlungen selbst das Ereignis verursachen, das wir vermeiden wollen? Tatsächlich jedoch* (Nathan hatte gespürt, wie der andere körperlos die Achseln zuckte) *liegt in nichts davon ein Rätsel – nichts Widersprüchliches. Die Antwort ist die Einfachheit selbst: Was geschehen wird, wird geschehen! Das ist alles.*

»Ich kann also darauf hinwirken, dass es geschieht«, hatte Nathan Thikkouls Worte wiedergegeben und sich dabei das Kinn gekratzt, »oder Maßnahmen ergreifen, um es zu vermeiden, oder es einfach geschehen lassen. Aber ganz gleich, wofür ich mich entscheide – letztlich bewirkt es keinen Unterschied?«

Genau. Aber es gibt noch eine weitere Komplikation. Was ich sehe, ist oft nur symbolisch. Ich verstehe nicht, was sich hinter den Türen verbirgt, die ich in deiner Zukunft sah: Sie schienen ein Teil deiner selbst zu sein. Ich verstehe auch den Flug auf dem Drachen nicht oder das riesige Auge, das dich binnen eines Lidschlags verschlang. Denn dies sind Dinge aus deiner Zukunft, die vielleicht mit deiner Vergangenheit verbunden sind. Und daher musst du sie erkennen und verstehen. Wenn nicht jetzt, dann ganz gewiss später ...

Nathan hatte die Stirn gerunzelt, als er auf etwas zurückgekommen war, das er von Thikkoul gehört hatte. »Wie kann sich denn etwas ereignen, gerade weil ich versuche, es zu vermeiden? Was wäre, wenn ich etwas von dem blinden weißen Auge wusste, das du erwähnt hast – und tatsächlich glaube ich, dass ich etwas darüber weiß –, und ich stelle sicher, dass ich mich von ihm fern halte? Wie kann ich dann davon verschluckt werden?«

Es war einmal ein Mann, erwiderte Thikkoul. *Er fürchtete sich vor dem Wasser und hatte böse Träume, Vorahnungen, die seinen Tod betrafen. Er kam zu mir, damit ich ihm die Sterne deutete. Ich wies ihn auf die Gefahren hin, aber er beharrte darauf. Was ich las, war Folgendes: Binnen eines Sonnaufs würde er in dem lotrechten Schacht von Fluss-Schnelle ertrinken und man würde seine Leiche niemals finden!*

Ich wollte es ihm nicht sagen, aber er bestand darauf. Als er dann die Wahrheit erfuhr, verließ er Fluss-Schnelle, stieg zur Oberfläche hinauf und wanderte allein gen Westen in die Wüste. Verstehst du, er wollte seinem Schicksal entkommen. Nun, irgendwann fand er ein kleines schattiges Plätzchen und ließ sich den gesamten Sonnauf in der Wüste nieder, bis der Abend nahte. Als er sich dann auf den Rückweg machte, stolperte er, stürzte zu Boden und riss dabei seinen Wasserschlauch auf. In der Nähe lag ein Brunnen. Dorthin ging er und ließ den Eimer in den Schacht hinab. Aber als er das Wasser hinaufzog, brach die Brunnenwand ein, und er stürzte in die Tiefe.

Der Brunnen wurde vom Großen Roten Fluss gespeist. Die Strömung riss ihn mit sich. Man sah ihn noch lebend, wie er aus dem reißenden Wasser die Hand hob, dann wurde er in den Schacht gerissen und war für immer verloren ...

Am Ende seiner Geschichte hatte Thikkoul geseufzt, war in Schweigen verfallen und hatte auf Nathans Antwort gewartet.

»Aber wenn er allein in die Wüste ging«, hatte Nathan schließlich nachgefragt, »woher hast du dann von der Reihenfolge der Ereignisse erfahren?« Da hatte er erneut das Achselzucken des anderen gespürt und dadurch die Antwort erraten können, ehe er sie vernahm. Natürlich war es durch die Totensprache geschehen, durch jene gemeinsame Fähigkeit der Großen Mehrheit, die auch Nathan zu Eigen war, sich miteinander in ihren Gräbern zu unterhalten.

Weil er mir das alles am Tag meines Todes berichtet hat!, bestätigte Thikkoul seine Vermutung. *Und seine ›Ruhestätte‹ ist wahrhaft und auf einzigartige Weise schrecklich, Nathan, denn dort kennt er gar keine echte Ruhe! Er wurde in einer wirbelnden Sammelgrube gefangen, wo bis zum heutigen Tage seine Leiche in dem schäumenden Aufruhr sich dreht und überschlägt. Sein Fleisch wurde ihm schon lange von den Knochen gespült. Und diese Knochen sind sämtlich geborsten und durch das wirbelnde Wasser zu runden Murmeln geschliffen. Aber zumindest hat er keine Angst mehr vor dem Wasser, das ihm schon das Allerschlimmste angetan hat ...*

Später hatte sich Nathan bei den Fünf der Fluss-Schnelle erkundigt, ob sie etwas über einen Mann wüssten – einen Szgany, möglicherweise einen ›Mystiker‹ –, der auf der Sonnseite lebte. Sie kannten ihn tatsächlich: Sein Name war Iozel Kotys, und er hatte vor Zeiten mit den Thyre Tauschhandel getrieben. Er hatte schlechte Messer aus Eisen gegen ihre guten Häute und Medizinen getauscht. Aber ein Mystiker? Das war eine Täuschung von Iozel gewesen, mit der er sich Zeit seines Lebens vor der Tributaufnahme gedrückt hatte. Nun war er über seine besten Tage weit hinaus und hatte diesen Mummenschanz nicht mehr nötig. Aber Iozel Kotys hatte immer noch seinen Verstand beieinander! Unter den Szgany ging sogar das Gerücht, dass er auf der Sternseite in Turgosheim gewesen wäre! Wenn das zutraf, war Iozel der einzige Mensch, der je unverändert von diesem schrecklichen Ort zurückgekehrt war.

Danach schien es für Nathan keine andere Möglichkeit zu geben, als die Sonnseite aufzusuchen. Denn von Thikkouls Vorhersagen einmal abgesehen - sogar trotz dieser Vorhersagen und in ihrer Vorwegnahme - hatte er letztlich die gesamte Breite der bekannten Welt durchquert, um eben genau das zu tun. Ursprünglich hatte er sehen wollen, wie die Szgany dieser Weltgegend lebten, um zu erfahren, wie sein eigenes Volk eines Tages unter dem Schatten der Wamphyri würde leben müssen. Darüber hinaus hatte er jedoch noch einige weitere Gründe.

Thikkoul hatte ihm einen ganzen Wust von Eindrücken vermittelt, aber neben den ›gesprochenen‹ Worten waren auch verschwommene, undeutliche Bilder zur gleichen Zeit aufgetaucht, wie der Sterndeuter sie gesehen hatte. Ein Eindruck von sich öffnenden und schließenden Türen; undeutliche Gestalten (meist Nathan selbst) in rasch aufeinander folgenden Situationen und Örtlichkeiten; fremde Gesichter, die ihn anstarrten oder musterten. Nur ... waren zwei dieser Gesichter keineswegs fremd gewesen, sondern liebevoll und geliebt.

Nathan fielen Thikkouls Worte wieder ein und mit ihnen das Bild, das mit ihnen einhergegangen war. *Ich sehe ... eine junge Frau, euch beide – euch drei? – gemeinsam. Du scheinst glücklich zu sein ...*

Natürlich schien er glücklich zu sein, wenn die Vision zutraf. Aber wie konnte das sein? Die verschwommenen, wabernden Frauengestalten hatten die frohen, leuchtenden Gesichter seiner Mutter und Misha Zanestis besessen! Deshalb hatte Nathans Stimme am Ende von Thikkouls Deutung auch heiser vor Aufregung geklungen. Doch als er jetzt über die weiteren Worte des Sterndeuters nachdachte, wich seine Aufregung Zweifeln und Unsicherheit.

Nathan war stets davon ausgegangen, dass seine Mutter und Misha tot waren oder ein noch schlimmeres Schicksal erlitten hatten, auch wenn er nie ihre Leichen gesehen oder ihren Aufenthaltsort gekannt hatte. Und wie sollte er jetzt von ihnen denken? Thikkoul hatte gesagt: *Dies sind Dinge aus deiner Zukunft, die vielleicht mit deiner Vergangenheit verbunden sind. Und daher musst du sie erkennen und verstehen.*

Aber wie sollte er sie verstehen? Waren die Gesichter seiner Lieben aus vergangenen Zeiten nur Bilder aus der Vergangenheit, die noch Einfluss auf seine Zukunft hatten? Natürlich hatten sie Einfluss auf ihn; den würden sie immer haben. Oder ... steckte vielleicht doch mehr dahinter? Was, wenn sie nun doch am Leben waren, nicht als ungeheure Wechselbälger der Wamphyri, sondern als einfache Sklaven in Knechtschaft in irgendeinem Horst auf der Sternseite oder in einer schroffen Felsenburg? Und wenn dem so war, wie konnte er sie finden?

Und deshalb wanderte er im heller werdenden Licht der Sonnseite entgegen. Über ihm verblassten allmählich die Sterne, und vor ihm stieg langsam das Grenzgebirge wie ein Trugbild aus der Wüste empor. Seine Zukunft lag genau hier. Mit jeder verstreichenden Sekunde trug ihn der Strom der Zeit zu ihr, und da er sie nicht zu vermeiden vermochte, konnte er ihr genauso gut stracks entgegenschreiten. Und irgendwo auf seinem Weg wartete arglos und unwissend Iozel Kotys auf ihn – was sich als Ausgangspunkt genauso gut eignete wie jeder andere ...

In Nathans Kinderjahren hatten die Szgany der Sonnseite es vorgezogen, sich nicht allzu weit von den Bergen zu entfernen. Die meisten Routen der Wanderer führten durchs Vorbergland und schweiften nur selten in die Wälder hinein. Dafür gab es mehrere Gründe: Die sich an den Gipfeln abregnenden Wolken lieferten gutes Wasser, an den Hängen gab es reichlich Wild und daher ausgezeichnete Jagdmöglichkeiten, am Fuß der Berge boten die Felsen Verstecke im Überfluss, und es gab ausgedehnte Höhlensysteme.

Hier lagen die Dinge jedoch anders. Zwar waren diese

Menschen des Ostens Szgany, zumindest entstammten sie dem gleichen Grundstock, aber sie waren keine Wanderer. Sie waren es vielleicht – geradezu mit Sicherheit – einst gewesen, aber nun nicht mehr. Dieser Tage lebten sie unter der allumfassenden Oberherrschaft der Wamphyri in elenden Dorfsiedlungen (die im Wesentlichen nichts anderes waren als Pferche und Stallungen) und wanderten nicht mehr. Auf der Sonnseite, die Nathan kannte, waren seine Leute zu Wanderern geworden, um den Vampiren aus dem Weg zu gehen und ihnen so zu trotzen; sie waren erst sesshaft geworden, nachdem sie die Wamphyri vernichtet glaubten. Hier jedoch siedelten sich die Menschen an, weil die Wamphyri es ihnen befahlen, und dies bezeichnete den Beginn des berüchtigten und seit ewigen Zeiten bestehenden Tributsystems. Daher lagen ihre Städtchen weit offen und in unregelmäßigen Abständen voneinander wie Marktplätze, zu denen die Lords und Ladys der Sternseite in regelmäßigen und althergebrachten Abständen ihre Offiziere aussandten, um die Vorräte ihrer Burgen und Stätten aufzufüllen. Im Unterschied zu einem Markt ›erwarben‹ die Wamphyri allerdings nichts, sondern nahmen sich, was sie mit dem Recht des Eroberers als ihr Eigentum ansahen. Das lief auf einen Anteil an allem hinaus, von Getreide und Öl zu Tieren und Blut – hauptsächlich jedoch auf Blut menschlicher Herkunft.

Nördlich des Graslandes lagen am Waldrand zwölf von etwa fünfzig Siedlungen in annähernd gleicher Entfernung zueinander. Davon lagen vier im Westen und weitere acht in Richtung des ausgedehnten Sumpflandes hinter der bewohnbaren Region im Osten. Laut Schätzung der Thyre betrug die Entfernung zwischen der Großen Roten Wüste und dem Sumpf mehr als sechshundert Meilen. Daher konnte Nathan sich glücklich preisen, dass die erste der vier Siedlungen im Westen, ein Ort, der nach seinem Gründer Vladisstadt genannt wurde, der Heimatort und letzte bekannte Wohnsitz des Iozel Kotys war.

Angetan mit seinen guten Sachen und mit den warmen Sonnenstrahlen auf dem Rücken ließ Nathan die Wüste hinter sich und durchquerte die Savanne. Dabei bemerkte er, dass sich am

Waldrand die trägen graublauen Rauchschwaden von morgendlichen Kochfeuerstätten in die Höhe schraubten. Er lenkte seine Schritte etwas nach links und hielt auf die nächste Hausansammlung zu, wo in den Wald eine Lichtung gerodet worden war.

Der erste Mann, dem er begegnete, hielt sich im Grasland dicht am Waldrand auf; er machte mit einer Armbrust Jagd auf Kaninchen. Nathan hörte das trügerisch leise Surren eines Bolzens und duckte sich. Dann sah er, wie ein Kaninchen krampfhaft in die Luft sprang und tot ins Gras fiel. Dann ... sah er den Mann mit der Armbrust, der sich aus seiner knienden Haltung hinter einem Ginsterbusch aufrichtete, und gleich darauf erblickte der Jäger ihn. Zuerst starrten sie sich über eine Entfernung von nicht mehr als einem Dutzend Schritten wie erstarrt an. Dann klappte dem Jäger der Unterkiefer herunter und er erbleichte.

Nathan trat furchtlos näher. Schließlich war der Mann ein Szgany, und die Thyre hatten ihm berichtet, dass diese Leute zwar nicht vertrauenswürdig waren, aber dass man sich zumindest darauf verlassen konnte, dass sie ihm nicht das Leben nehmen würden. Nein, dafür war er viel zu wertvoll. Vielleicht verschenkten sie sein Leben – an die Wamphyri im Tausch gegen ihre zweifelhaften Gunstbeweise –, aber sie würden nie wagen, es ihm selbst zu nehmen. Außerdem war Nathan, von seinem Eisenholzmesser abgesehen, unbewaffnet und stellte somit keine offensichtliche Gefahr dar. Wenn man allerdings die Reaktion des anderen in Betracht zog, konnte man leicht auf den Gedanken kommen, dass er sogar eine außergewöhnliche Gefahr für Leib und Leben darstellte!

Der Mann ließ seine Waffe fallen, sank wieder auf die Knie und zitterte wie ein nacktes Kind im warmen, hellen Licht der Morgensonne. Er krächzte geradezu gleichzeitig einen unverständlichen Gruß, eine Entschuldigung und eine Frage hervor. Er verwendete die Sprache der Szgany, aber der Akzent war schwer verständlich. Nathan runzelte die Stirn, sah dem anderen in die Augen ... und plötzlich gewannen die Worte des

Mannes sowie ihre Bedeutung an Klarheit. Doch selbst mit der Unterstützung seiner noch unausgereiften Telepathie empfand Nathan die Gedanken seines Gegenübers als unartikuliertes Durcheinander, ganz zu schweigen von seiner Rede:

»Morgen!«, japste der andere. »Du bist zu früh ... der Tribut findet erst bei Sonnunter statt! Ich meine ... warum bist du hier? Nein, nein«, er wedelte mit den Händen, »das geht mich ja gar nichts an! Vergib mir, Lord, ich flehe dich an! Ich bin ein Narr, der überrascht wurde, dessen Worte ganz unbeholfen sind. Aber ... die Sonne! Komm, suche Schutz im Wald! Verbirg dich im Schatten!«

Jetzt war alles klar. Der Mann hielt Nathan für einen Wamphyri, zumindest für einen Offizier! Wenn er sich mit dem anderen verglich, konnte er schon erkennen, wie leicht es zu diesem Irrtum hatte kommen können: Er war in feines Leder gekleidet, hatte gelbe Haare und seltsame Augen, und vor allem war seine Haut fahlweiß und mochte gegen das Licht des Morgens sehr wohl grau wirken. Er musterte den Jäger.

Der Mann war mit Gewissheit ein Szgany, glich aber keinem der Wanderer, die Nathan je erblickt hatte. Wo war sein Stolz auf sich selbst? Wo überhaupt irgendeine Art von Stolz? Er war vielleicht siebenundzwanzig oder achtundzwanzig Jahre alt, schmutzig, zerlumpt und unterwürfig. Seine Haare waren verfilzt und wimmelten vor Läusen, und auf Gesicht und Händen hatte er offene Geschwüre. Selbst der verwildertste alte Einzelgänger der alten Sonnseite achtete besser auf sich als dieser Mensch! Vielleicht war er ein Idiot; aber wenn es sich so verhielt: Warum vertraute man ihm dann eine Armbrust an? Gewiss wusste er, wie er damit umzugehen hatte.

»Steh auf«, befahl Nathan ihm und schüttelte den Kopf. »Ich bin kein Wamphyri.«

»Du bist kein ...?« Der andere runzelte verdutzt die Stirn. Dann verengte er die Augen, in denen Misstrauen zu funkeln begann. »Aber du bist ihr Eigentum.«

»Ich bin niemandes Eigentum«, sagte Nathan und trat näher. »Ich bin mein eigener freier Herr, und du hast nichts von mir zu befürchten.« Er wollte den Mann an der Schulter packen und ihn auf die Beine ziehen. Aber der andere wich mit allen Anzeichen des Entsetzens auf allen vieren vor ihm zurück.

»Dein eigener Herr«, plapperte er. »Ja, ja, selbstverständlich bist du das! Und ich bin ein Narr, der zu viel redet und zu viel fragt, da du doch derjenige bist, der Fragen stellen sollte, und ich sollte die Antworten liefern!«

Nathan war vor Widerwillen ganz übel. Vielleicht war dieses Wesen doch der Dorftrottel. Aber seine Worte hatten ihn zumindest auf einen Gedanken gebracht. »Du hast Recht«, sagte er und nickte. »Genau das brauche ich: ein wenig Schatten und einige Antworten.«

»Dann frage nur getrost!«, rief der andere aus, richtete sich in eine gebückte Haltung auf und wich rücklings zum Wald zurück. Seine Armbrust ließ er unbeachtet liegen. »Frage, was immer du fragen willst, Lord. Und wenn ich antworten kann, werde ich antworten, ganz sicher!«

Nathan nahm die Waffe auf, lud sie mit dem zweiten Bolzen unter dem Schaft und legte die Sicherung vor. Doch sofort stöhnte der andere Mann auf und hob die bebenden Hände, als wolle er einen Schuss abwehren. Nathan blickte erst ihn an, dann sah er auf die Armbrust, die er in der Hand hielt, und runzelte wieder die Stirn. »Was denn?«, sagte er. »Mann, ich will dich doch nicht erschießen! Begrüßt ihr hier die Fremden immer auf diese Weise?«

»Fremde!«, schrie der andere fast hysterisch. »Ob ich ... stets Fremde ... so begrüße? Aber es gibt keine Fremden! Wer soll denn hierher kommen? Wer kann denn hierher kommen ... außer solche, wie du einer bist? Noch bist du unverwandelt ... aber bald, ahh, bald! Du bist ihnen zu Eigen, ich weiß es doch, du willst deine Täuschungen bei deinen Sklaven erproben!«

»Täuschungen?«

»Ahh! Nein! Ich habe es nicht so gemeint!« Der Mann breitete die Arme weit aus und fiel im gesprenkelten Schatten der Bäume ein drittes Mal auf die Knie. »Verzeih mir! Ich bin ganz durcheinander!«

»Du bist ... ein Narr!«, platzte Nathan heraus. Der Jäger brach sogleich in Schluchzen aus und plärrte:

»Nein, nein! Man hat mich beim Tribut nicht genommen! Nimm mich jetzt nicht! Was immer du willst, kannst du von mir verlangen, aber lass mich meine Tage als Mensch verbringen und nicht ... nicht als Ungeheuer!«

»Jetzt hör mir mal zu«, sagte Nathan mit harter Stimme. »Du verschwendest meine Zeit. Es gibt etwas, das ich erfahren will. Und das ist schon alles, was ich von dir verlange.« Er warf die Armbrust beiseite.

»Frage schon! Frage mich schon!«

»Iozel Kotys – wo kann ich ihn finden?«

»Hä? Iozel, den Mystiker? Iozel, den Einsiedler?«

»Wenn ihr ihn so nennt«, sagte Nathan und nickte dabei.

»Iozel, oh ja!« Die Augen des Mannes fuhren unruhig umher, als hätte er eine Verbindung hergestellt. »Denn er ist natürlich hier gewesen!«

»Kennst – du – ihn?« Nathans Geduld war mittlerweile erschöpft, und er presste die Worte zwischen zusammengebissenen Zähnen hervor.

»Ja! Ja, natürlich!« Der Jäger wandte sich um und zeigte gen Norden über den Wald, in dem ein steiler, spärlich bewachsener Hügel oder Felsvorsprung über die Bäume aufragte. »Da ... eine Meile entfernt ... der Hügel. Und an seinem Fuß eine Höhle. Da lebt Iozel, ganz allein. Geh nur zum Hügel durch den Wald, du kommst dann auf einen ausgetretenen Pfad, der zwischen der Stadt und der Höhle verläuft.«

»Zeig mir den Weg«, sagte Nathan.

»Natürlich, ja, selbstverständlich!« Der Jäger wollte schon losstürmen, aber Nathan hielt ihn auf.

»Nimm deine Armbrust mit.«

»Meine Waffe, ach ja!« Der Mann leckte sich über die Lippen. Zitternd tat er, wie ihm geheißen ...

Auf dem Weg sah Nathan weitere Jäger undeutlich zwischen den nebelverhangenen Bäumen. Sie glichen Gespenstern, die die Wärme des neuen Tages aus dem Boden heraufbeschwor.

Keiner von ihnen näherte sich, und binnen weniger Minuten fand Nathans Führer den Pfad, einen schmalen Weg, der sich durch den Wald wand. Mittlerweile herrschte volles Tageslicht, und Nathan hatte von der Gesellschaft des kriecherischen Jägers mehr als genug. »Du sagtest, dass dieser Weg mich genau zu Iozels Höhle führen wird?«

»In der Tat, Lord. Das wird er tatsächlich.«

»Ich danke dir«, sagte Nathan. »Ab hier gehe ich allein weiter.«

»Ich ... kann gehen?«

»Natürlich.« Nathan wandte ihm den Rücken zu und folgte dem Pfad. Dabei bemerkte er, dass hinter ihm der Jäger langsam und zunächst fast atemlos zurückwich, sich dann umdrehte und auf Zehenspitzen weiterschlich und schließlich Hals über Kopf nach Vladisstadt rannte. Kopfschüttelnd setzte Nathan seinen Weg fort.

Iozel Kotys war schon munter. Im Eingang seiner Höhle schmorte sich der Einsiedler aufgespießte Fleischstücke auf den heißen Steinen am Rand seiner Feuerstätte. Er bemerkte Nathans Näherkommen zur gleichen Zeit, als Nathan den Geruch seines Essens wahrnahm. Iozel blickte von dem erhöhten Vorsprung vor seiner Höhle herunter und sah eine undeutliche graue Gestalt, deren Füße im träge schwappenden Nebel zu verschwinden schienen.

»Bleib ja stehen!«, erklang die Stimme des Eremiten. Sie klang leicht zitternd und nicht sehr selbstbewusst. »Wer kommt da und aus welchem Grund? Ich empfange keine Besucher, die sich nicht angemeldet haben ...«

»Mich wirst du empfangen«, rief Nathan zurück und schritt weiter ohne innezuhalten. Und wenn Iozel ihn nicht empfangen wollte ... nun ja, so viel dann zu Thikkouls Sterndeuterei!

Am Fuß des Felsens stand eine Leiter. Als Nathan näher kam, machte Iozel Anstalten, sie emporzuziehen. Nathan packte die unteren Sprossen, hielt sie fest, hob den Kopf und blickte in das wütende Gesicht, das auf ihn herunterstarrte. Gegen die Kraft in Nathans Armen und das Gewicht der Leiter konnte der

Einsiedler nichts ausrichten. Dennoch bemerkte er die Kleidung seines Besuchers und dessen sonderbare Hautfarbe, und als der Zorn von ihm wich, nahm so etwas wie Furcht und Angst seine Stelle ein.

»Wer bist du?«, keuchte er auf. Er ließ die Leiter los und wich einen Schritt zurück, bis nur noch sein graubärtiges Gesicht zu sehen war. Nathan fasste ihn fest ins Auge und kletterte die Leiter hinauf.

»Ich bin ein Wanderer«, sagte er. »Und ich bin eine lange Strecke gewandert, um dich zu treffen, Iozel Kotys.«

Iozel war klein, runzlig, einigermaßen sauber und recht anständig in abgetragenes Leder gekleidet. Er war zwar nicht sonderlich alt, aber er litt an einem Gebrechen, das seine Stimme und seine Glieder zittrig machte. Und seine dunklen Augen sonderten ständig Tränenflüssigkeit ab. »Hä? Ein Wanderer?«, sagte er. Seine Augen fuhren unruhig umher und musterten Nathan blitzschnell, als er von der Leiter auf die Felsplattform trat. »Und du sagst, du bist einen weiten Weg gewandert? Wie ist das möglich? Es sei denn – von Turgosheim?« Und da wurde seine Stimme zu einem heiseren Flüstern.

Nathan hatte mittlerweile etwas über die Lebensweise und die Ängste dieser Leute herausgefunden. »Iozel«, sagte er, »ich bin nicht hier, um dir zu schaden. Ich bin einfach nur ... hier!« Es fiel ihm schwer, einen Grund für sein Hiersein zu finden. Eigentlich hatte er keinen, nur eben den, dass Thikkoul es vorausgesehen hatte und dass danach möglicherweise ein Wiedersehen mit geliebten Menschen stattfinden mochte, die Nathan seit langem für tot gehalten und für immer verloren geglaubt hatte. Das allein war schon Grund genug, aber wie sollte er Iozel das alles erklären?

»Einfach nur hier?« wiederholte der Einsiedler und schüttelte den Kopf. »Nein, wenn es eines gibt, was ich im Laufe des Lebens gelernt habe, dann dies: Nichts ist nur ›einfach‹ etwas, und niemand ist ›einfach‹ nur irgendwo. Er – hat dich geschickt!«

»Er?«

»Maglore! Du bist meine ... Ablösung!«

Nathan seufzte. Nichts von dem, was diese Leute sagten, ergab irgendeinen Sinn. »Ich kenne diesen Maglore nicht«, sagte er.

»Maglore von Runenstatt – in Turgosheim!«, eröffnete ihm der andere.

Allmählich glaubte Nathan zu verstehen. Er sagte: »Das ist heute schon das zweite Mal, dass mich jemand für einen Wamphyri oder für einen ihrer verwandelten Offiziere hält. Aber das bin ich nicht. Ich bin ein Szgany.« Er entschloss sich zur Offenheit. »Ich komme aus einem Land im Westen hinter der Großen Roten Wüste. Vor einiger Zeit gab es dort Wamphyri, aber sie wurden vertrieben und in einer großen Schlacht besiegt. Jetzt sind sie von hier zurückgekehrt. Oder besser gesagt: von Turgosheim. Ich kam hierher, um herauszufinden, wie ihr in diesem Land der Vampire lebt, damit ich weiß, was ich meinem Volk im Westen raten kann.« Er zuckte die Achseln. »Nun, offenbar muss ich ihnen zum Weiterkämpfen raten – und sei es bis zum letzten Blutstropfen! Denn ganz offensichtlich kann man bei euch nicht von ›Leben‹ sprechen: Ihr existiert bloß wie Ziegen, die schlachtreif gefüttert werden.«

Während er diese Worte sprach, kratzte sich Nathan heftig an seinem linken Handgelenk. Ein oder zwei Sandkörner mussten unter sein Lederband geraten sein, und er fühlte sich im wahrsten Sinne des Wortes noch lausig, da er zu dicht neben seinem Jäger-Führer gegangen war. Doch als er verstummte, wurde der Juckreiz unerträglich. Um sich besser kratzen zu können, rollte er sich das Lederband vom Gelenk und schüttelte es sich von den Fingern. Um sein Gelenk wand sich ein weißer Hautstreifen, in den sich helle Sandkörner eingegraben und die Haut gereizt hatten. Nathan holte sie mit einem Fingernagel hervor, verrieb etwas Spucke auf die rote Stelle und wollte sein Band wieder an sich nehmen.

Iozel hatte ihn jedoch dabei genau beobachtet und kam ihm zuvor. Mit nachdenklichem Gesicht nahm er Nathans Armband auf und betrachtete es – zuerst neugierig, dann sehr aufmerksam.

Schließlich verengte er die Augen, als hätte er etwas wiedererkannt, und mit einem wissenden Nicken gab er das Band zurück.

Nathan fragte: »Ist etwas damit?«

Der Mann zuckte die Achseln. »Es ist nur ein seltsames Schmuckstück, das ist alles. Hast du ein schwaches Handgelenk, dass du es mit einem Band stützen musst, ›Mann aus dem Westen‹? Oder ist die verdrehte Schlaufe vielleicht eine Art Zeichen? Möglicherweise ein Wappen?« In Iozels bebender Stimme lag etwas, was Nathan missfiel, etwas, das recht deutlich darauf hinwies, dass der Einsiedler seinen Besucher für einen Lügner hielt.

»Ihr seid hier wahrlich argwöhnisch und voller Furcht«, sagte er. »Ihr tretet Fremden wie Hunde entgegen: kläffend und knurrend. Hierher zu kommen war ein Fehler. Selbst wenn ich euch helfen könnte, erkenne ich doch nicht, dass ihr die Mühe wert wäret.«

Iozel blickte an ihm vorbei auf den Pfad, den jetzt das Sonnenlicht durch die Bäume beschien. Aber mittlerweile bewegte sich mehr darauf als nur die Reflexe des Sonnenlichtes. »Oh ja, du hast einen Fehler begangen, als du hierher gekommen bist, das ist wohl wahr!«, sagte der Eremit.

Nathan drehte sich um und verspürte ein unbehagliches Gefühl, als er sah, dass eine Hand voll Männer sich näherte. Der zerlumpte Jäger führte sie an. »Da! Das ist er!«, rief der Jäger und zeigte mit dem Finger auf ihn. Als die Gruppe den Fuß der Leiter erreichte, stieg Nathan hinunter. Iozel blieb, wo er war, am Rand der Felsplattform. Nathan musterte die Neuankömmlinge und bemerkte, dass sie vom gleichen Schlag zu sein schienen: von Inzucht geprägt, hässlich, grobschlächtig und heruntergekommen. Der Jäger war nicht der Dorftrottel; sie waren alle aus dem gleichen Holz geschnitzt. Und sie waren sämtlich bewaffnet.

»Mein Name ist Nathan«, sagte er ein wenig betreten. »Ich komme aus dem Westen hinter der Großen Roten Wüste, und ich komme als Freund.«

»Er ist vom Norden gekommen«, rief Iozel herunter. »Besser gesagt ist er aus dem Norden geflohen – aus Turgosheim – und kommt als Feind zu uns, obgleich er das nicht weiß ... vielleicht! Man wird ihn binnen kurzem verfolgen, und wenn sie ihn hier finden ...«

Die Männer umringten Nathan, musterten ihn, betasteten seine Kleidung. Einer der Männer nahm ihm sein Messer weg. Nathan blieb hoch aufgerichtet stehen und versuchte keinen furchtsamen Eindruck zu erwecken. Er wandte sich ihrem mutmaßlichen Anführer zu, einem vierschrötigen, dickbäuchigen Kerl, der als Einziger den Eindruck machte, sich gut zu nähren. Kleine Schweinsaugen blickten aus einem roten, aufgedunsenen Gesicht. Nathan richtete das Wort an ihn. »Iozel irrt sich. Ich komme aus dem Westen.«

»Aber ja«, rief Iozel herunter. Seine Stimme troff vor Sarkasmus. »Und er ist durch die Große Rote Wüste gekommen. Aber sicher doch! Seht doch nur, wie ausgemergelt er ist, wie sehr ihm die giftigen Gase der Einöde zugesetzt haben. Und seine Kleidung hängt ihm in Fetzen herunter.« Seine Stimme verhärtete sich. »Er ist aus Turgosheim geflohen, glaubt mir. Vermutlich das widerspenstige Schoßtier eines Lords, und ich möchte wetten, dass ich weiß, welcher Lord es ist. Er trägt doch sogar Maglores Wahrzeichen an seinem Handgelenk!«

Der Vierschrötige nickte, kratzte sich am Kinn, sah Nathan in die Augen und grunzte nachdenklich. »Iozel hat Recht«, sagte er. »Noch nie ist jemand aus dem Westen gekommen. In jedem Fall sind die Länder hinter der Großen Roten Wüste etwas aus dem Sagenbereich. Wir wissen ja nicht einmal, ob es sie überhaupt gibt.« Er runzelte die Stirn. »Aber das eine will ich einräumen: Wie ein Szgany siehst du nicht aus.«

»Eines von Maglores Experimenten«, fiel ihm Iozel wieder von der Sicherheit seines Felsvorsprungs herab ins Wort. »Das ist ein Wechselbalg!«

»Hä?« Der Anführer des Trupps wich vor Nathan zurück, und seine Leute taten es ihm gleich. »Ein Vampirwesen?«

»Nein, ein Vampir ist er nicht.« Iozel schüttelte den Kopf.

»Und ich gebe zu: Das ist verwunderlich. Aber ich war gerade am Kochen, und meine Hände sind mit Knoblauchöl beschmiert, das ich in das Leder seines Armbandes hineinrieb. Wenn er ein Wamphyri wäre, wüssten wir das: Er würde sich in Qualen von seinem seltsamen Armband winden. Außerdem trägt er Silber am Körper. Und zu guter Letzt fällt das Sonnenlicht auf ihn, und es schadet ihm nicht!«

»Das ist wahr!«, meldete sich der schorfübersäte Jäger zu Wort. »Er kam aus dem Grasland, und die ganze Zeit über schien die Sonne!«

»Also«, sagte der Anführer und musterte Nathan von oben bis unten. »Was sollen wir nun mit dir machen?«

Nathan warf ihm einen verächtlichen Blick zu. Dann sah er zu Iozel auf, bis ihre Blicke sich trafen und ineinander verschränkten. *Woran denkst du gerade, du räudiger, verräterischer alter Hund?*, fragte sich Nathan. Verrat, ja, Betrug - genau das, wovor Thikkoul ihn gewarnt hatte.

Iozels Gedanken waren leicht zu lesen; sein Geist war schon vorher so häufig geöffnet worden, dass er ihn nicht mehr verschließen konnte. Sogar Nathans schwach ausgeprägte Begabung hatte kaum Schwierigkeiten damit, seine mentalen Verteidigungsstellungen zu überwinden. Vielleicht war Nathan auch nur verzweifelt darauf erpicht, die Gedanken des Mannes zu lesen.

Er gehört zu Maglore oder hat einst zu ihm gehört, ich bin mir ganz sicher, dachte Iozel gerade. *Aber ist er entflohen oder wurde er ausgesandt? Ist er hier, um mich abzulösen, oder hoffte er darauf, sich meiner Hilfe zu versichern, um sich zu verbergen?*

»Aha«, sagte Nathan, »es ist also wahr, was ich über Iozel Kotys gehört habe.« (Das Spiel der Beschuldigungen konnte auch von zweien gespielt werden.)

»Was meinst du damit?« Das Interesse des Vierschrötigen war geweckt.

Nathan warf ihm einen weiteren abfälligen Blick zu. »Na, dass die Wamphyri ihn als Spitzel gegen die Szgany hier eingesetzt haben. Gegen euch! Er führt euch bloß mit seinen Lügen über seine ›mystische‹ Kunst an der Nase herum, damit ihr ihn nicht als das erkennt, was er in Wahrheit ist. Sagt mir doch einmal, habt ihr jemals einen anderen Menschen getroffen, der aus Turgosheim entkommen ist?«

»Höre nicht auf ihn, Dobruj!«, kreischte Iozel. »Was denn, ich soll ein Spitzel sein? Ich bespitzele niemanden. Wozu denn? Alles, worum ich doch je bitte, ist, dass man mich in Ruhe lässt. Aber der da: Seht ihn euch doch nur an! Seine Kleidung, seine fremdartige Färbung, seine Geschichte! Hah! Aus einem Land hinter der Großen Roten Wüste, natürlich! Seine Lügen sind doch offensichtlich.«

Bei Dobruj handelte es sich um den vierschrötigen Anführer. Er reckte den Hals und blickte finster zu Iozel hinauf. »Oh ja, und es ist auch nicht das erste Mal, dass man dich verdächtigt, alter Einsiedler! Wenn ich für das eine oder andere den Beweis erhielte ... hah!« Wieder knetete er sein Kinn und sah zu Nathan. »Aber was machen wir bis dahin mit dir?«

»Hört nur auf mich«, sagte Iozel, nun deutlich gefasster, »und dann werdet ihr wissen, was ihr mit ihm zu tun habt. Fügt ihn dem Tribut hinzu und rettet so einen der eurigen! Vormulacs Tributeintreiber treffen heute Nacht ein, und schon jetzt seid ihr zu knapp dran, weil euch einige ausgerissen sind. Warum soll der hier nicht die Ränge ausfüllen, nicht wahr? Wenn auch er ein Ausreißer ist – einer aus Turgosheim –, dann holen sie ihn ganz gewiss wieder zurück. Und das setzt euch und Vladisstadt in einen guten Ruf, Dobruj. Aber wenn er ein Spion ist, ah, dann werden sie schon Gründe finden, ihn nicht mitzunehmen! Und dann ... dann ist später immer noch Zeit, sich mit ihm zu befassen. So oder so habt ihr nichts zu verlieren.«

Dobruj dachte darüber nach, legte den Kopf schräg und blickte ein weiteres Mal zu Nathan auf. Schließlich nickte er und sagte: »Es ergibt Sinn.« Darauf packten zwei Männer Nathan an den Armen. Er versuchte sie abzuschütteln, bis ein dritter ihm die Spitze seines eigenen Messers an die Rippen hielt.

»Nichts da!«, befahl Dobruj. »Wenn er in den Tribut geht,

wollen wir ihn nicht beschädigen. Gut, das reicht jetzt. Los, in den Ort zurück ...«

Als sie Nathan über den Pfad zerrten, rief Dobruj zu dem Einsiedler hinauf: »Du da, Iozel – sieh zu, dass du in der Nähe bist, wenn die Tributeintreiber kommen. Denn wenn deine Beschuldigungen mich als Narren dastehen lassen, werde ich mit dir ein Wörtchen zu reden haben ...«

»Hah!«, rief der Eremit aus und schüttelte vom Vorsprung herab die Fäuste. »Ihr werdet schon sehen! Ihr werdet es schon sehen!«

Dobruj hielt inne und starrte ihn aus schmal gewordenen Schweineaugen an. »Oh ja, wir werden schon sehen, was es zu sehen gibt«, sagte er. »Sieh du dennoch zu, dass du dabei bist.« Es war ein Befehl, gegen den es keine Auflehnung gab. Und es lag eine unbarmherzige Drohung darin.

Iozel sah ihnen nach, bis sie außer Sicht verschwanden. Dann ging er zu einem Sims in der Höhle und nahm ein aus Gold geschmiedetes Zeichen an sich. Der Seher-Lord Maglore von Runenstatt hatte es ihm gegeben. Es war Maglores Wahrzeichen, das in allem dem Lederband an Nathans Handgelenk glich, aber aus schwerem Metall geformt war. Unter gedämpften Flüchen trug Iozel es in eine dunkle Ecke, setzte sich auf den Rand eines Hockers und schloss die Augen. Und ganz, wie Maglore ihn angewiesen hatte, hielt der Eremit das goldene Zeichen, das sich in seiner Hand erwärmte, spürte seine sonderbaren Umrisse und sandte seine Gedanken hinaus, hinaus und immer weiter ...

... bis über die Berge nach Turgosheim ...

In Vladisstadt – einer Ansammlung von vielleicht einhundertzwanzig aus Holz, Grassoden, Weidenruten und Häuten errichteten schäbigen Gebäuden, die weder so ausgeklügelt noch so groß war wie Mirlu-Stadt, Tireni-Hang oder Siedeldorf – wurde Nathan zu sechs anderen jungen Männern in einen Holzpferch gesperrt, der zum größten Teil nicht überdacht war. In dem Pferch schützten ein paar schmale Planen die

Gefangenen vor der Sonne. Bei diesen handelte es sich nicht um Verbrecher, sondern um Tributanten, den ›legitimen Anteil‹ der Tributeintreiber der Vampire, die nach Sonnenuntergang aus Turgosheim kommen würden, um ihre elende Steuer aus Fleisch und Blut mitzunehmen. Da die männlichen und weiblichen Tributanten getrennt verwahrt wurden, gab es zwei Pferche dieser Art.

Man hatte Nathan den Gürtel abgenommen und ihm dafür einen Strick gegeben. Wenn man ihn mit Silber am Leib an einen Offizier der Wamphyri übergeben hätte ... dann wären die Folgen undenkbar gewesen! Den Gürtel, die Schnalle und die Scheide würde er nie wiedersehen. Was den silbernen Anhänger und die Kette betraf, die Atwei ihm zum Abschied geschenkt hatte, hatte man sie unter seinem langen Haar und dem Lederhemd nicht bemerkt. Nach Einbruch der Dunkelheit und vor der Ankunft der Tributeintreiber wollte er sie in einer Innentasche verstecken.

Nathan stand Todesängste aus, versuchte sie sich jedoch nicht anmerken zu lassen. Die anderen Männer, die mit ihm zusammen eingepfercht waren, hielten sich jedoch keinesfalls so zurück. Er lauschte ihrem Geflüster, und ihm wurde klar, dass sie jede Hoffnung aufgegeben hatten. Sie sahen sich als Futter für die Wamphyri, und selbst wenn ihre Lieben an den Zaun traten, um mit ihnen zu sprechen, war es ihnen nahezu gleichgültig. Schwere Niedergeschlagenheit legte sich drückend auf die Stätte, die mit dem sauren Gestank der Angst durchtränkt war. Ein verhängter Abort in einer Ecke des Pferchs trug nichts zur Verbesserung der Atmosphäre bei. Nathan hätte gerne die gedämpften Unterhaltungen überhört, um seinen eigenen Gedanken nachzuhängen, aber das gelang ihm nicht. Schließlich hörte er gleichgültig zu und verschaffte sich so wenigstens bruchstückhafte Informationen.

Die Tributeintreiber trafen etwa eine Stunde nach Sonnenuntergang ein, wenn das letzte weiche Dämmerlicht noch auf dem südlichen Horizont lag. Wenn alles seinen gewohnten Lauf ging, nahmen sie Dobrujs Fleischabgaben und flogen nach weniger als eine Stunde wieder ab; aber wenn etwas nicht wie vorgesehen ablief ... dann musste jemand dafür bezahlen. Dobruj war der Hetman des Ortes, und sein Rücken trug die Narben, die sich aus früheren gelegentlichen Versäumnissen ergaben, als die Quote nicht erfüllt worden war. Einen solchen Fehler wollte er sicher nicht erneut begehen. Doch hatten zwei Ausreißer die Kopfzahl verringert, und ihnen fehlten nun zwei – oder auch nur einer, da dieser herausgeputzte Fremdling einbezogen worden war –, und Dobruj musste noch einen Weiteren auftreiben, bis die Tributeintreiber eintrafen.

Der Tag war nicht kürzer als jeder andere Tag der Sonnseite, aber dennoch schien die Zeit wie im Flug zu vergehen. Nathan dachte an Flucht, aber außerhalb des Pferches wachten die Wächter auch über ihr eigenes Leben; denn wenn ein Tributant entkam ... wer würde dann seinen Platz einnehmen? Als man Wasser brachte, trank Nathan davon, aber das fade Essen ließ er stehen. Die anderen rissen es an sich, als hätten sie eine Woche lang nichts bekommen. Nun ja, so schlecht standen die Dinge noch nicht, aber auch nicht gut. Er lauschte weiter auf das, was sie sich zu erzählen hatten ...

Seit nunmehr einem Jahr und neun Monaten hatten sich die Forderungen der Wamphyri stetig gesteigert. Die Tributvereinnahmungen waren häufiger geworden, die Ausplünderung der Ressourcen der Sonnseite hatte sich verschärft. Die Lords von Turgosheim ließen die Dörfer empfindlicher als je zuvor zur Ader. Sie schienen von nichts genug bekommen zu können; in ihnen raste ein solcher Durst, ein Hunger und Feuer, die sämtliche Gier vergangener Tage in den Schatten zu stellen drohte. Und keiner wusste, woran das lag und was die Ursache war. Welcher bloße Mensch würde es auch wagen, ihnen diese Frage zu stellen? Eines war allerdings sicher: Ihre monströsen Werke jenseits der Grenzberge waren noch ungeheuerlicher geworden!

Unheimliche Wesen waren im Vorbergland abgestürzt – riesige, grässliche Schöpfungen der Wamphyri, rasende, jaulende Fleischfresser –, und die Kunde davon verbreitete sich durch die

Wälder zu den Ortschaften am Rand. Aus unschuldigem Fleisch und Blut stellten die Wamphyri in Turgosheim Ungeheuer der Lüfte her! Doch waren diese Kreaturen weit entfernt von den traurigen, nickenden Rochenfliegern. Und was ihren Daseinszweck betraf - nun, wer hätte hier danach fragen wollen?

Nathan musste diese Frage nicht stellen, denn er erinnerte sich nur zu gut an die Nacht vor fast einhundert Sonnuntern, als eine ... eine *Kreatur* namens Vratza Wransknecht in Siedeldorf an einem Kreuz gestorben war - und Nathan wusste auch, was dieses Wesen Lardis Lidesci erzählt hatte! Wrathas Banditen waren die Ersten gewesen, die dieses Nest verlassen hatten, aber andere würden ihr bald folgen. Und darauf bereitete man sich in Turgosheim gerade vor. Wenn die Qualität ihrer Krieger allerdings noch so beschaffen war, dass diese immer noch in den Hügeln abstürzten ... nun, offenbar verfügte Wratha über einen gewissen Vorsprung: Wie *gern* hätte Nathan diese Information zurück zu Lardis Lidesci gebracht, falls Lardis noch am Leben war. Irgendwie hatte Nathan das Gefühl, dass er noch lebte ...

Nathan döste in der Tageshitze, und wenn die Fliegen es zuließen, schlief er. Er dachte sich, dass er genauso gut seine Kräfte für das, was ihm bevorstand, aufsparen konnte. Während er schlief, träumte er von vielen Dingen, von denen er die meisten wieder vergessen hatte, sobald er wieder aufschrak. Er erinnerte sich ganz schwach an das trauernde Geheul seiner Wölfe aus der Ferne. Und an gewisse Tote der Thyre, deren traurige Gedanken ihn sogar hier erreicht hatten.

Der Mittag kam und verstrich. Weiteres Wasser und ein Kanten Brot. Die Pferchwachen wechselten sich ab. Nathan schlief, schreckte erschauernd im Schatten seiner Plane hoch, streckte einen Arm in das nachlassende Sonnenlicht, um etwas Wärme aufzufangen. Oh ja - es ließ allmählich nach. Denn auch wenn dieser Tag auf der Sonnseite etwa einer halben Woche in der Welt seines Vaters entsprach, so kroch die Zeit doch in gleichem Tempo unaufhaltsam in beiden Welten voran.

Später ... bekam Nathan Hunger. Als dann das Essen gebracht

wurde, aß er und wusste es zu schätzen. Sein Blickwinkel begann sich bereits zu verändern. Einmal las er die Gedanken eines Kindes, das ihn mit großen Augen durch den Pferchzaun anstarrte: *Wann werde ich an der Reihe sein? Noch lange nicht, denn ich bin erst sechs.* Wohl wahr, aber schon bald, und früh genug.

Während der Abend näher rückte, stattete auch Iozel Kotys dem Pferch einen Besuch ab. Sein Verstand stand so weit offen wie stets. Geistiges Gift schwappte aus ihm heraus, in das sich jedoch auch Staunen und nicht wenig Angst mischten. *Wer bist du und woher kommst du? Aus dem Westen? Ist das denn möglich? Du bist nicht Maglores Mann, wie ich herausgefunden habe, obgleich er dich jetzt dringend haben will. Aber wer? Wie? Warum?*

Nathan sah in die böse dreinblickenden Augen in dem bärtigen Gesicht, die ihn durch die Zaunlücken anstarrten. »Ah ja?«, sagte er leise. »Hast du also mit deinem Herrn und Meister gesprochen? Bist du dann doch sein Knecht im Geiste, wenn schon nicht körperlich?«

Und Iozel keuchte auf und entfernte sich.

Nathan verfiel in einen langen, tiefen Schlaf und erwachte frierend und niedergeschlagen. Die ersten Sterne waren herausgekommen, und hinter dem Pferchzaun brannte ein Feuer. Tische waren aufgestellt worden, auf denen Weinfässer aufgereiht standen. Man hatte eine niedrige Plattform errichtet, in deren Mitte zahlreiche große Stühle standen. Dobruj lief nervös auf der Plattform auf und ab. Er wartete auf etwas.

Mit einem Mal geschah alles gleichzeitig.

Die Sterne schienen zu verlöschen, als etwas Schwarzes vorüberglitt. Gewaltiger Flügelschlag ließ die Flammen höher prasseln, als mitternachtsschwarze Umrisse heranglitten und sich auf einem Hügel an der nahen Savannengrenze niederließen. Und schließlich trafen die Tributeintreiber ein, die Offiziere der Wamphyri.

Sie waren zu viert. Groß, kraftvoll, grausam und arrogant kamen sie furchtlos und voller Menschenverachtung herangeschritten, während niederrangige Vampirknechte ihnen folgten. Nathan erblickte sie durch eine Lücke im Zaun und wusste, wo er ihresgleichen schon einmal gesehen hatte. Sie hatten viel mit Vratza Wransknecht gemein.

Sie verschwendeten keine Zeit. Dobruj kam ihnen in unterwürfiger Haltung entgegen und wurde beiseite gestoßen. Er folgte ihnen zur Plattform, wo sie ihre Plätze einnahmen. »Bringt sie her«, befahl ihr Anführer. Seine blutroten Augen schweiften zum Pferchzaun. »Aber diesmal etwas mehr Qualität, wenn ich bitten darf, Dobruj. Vor einem Jahr war ich schon einmal hier, weißt du noch? Du wirst mir diesmal keinen Abschaum mehr unterjubeln.«

Die Tributanten wurden vorgeführt. Die Frauen kamen zuerst. Nacheinander wurden acht junge Mädchen zur Plattform gebracht, wo der Offizier ihnen die Blusen bis zur Hüfte herunterriss, ihre Brüste entblößte und die Röcke anhob, um ihre Schenkel zu bewundern. Und während sie unter Tränen über die Bühne stolperten und ihre Blöße zu bedecken suchten, leckte er sich die Lippen und schnupperte lüstern an ihnen wie ein Hund, ohne sich allerdings sonderlich beeindruckt zu zeigen. »Sie sind ganz brauchbar«, grunzte er barsch. »Und die Männer?«

Die Mädchen wurden fortgeführt, und Nathan wurde gemeinsam mit den sechs anderen Männern gebracht. Er wurde als Vierter vorgeführt. »Ach ja«, sagte der Offizier. »Und was haben wir hier?«

»Ein Fremder – wir wissen nicht, woher er kommt«, gab Dobruj hastig zur Antwort. »Ich dachte, er sei vielleicht ... aus Turgosheim gekommen.«

Der Offizier überragte Nathan um ganze sechs Zoll. Mit einer riesigen Hand packte er ihn am Kinn und drückte zu, bis Nathan den Mund öffnete und wie ein Maulesel auf dem Markt seine Zähne zeigte. »Was?« Der Offizier löste den Griff, stieß Nathan von sich, dass er taumelte, und drehte sich zu Dobruj um. »Hä? Aus Turgosheim, hast du gesagt? Wieso das?«

Dobruj wedelte mit den dicken Händen. »Seine Kleidung, mein Lord, und sein Aussehen. Er stammt nicht aus dieser Gegend. Wir dachten, dass er vielleicht ...«

»Halt den Mund!«, befahl ihm der andere. »Ihr sollt nicht denken. Es ist nicht erforderlich, dass ihr denkt. Aber der hier war nie in Turgosheim, das kannst du mir glauben! Allerdings ist er der Beste von dem Haufen, den ich gesehen habe, daher bin ich nicht missgestimmt. Zeig jetzt den Rest her!«

Die anderen drei wurden gemeinsam vorgeführt; der Offizier warf nur einen kurzen Blick auf sie, dann sah er Dobruj an. »Da fehlt einer«, knurrte er warnend. Seine Augen verengten sich zu blutroten Schlitzen.

»Der Achte kommt gerade«, antwortete Dobruj, als vom Rande des Lichtkreises, den das Feuer warf, ein scharrendes Geräusch erklang. Seine Männer zerrten den zeternden und um sich tretenden Iozel Kotys heran. Doch sobald er die Vampire erblickte, verstummte er und keuchte nur noch.

Der Anführer sah ihn mehrere Sekunden lang an, dann richtete er den Blick auf Dobruj. Mit tiefer und gefährlich leiser, fast schnurrender Stimme sagte er: »Soll das vielleicht ein Scherz sein, Dobruj?« Er packte den Hetman, nahm ihn in den Schwitzkasten und drückte zu. »Das will ich doch nicht hoffen.«

Dobruj schluckte, japste schmerzerfüllt auf und wedelte mit dem freien Arm. »Mein Lord«, schrie er in Todesangst. »Bitte höre mich an. Sämtliche Vorräte sind genau wie verlangt auf Wagen bereitgestellt worden. Obst, Nüsse, Honig in Krügen, Getreide, Tierfutterballen, Weine. Die Fässer hier auf dem Tisch: Sie sind ein Zusatz zum Tribut – nur für dich! Nimm einen Schluck, probiere, ich flehe dich an!« Einer seiner Männer stürzte mit einem Humpen vor. Der Offizier riss ihn an sich, trank, bis ihm der Wein übers Kinn lief, und goss den Rest Dobruj über den Kopf.

»Oh ja, der ist gut!«, sagte er und schleuderte Dobruj beiseite. »Aber was soll ich mit dem da?« Er zeigte auf Iozel, der sich vor der Bühne zusammenkrümmte.

Iozel blickte auf. »Bring mich zu Maglore!«, schrie er. »Er wird mich haben wollen. Einst gehörte ich ihm, bis er mich wieder hierher schickte ...«

»Ah ja!« Der Offizier riss die Augen auf. »Du bist das also!

Der Seher-Magier hat dich natürlich erwähnt – dich, seinen Spion!«

»Siehst du! Siehst du!«, krähte Iozel und grinste schief. Ihm waren die brennenden Blicke Dobrujs und vieler anderer Männer nur allzu bewusst. »Ich wusste doch, dass er sich an mich erinnern würde.«

»In der Tat«, erwiderte der Offizier. »Maglore sagte zu mir: ›Wenn Iozel im Tribut dargeboten wird, nimm ihn unbedingt mit, aber *bringe ihn nicht zu mir.* Denn wenn er seine eigenen Leute verrät, welchen Nutzen hat er dann für mich? Doch brauchen die Stätten stets neue Vorräte, und selbst aufsässiges Fleisch bleibt doch nützliches Fleisch!‹ So lauteten Maglores Worte.«

»Nein – *nein!*« Iozel sprang auf und wollte davonstürzen.

»Bringt ihn zum Schweigen!«, befahl Dobruj grimmig und mit einer gewissen Befriedigung. Einer seiner Männer streckte den Eremiten mit einem Knüttelschlag hinter das Ohr zu Boden, dass er alle viere von sich streckte. Damit war die Sache erledigt.

Der Anführer stieg von der Bühne und trat zu den Tributanten. Er sonderte die beiden hübschesten Mädchen sowie Nathan und einen weiteren jungen Mann aus und sagte dann zu den Knechten in seinem Trupp: »Die vier reiten mit uns. Der Rest soll zu Fuß durch den Pass laufen. Und dass euch ja keiner abhanden kommt.«

Er schickte sie mit ihren beladenen Wagen über einen Waldpfad los, verließ dann ohne ein weiteres Wort das Dorf und ging über die Ebene zu der Anhöhe, auf der die nickenden, grotesken Umrisse der Flieger zu sehen waren. Nathan und der andere junge Mann wurden mit je einem kleinen Fass beladen und dann mit den Mädchen hinausgetrieben, wobei die Offiziere ihnen als Letzte folgten und Fässer schleppten, als wären diese gewichtslos. Die folgenden Ereignisse erschienen Nathan beinahe wie ein böser Traum:

Die großen grauen Tiere nickten vor dem nächtlichen Himmel, während die Fässer in ihre stinkenden Bauchtaschen verladen wurden. Dann banden die Offiziere die Tributanten an den Enden der langen Sättel fest und warnten sie: »Eine falsche

Bewegung, und wir werfen euch hinab. Dann könnt ihr ja feststellen, ob ihr genauso gut wie die Wamphyri fliegen könnt!«

Dann kam der Start und mit ihm der Schwindel erregende Aufstieg, als der Wind die mächtigen Schwingen erfasste. Dann der rasende, elende Flug über zwölf oder dreizehn Meilen aus Wald, Bergvorland, gezackte Gipfel, und schließlich der brausende Abstieg zwischen Felsvorsprüngen, Türmen, gelb und orange leuchtenden Gasflammen und stinkenden Schornsteinen – tiefer, immer tiefer hinab in das Reich der Vampire, vorbei an grimmigen Brüstungen, rötlich erleuchteten Fenstern und Balkons zu großen Lande- und Abflugrampen in der großen, finsteren Schlucht namens Turgosheim ...

Unter normalen Umständen hätte sich Maglore nur selten, wenn überhaupt, dazu herabgelassen, der Verlosung und Zuteilung gewöhnlichen Tributgesindes beizuwohnen. Für gewöhnlich schickte er einen Knecht, der die Ausbeute für ihn abholte. Doch waren dies wohl kaum ›normale‹ Zeiten, und wenn man Iozel Kotys Glauben schenken konnte, handelte es sich bei diesem ›Nathan‹ nicht um einen Sonnseiter gewöhnlichen Zuschnitts.

Drei ›Lospakete‹ an Tributanten waren angeliefert worden: vier aus Vladisstadt, fünf aus Gengisheim, sechs aus Kehrlszacke. Dabei handelte es sich um die so genannten ›Sahnestücke‹, die für Sonderbehandlungen eingeflogen wurden. Die gemeinen Sklaven kamen später zu Fuß nach. Für alle lief die Ziehung jedoch in gleicher Weise: Aus einem Beutel wurden auf gut Glück die auf Knochen eingeritzten Wappen der Lords und Ladys gezogen.

Die Besten der Tranche wurden nach einem festen Verfahren verlost. Maglore konnte sich glücklich schätzen, dass er diesmal dabei war, ansonsten hätte er sich auf ernste Feilschereien einlassen müssen und einiges Glück gebraucht, um diesen sonderbaren Nathan zu bekommen, ehe ihn jemand ... beschädigen konnte. Aber das Glück war ihm nicht hold (seine Wappenzeichen waren bereits gezogen worden und hatten ihm zwei einigermaßen ansehnliche Mädchen und einen grobschlächtigen Jüngling eingebracht), und so musste er schließlich doch noch warten und ein wenig feilschen. Deshalb blieb er so lange, bis Nathan von Zindevar Greisentod ›gewonnen‹ worden war.

Zindevar nahm an der Verlosung nicht selbst teil, ebenso wenig wie die Lords Eran Schmerzensschrund, Grigor Haksohn und Lom der Halb-Starke von Trollstatt. Sie hatten allesamt anderweitig zu tun – vermutlich waren sie mit ihren verschiedenen kreativen Unterfangen geistig oder körperlich beschäftigt – doch waren an ihrer statt Offiziere zur Stelle. Schließlich hatte Zindevars Leutnant seine drei Tributanten zusammen – zwei weitere Männer und das ›Objekt‹, das Maglore so interessant fand – und begab sich zu den Abflugrampen. Maglore ließ ein Drittel seiner Beute (den mürrischen Jungen) in der Obhut eines seiner beiden Knechte zurück und holte mit den halb nackten, wimmernden Mädchen im Schlepp Zindevars Offizier, der keinen sonderlich glücklichen Eindruck machte, in einem Vorzimmer ein.

»Also kein Glück gehabt?«, sagte er, als er zu dem Mann aufschloss.

»Hä?« Überrascht fuhr der Leutnant herum, sah Maglore und sagte: »Oh!« Er verneigte sich unbeholfen. »Mein Lord Maglore!« Seine Verwirrung war verständlich. Wamphyri-Lords richteten für gewöhnlich nicht das Wort an die Offiziere anderer Lords oder Ladys. Dessen wurden schon die eigenen Offiziere kaum als würdig erachtet. Dann begriff der Mann, was Maglore gesagt hatte.

»Glück?« Der Mann setzte eine mürrische Miene auf, als er Maglores Mädchen musterte. »Dir scheint es ja hold gewesen zu sein! Was Zindevar betrifft ...« Er zuckte resignierend die Achseln.

Maglore nickte. »Wenn sie nur drei Burschen bekommt, wird sie nicht gerade glücklich sein.«

»Ha!«, knurrte der andere wütend, fuhr dann herum und funkelte seine Schutzbefohlenen an, weil sie nur elende Männer waren.

Nathan, der ebenso unsicher und furchtsam war wie seine Mitgefangenen, war dennoch fasziniert, als er Maglore erkannte. Zum einen wurde sein Name (Iozel Kotys hatte ihn als seinen früheren Herrn bezeichnet) genannt; zum andern war da sein beeindruckendes und Ehrfurcht gebietendes Auftreten. Fraglos handelte es sich bei ihm um den nämlichen ›Magier‹, dessen undeutliches Bild Nathan in Thikkouls geistigem Auge erblickt hatte, als dieser für ihn in die Sterne geblickt hatte, um daraus die Zukunft zu lesen. Vor Maglore hatte Thikkoul ihn gewarnt: *Er will dich benutzen, von dir lernen, dich unterweisen und verderben!*

Als daher die anderen Gefangenen zurückwichen und die Augen von Zindevars Offizier abwandten, als er zu ihnen herumfuhr, blieb Nathan weiter aufgerichtet stehen und starrte Maglore an. Das war lediglich seine Art – die Art der Szgany, unschuldig und sogar naiv – und nicht als Kränkung oder Beleidigung gegen Maglore oder den ungehobelten Offizier gedacht. Aber die Augen des Letztgenannten flammten wutentbrannt auf, als er Nathans arglose Neugier für stumpfsinnige Aufsässigkeit hielt.

»Waaas?«, brüllte er und packte Nathan am Kragen. »Du elender ...!« Er hielt ihn einen Moment lang fest, dann sog er zischend den Atem ein, stieß den Jungen heftig von sich und zog die Hand zurück, als sei er gestochen worden. Nathans Jacke war vorne aufgerissen, ein Knopf war vom Hemdkragen abgeplatzt, Atweis silberner Anhänger, den er wieder um den Hals trug, glitt hervor. Und der Offizier starrte immer noch verdattert auf seine riesige eisenharte Hand.

»Was?«, sagte er, diesmal flüsternd, als er endlich den Anhänger um Nathans Hals bemerkte. »Silber? Ist es denn zu glauben? Willst du mich etwa vergiften? Du ... kleiner ... eitler ... Fatzke!«

Mit zitternder Hand zeigte er auf den Anhänger und krächzte: »Nimm das ab! Wirf es weg!«

Nathan tat wie geheißen und wich an die rohe Steinwand zurück. Knurrend trat der Offizier vorwärts und stampfte mit dem gestiefelten Fuß auf den Anhänger. Er zerbarst in mehrere

Stücke, und eine kleine Haarlocke wurde sichtbar. *»Hah!«* Der Mann sprang vor, griff sich die schwarze Strähne und hielt sie Nathan vor die Nase. »Was ist das hier?«

»Ein ... ein Andenken«, keuchte Nathan. »Das Schamhaar einer ... einer Jungfrau.«

»Tatsächlich!« Der Mann grinste, trat die Bruchstücke des Anhängers in alle Richtungen und hielt Nathan die freie Hand vors Gesicht, damit er sie gut sehen konnte. Das Fleisch seiner Handfläche war grau, schwielig, hornig. Und Nathan sah, wie sich darauf scharfe Schuppen oder Kämme wie bei einer grässlichen Raspelwaffe bildeten. Dann legte der Offizier seine Hände aneinander und zerdrückte die Locke. Mit einer reibenden Bewegung zerbröselte er das Haarknäuel in schwarze Krümel, die er voller Entzücken in kleinen Prisen in die begierig zuckenden Nasenlöcher schnupfte.

»Hah! Köstlich!«, krähte er und schmatzte leicht. »Und war sie schön?«

»Sie war eine Thyre«, gab Nathan zur Antwort. Seine Worte wurden von reichlich Tapferkeit und einer nicht geringen Befriedigung gespeist. Wenn er schon sterben musste, dann konnte es genauso gut jetzt geschehen. »Sie war ein Wüstentrog!«

Das darauf folgende Schweigen wurde sekundenlang nur durch das Wimmern von Nathans Mitgefangenen durchbrochen. Dann ... wurde die graue Haut des Offiziers womöglich noch grauer, als er vor Wut schier zu platzen drohte. Er packte Nathan mit einer Hand an der Kehle und holte mit der anderen aus. Ein einziger Schlag hätte Nathans Gesicht für immer entstellt. Doch da ...

»Halte ein!«, sagte Maglore mit einer leisen Stimme, die jedoch ein Aufbegehren gar nicht erst zuließ. »Wenn du ihn beschädigst, gibt es keinen Handel. Und ich werde Zindevar berichten, dass ihr deinetwegen zwei hübsche kleine Spielgefährtinnen für ihre Bettstatt entgangen sind.«

Die Hand des Offiziers erstarrte in der Luft. Auf dem Stiernacken drehte sich der Kopf, bis er Maglore finster ansah. Dann sagte er: »Welcher Handel?« Schließlich besann er sich auf seine

Manieren, zwinkerte leicht und entspannte sich ein wenig. »Lord Maglore«, sagte er, »ich will nicht respektlos erscheinen, aber die Lady Zindevar befiehlt über mich, und nicht du.«

»Oh ja, und sie wird befehlen, dass man dich ausweidet!« Maglore lächelte humorlos. »Wenn du nicht diese Mädchen im Austausch gegen den kecken Jüngling nach Greisenfried bringst. Entscheide dich, und zwar rasch!«

Jetzt wurde der andere argwöhnisch. Er warf einen kurzen Blick auf Nathan. »Ach ja? Und warum willst du ausgerechnet den da? Er ist doch entweder ein Idiot oder ein Unruhestifter oder sogar beides? Bringt der Kerl doch tatsächlich Silber nach Turgosheim! Wahnsinn! Bringen die Szgany heutzutage ihren Bälgern denn gar nichts mehr bei?«

Maglore zuckte die Achseln. »Es gibt die Sonnseite und die Sonnseite wie auch Szgany und Szgany«, lautete seine geheimnisvolle Erwiderung. »Was man an einem Ort lehrt, mag an einem anderen für unwichtig erachtet werden ... jedenfalls bislang. Aber der hier ...« Wieder zuckte er die Achseln. »Mir gefallen seine absonderlichen Farben. Außerdem macht er einen friedlichen und tumben Eindruck, er wirkt wenig intelligent und mag sogar unschuldig sein. Er wird mir wie ein Schoßtier durch Runenstatt folgen. Was Zindevar betrifft, so soll sie diese Mädchen zum Zwicken haben. Das wird dich in ihrer Gunst wahrlich steigen lassen.«

Eine nachdenkliche Pause folgte. Dann: »Abgemacht!« Zindevars Offizier ließ Nathan los und stieß ihn die Mauer entlang hinter Maglore, sodass er ihn nicht mehr sah. Der Magier von Runenstatt sagte zu seinen Mädchen:

»Geht mit diesem feinen Herrn, und er wird euch zu eurer neuen Herrin bringen, einer gar lieblichen Dame, die euch viele wundervolle Dinge zeigen wird!« Daraufhin brach Zindevars ›feiner Herr‹ in schallendes Gelächter aus, als Maglore Nathan an der Schulter ergriff und sich rasch mit ihm entfernte ...

Auf dem Weg zur Runenstatt, der über fast zweieinhalb Meilen durch Höhlen, Kammern und Gänge führte, durch steil ansteigende Verbindungstunnel und über Schwindel erregende Schluchten und Wendeltreppen aus Knochen und Knorpel, stellte Maglore unaufhörlich scheinbar belanglose Fragen. Aber Nathan wusste genau, dass sein Interesse keinesfalls belangloser Natur war. Das zeigte sich vor allem durch die zahlreichen Geistessonden, die Maglore unentwegt abfeuerte, um den Schild um Nathans Gedanken zu durchdringen. Hätte Nathan seine Geisteswehr nur einen Augenblick lang vernachlässigt, wären diese Sonden sogleich in die innersten Höhlungen seines Geistes gedrungen, um sie zu durchforsten und darin zu stöbern.

Schon bevor er Maglore zum ersten Mal begegnet war, hatte Nathan gewusst, dass es sich bei dem Wamphyri-Lord um einen Telepathen handelte; das hatte ihm Maglores Spitzel Iozel Kotys, der so genannte ›Mystiker‹, vielleicht ohne Absicht, vielleicht aus Dummheit, verraten. Aber Nathan hatte nicht mit der vollen Geisteskraft des Seher-Lords rechnen können, dessen boshafte Energien wie verhaltene Feuersglut in seinem Vampirschädel waberten und in alle Richtungen finstere Gedankenfühler aussandten.

Um den telepathischen Wall zu erhalten und zu verstärken, mit dem Nathan seinen Geist umgeben hatte, verfiel er auf den Gedanken, seinerseits Fragen zu stellen. Er wusste, wie schwer es Maglore fallen musste, seinen Geist zu erforschen und ihm zugleich aussagekräftige Antworten zu geben. Und warum sollte er auch keine Fragen stellen? Nathan wusste, dass Maglore ihm nicht schaden würde, zumindest nicht jetzt und wahrscheinlich nie. Denn Thikkoul hatte ihm einen langen Aufenthalt in Runenstatt verheißen, jedoch, soweit Nathan sich besinnen konnte, nichts über ein körperliches Ungemach.

Die Sonne geht auf und wieder unter, so hatte Thikkouls Lesung gelautet, *und Sonnaufs folgen rasch aufeinander, während du ein großes finsteres Schloss mit vielen Höhlen durchwanderst. Ich sehe dein Gesicht: die eingefallenen Augen, das ergrauende Haar?*

Nun, die letzten Worte klangen nicht erfreulich, zugegeben. Aber da Nathan nun schon einmal hier war, was hatte er da zu verlieren? Nicht viel, denn in Turgosheim galt sein Leben wahrlich nichts; dennoch gab es gewisse Interessen, die er zu schützen hatte. Beispielsweise sein Wissen über die Thyre, ihre geheimen Stätten in und unter der Wüste, ebenso seine Kenntnisse über die Alte Sonnseite, wo Wratha und ihre Abtrünnigen (und binnen kurzem auch die Vampire von Turgosheim) seinem Volk das antun würden, was sie hier angerichtet hatten. Nichts von diesen für die Wamphri nützlichen Kenntnissen durfte er offenbaren, wenn er es vermeiden konnte.

»Warum fliegen wir nicht zur Runenstatt?«, fragte er Maglore, als sie eine schwankende Brücke aus Sehnentauen und hohen, geschwungenen Knorpelbögen überquerten. »Hast du keine Flieger?«

»Doch, ich habe einen«, antwortete Maglore und warf ihm einen neugierigen, vielleicht auch nachsichtigen Blick zu. »Er ist gerade im Einsatz; einer meiner Leute fliegt einen mürrischen Burschen aus Kehrlszacke nach Runenstatt. Aber Flieger sind etwas für die jungen Lords, mein Sohn, und für die Generäle zum Ausreiten und Befehligen ihrer Heere. Nun ja, meinerzeit habe ich schon den ein oder anderen Flieger erschaffen, aber für gewöhnlich ziehe ich es vor, zu Fuß zu gehen. Wenn es mir also möglich ist, gehe ich zu Fuß, aber wenn der Weg zu steil oder zu weit ist, fliege ich. Ich hege eine Abneigung gegen große Höhen, denn die Schwerkraft ist eine sonderbare und beharrliche Macht. Ich bin niemals aus eigener Kraft geflogen, wie es gewisse Lords gerne tun, denn das erfordert eine gewaltige Kraft, und mein Leib ist leider vergleichsweise hinfällig.« Allerdings ließ er sich nicht weiter darüber aus.

Sie hatten die Mitte der Brücke erreicht. In der finsteren, breiten Schlucht schimmerten die Lichter und glühenden Gaswolken einiger Türme gewissermaßen auf Augenhöhe. Mehr als eintausend Fuß unter ihnen verloren sich die Tiefen von Turgosheim in dunklen, samtenen Schatten. Maglore hielt inne, zog seinen Schützling an sich und lehnte sich mit einem Arm um seine Schulter über den gewellten Knorpelrand der Mauer, um hinabzublicken. Hinter Nathan und Maglore wartete stumm, jedoch wachsam ein Vampirknecht des Magiers.

»Was das Fliegen betrifft«, sagte Maglore leise und mit rauer Stimme, wobei er aus blutroten Augen einen raschen Seitenblick auf Nathan warf, »kannst du dir vorstellen, von hier aus zu fliegen? In die Luft hinauszuspringen und dein Fleisch dazu zu zwingen, sich in gespannte Flughäute wie die einer Fledermaus zu verwandeln? Damit die Aufwinde von Turgosheim einzufangen und von Gipfel zu Gipfel zu schweben? Ach, welch eine Kunst wäre das doch! Zwar habe ich sie nie angewendet, aber sie ist mir zu Eigen, denn ich bin ein Wamphyri. Wahrscheinlich könnte ich es sogar jetzt tun, trotzdem es mir an jener besonderen Kraft ermangelt, die mir nur durch ... einen gewissen Lebensstil zu Gebote stehen würde. Du jedoch – du würdest wie ein Stein hinabstürzen und wie ein Ei zerschellen ...«

Maglore zog Nathan mit einem Arm an sich, der sich wie ein Schraubstock um seine Schultern legte. Nathan spürte die entsetzliche Kraft des anderen und dachte für einen Moment schon, dass er beabsichtigte, ihn hochzustemmen und in die Tiefe zu stürzen. Trotz des Gejammers über seinen ›schwächlichen Leib‹ war der Vampir-Lord dazu ganz leicht in der Lage. Nathan blickte in sein grässliches Gesicht, das ihm so nahe war – dieses uralte, böse Antlitz, zerfurcht wie altes Leder; die weißen Augenbrauen, die zu den geäderten Schläfen unter dem mit fahlen Haarbüscheln bedeckten Schädel spitz zuliefen; die dunkelroten Augen, die tief in dunkelvioletten Höhlen lagen –, und versuchte keine Furcht zu empfinden. Vielleicht spürte Maglore Nathans Mut, seine Entschlossenheit, und vielleicht bewunderte er dies.

Jedenfalls entließ er ihn aus seinem Griff und sagte: »Geh voran, überschreite die Brücke, und ich folge dir.« Und als Nathan sich in Bewegung setzte, wiederholte Maglore in leichterem Ton: »Oh ja, Fliegen erfordert eine große Kunst. Eine der eher körperlichen Künste der Wamphyri, die man Gestaltwandlung nennt. Aber es gibt solche und andere Künste. Künste des Körpers, Künste des Willens und Künste des Geistes. Tatsächlich sind der Wille und der Geist nicht dasselbe. Ich habe großartige Geister gekannt, die wenig oder gar keinen Willen besaßen, und Kreaturen von erlesener willensstarker Sturheit, die kaum über so etwas wie Geist verfügten.«

Nathan setzte seinen Weg über die Knochenbrücke fort, über die versteinerten Knorpel verwandelter Menschen, und erblickte am Ende ihres Bogens eine ummauerte, aus der Schluchtwand gemeißelte Treppe. Hundert, zweihundert Fuß hoch erhob sie sich zu den von Wind, Regen und Zeit geformten Brüstungen am zackigen Rand von Turgosheim. Aber da waren auch Aufgänge, von denen die finsteren Torbögen schlundartiger Gänge zu Räumen und Anlagen innerhalb des gewaltigen ausgehöhlten Felsmassivs, dieses turmartigen Vorgebirges führten, von dem Maglores Burg über einen Abgrund aus Luft und Finsternis ragte. Und darunter befanden sich auch abweisende Fenster, von denen einige durch flackernden Lichtschein im Innern erleuchtet wurden und andere so finster waren wie die Augenhöhlen eines Schädels.

»Runenstatt!«, raunte Maglore in Nathans Ohr, als sein Schützling stolpernd verharrte. »Darin praktiziere ich meine Künste. Und dort wirst auch du ... die deinen ausüben.«

Als er am Ende der Brücke auf eine ummauerte Rampe oder Brüstung trat, wandte sich Nathan zu Maglore. »Meine Künste?«

Maglore starrte ihn aus schmalen, rot glühenden Augenschlitzen an und packte seine Schulter mit eisernem Griff. »In dir habe ich geheime Künste gespürt, ja«, sagte er. »Sie sind noch unentwickelt ... vielleicht. Verstehst du dich auf den Mentalismus?«

Nathan wäre beinahe zusammengezuckt. »Mentalismus?«

»Nenne mich Herr«, knurrte Maglore. »Wenn du mir eine Antwort gibst, musst du mich Herr nennen. Hier in Runenstatt verfüge ich über Kreaturen, Knechte, Wesen, die mir gehören. Von dir verlange ich, was ich auch von ihnen verlange: Gehorsam. Wenn du dich nachlässig verhältst, könnten sie ebenfalls nachlässig werden. Daher wirst du mich Herr nennen. Verstehst du das?«

»Ja, Herr.«

»Gut.« Dann nahm er den Gesprächsfaden wieder auf. »Mentalismus, oh ja. Telepathie. Das Lesen der geheimen Gedanken Dritter, wodurch man ihre tückischen Pläne und hinterhältigen Vorhaben erkennt.«

»Davon weiß ich nichts«, sagte Nathan und schüttelte den Kopf. Sein Schild stand jetzt fest, zumindest so fest, wie er ihn zu errichten vermochte. Aber Maglores Augen weiteten sich einen Moment lang, als er ein letztes Mal in den Geist seines Schützlings zu dringen versuchte. Als es ihm nicht gelang und er sich zurückzog, konnte Nathan seine Enttäuschung beinahe spüren.

Dann nickte Maglore. »Vielleicht weißt du tatsächlich nichts darüber«, sagte er. »Aber du hast eine Befähigung zu seltsamen Künsten, glaube mir. Oh ja, denn ich spüre sie in dir. Vielleicht können wir sie entwickeln. Eine davon ist die Umkehrung des Mentalismus: Ein Schild wird erschaffen, der den Geist des Anwenders vor äußeren Einmischungen bewahrt. Bei einigen wenigen tritt er auf natürliche Weise auf. Ihre Gedanken *kann* man nicht lesen, wie geschickt man auch sein mag.«

Nathan zuckte die Achseln und versuchte einen verwirrten Eindruck zu machen. »Ich versuche das zu verstehen, Herr.«

Maglore entspannte sich, seufzte und sagte: »Lass es gut sein.« Er zeigte auf einen Torbogen am anderen Ende der Rampe. »Dies wird dein Zuhause sein. Tritt nunmehr ein und sei das in Runenstatt, was du in meiner Gesellschaft gewesen bist: furchtlos. Denn seinen Weg angstvoll zu beschreiten, bedeutet, zu versagen. Besonders hier.«

Nathan zögerte ein wenig und verharrte auf dem äußeren Absatz. Tatsächlich geschah es diesmal jedoch nicht aus Furcht, eher auf Grund der drückenden Atmosphäre dieses Ortes. Sein Zögern glich dem kurzen Moment, bevor man sich in ein tiefes, lichtloses Loch hinablässt. Vielleicht lag es aber auch an dem Zeichen, das in den unberührten Stein des Torbogens gemeißelt war, das ihn zurückhielt: das Zeichen des verdrehten Bandes, das Nathan sein Leben lang gekannt hatte, das fürwahr ein Teil von ihm war und nun zu einem noch wichtigeren Teil seines Lebens werden sollte. Und so blieb er stehen und sah zu dem Zeichen auf, bis Maglore ungeduldig erneut befahl: »Tritt ein! Tritt aus eigenen freien Stücken ein in Runenstatt.«

Nathan konnte nur gehorchen und fragte sich in einem verborgenen Winkel seines Geistes: *Aber werde ich letztendlich ebenso leicht und ›aus eigenen freien Stücken‹ wieder gehen können?* Als Maglores Hand sich wie eine Kralle um seine Schulter legte und ihn in die ewige Düsternis von Runenstatt geleitete, hegte er die Vermutung, dass dies wohl nicht der Fall sein würde ...

VIERTES KAPITEL

Drinnen herrschte eine emsige Geschäftigkeit. Aus der Tiefe dieses Ortes drangen gewaltige, seufzende Laute herauf; Nestor konnte nicht sagen, ob sie von einem Tier oder von einer riesigen Maschine stammten. Luftzüge, die einmal warm, dann wieder bitterkalt waren, wehten mal hierhin, mal dorthin, so als führten sie ein Eigenleben. Irgendwo schnaubte eine Bestie. Ein Keuchen und Grunzen und andere Laute eindeutig menschlichen Ursprungs erfüllten die Luft und zeugten davon, dass die Knechte sich ihren Aufgaben widmeten. Die eigenartige Akustik des Ortes machte es unmöglich, die Quelle der Geräusche festzustellen; sie erklangen von oben, von unten, aus allen Richtungen zugleich: unheimliche Gesprächsfetzen, das Klatschen von Sandalen auf ausgehöhlten Fliesen, das *Klickklack* von Steinmetzarbeiten oder das tief hallende, nervenzerfetzende Dröhnen einer zugeschlagenen Tür. Gelegentlich huschten gleichauf mit ihm Schatten durch die Flure, und Nathan spürte, dass nicht-menschliche, wilde Augen sich auf ihn richteten. Einmal ragte ein gewaltiger Offizier vor ihm auf und wich zurück, als er Maglore bemerkte.

Die gewaltige Runenstatt durchzog den von labyrinthischen Gängen durchsetzten Fels wie ein Fuchsbau einen Erdhügel. In ihrem Zentrum lag ein riesiger Saal, von dem die Räume von Maglores Dienern abzweigten, zu denen seine beiden Offiziere, seine Knechte und seine Frauen zählten. Die Unterkünfte des Vampir-Lords waren über eine Treppe erreichbar, die sich um eine zentrale Säule in die Höhe wand. Galerien überragten den Saal wie die Tribünen eines Amphitheaters. Am Fuß der Treppe war ein ... Wesen an die Felssäule gekettet. Nathan hatte noch nie etwas Abscheulicheres gesehen. Für gewöhnlich hielt es sich außer Sichtweite in einer kleinen Höhlung im Stamm der Säule hinter einem Schnurvorhang verborgen. Doch als Nathan, ein Fremder, sich dem Treppenaufgang näherte ...

... kam es jaulend hervorgestürmt. Es ragte acht Fuß hoch auf und glich – sehr einem Menschen! Doch widersinniger- und scheußlicherweise auch wieder ganz und gar nicht. Nicht mehr. Nathan bemerkte, wie er unwillkürlich zurückschrak, sich keinen Schritt weiterwagte und wie Maglore ihn unwiderstehlich vorwärts stieß. Dabei sagte der Wamphyri-Lord zu seiner Wachkreatur: »Dieser Mann gehört mir. Wer ihm schadet, der schadet auch mir und wird dafür zur Rechenschaft gezogen. Und jetzt fort mit dir, denn du bist hässlich.« Darauf ließ sich das schreckliche Ding auf alle viere nieder und kroch winselnd rücklings durch den Schnurvorhang zurück. Als sie vorübergingen und die Wendeltreppe erklommen, konnte Nathan hören, wie es dahinter keuchte und rumorte.

In Maglores Gemach waren Speisen bereitet. Nathan konnte kaum seinen Argwohn gegen die Stücke auf den verschienen Tabletts unterdrücken. Sie sahen eigentlich recht harmlos aus – dampfende Stücke aus Kaninchen und Rebhuhn, gebratenes Gemüse und Schalen mit frischem Obst – aber andererseits ...

»Was denn?«, sagte Maglore, als er Nathans Miene von der anderen Seite des Tisches bemerkte, und schmunzelte grimmig, während er sich an Kaninchenkeule und Rotwein gütlich tat. »Hast du etwa rohes Fleisch erwartet, möglicherweise gar einen Szgany und vielleicht sogar noch am Leben? Nun, ich muss zugeben, dass in bestimmten Türmen und Stätten deine Erwartungen erfüllt würden – aber dies ist die Runenstatt. Einige meiner Knechte und Kreaturen haben gewisse ›Bedürfnisse‹, aber ich habe gelernt, meinen Appetit in den meisten Fällen im Zaum zu halten. Du brauchst dir keine Sorgen zu machen, Nathan. Dein Essen wird dich weder anwidern noch dir schaden, auch werde ich nichts tun, was dich zum Übergeben reizen könnte; jedenfalls nicht hier. Wenn ich ... ursprünglicherer Nahrung bedarf, nehme ich sie in der Abgeschiedenheit zu mir. Und selbst dann bin ich kein unmäßiger Vielfraß. Hab also keine Angst. Im Unterschied zu den rauen, blutigen Sitten einiger Lords von Turgosheim wirst du meine Nahrung nicht schreien hören!«

Trotz der schrecklichen Bilder, die Maglores Worte heraufbeschworen, probierte Nathan die Speisen und fand sie sehr gut. Und als der Hunger ihn übermannte, wich ein wenig von seiner natürlichen Vorsicht von ihm.

»Recht so.« Maglore nickte beifällig. »Iss nur, und wenn du gegessen hast, erforsche die Statt. Betrete kühn alle Orte, kein Haar soll dir gekrümmt werden. Aber bis dahin, und während du isst, haben wir Gelegenheit, uns zu unterhalten.« Er schob seinen Teller beiseite. »Auf unserem Weg nach Runenstatt stellte ich dir viele Fragen über dein Alter, deinen vollen Namen, deinen Geburtsort. Ich erkundigte mich besonders nach der Farbe deiner Augen, deiner Haare, deiner Haut, die kaum denen der Szgany entsprechen und dennoch weder so fahl noch so absonderlich sind, dass es sich bei ihnen um die schwächlichen Pastelltöne eines Albinos handeln könnte. Ganz eindeutig sind sie nicht das Ergebnis einer Krankheit, einer Entstellung oder eines Experiments, und daher müssen sie über das Erbgut auf dich gekommen sein. Doch von wem, von der Mutter oder dem Vater? Deine vorherigen Antworten waren bestenfalls vage.«

Nathan lutschte sich den Bratensaft eines Rebhuhns von den Fingern und spülte ihn mit einem Schluck Wein hinunter. »Meine Mutter war Nana, natürlich eine Szgany, und mein Vater hieß Hzak Kiklu, ein ganz gewöhnlicher Wanderer.« Er schüttelte den Kopf. »Von ihnen habe ich meine Färbung nicht geerbt.«

Maglore konnte mit einem Blick erkennen, dass er die Wahrheit sagte. Er runzelte die Stirn. »Lassen wir das vorerst beiseite«, sagte er. Aber Nathans Antwort hatte eine weitere Frage aufgeworfen. »Dein Vater war ein ... ein ›Wanderer‹, sagtest du?«

»Wie ich dir schon gesagt habe«, antwortete Nathan, »komme ich aus dem Westen.« (Aus diesem Geständnis erwuchs ihm keinerlei Nachteil, denn Iozel hatte Maglore wahrscheinlich schon das Gleiche gesagt.) Doch gerade rechtzeitig fiel Nathan etwas ein, und rasch ergänzte er: »Herr.« Dann fuhr er fort: »Im Westen leben die Szgany der Sonnseite nicht in Städten, sondern wandern bei Tag und verbergen sich bei Nacht. Das

Wort ›Szgany‹ bedeutet unter anderem ›Wanderer‹. Und das sind meine Leute. Vielleicht waren eure Szgany hier ebenfalls einst Wanderer?«

»Oh, das waren sie!«, gab Maglore zur Antwort, »damals in den alten Zeiten, als Turgo Zolte seine Leute aus dem Westen hierher führte. Oh ja, sie wanderten, bis die Wamphyri sie gewissermaßen an die Kandare nahmen. Hmmm!« Er strich sich übers Kinn. »Wie kommt es, dass deine Szgany nicht in ›Städten‹ leben, aber du dennoch das Wort kennst?«

Nathan zuckte die Achseln und überlegte rasch. »Aber ich kenne das Wort aus ›Vladisstadt‹, Herr«, sagte er. »Außerdem ist es ein altes Wort unseres Volkes. Ich war zwar noch ein Kind von vier oder fünf Jahren in der Nacht der brennenden Wolken, als der Donner über das Grenzgebirge rollte – als die letzten Wamphyri vernichtet wurden, jedenfalls wurde das vermutet –, aber ich weiß noch, dass einige unserer Anführer sagten, dass wir wieder ›Städte‹ bauen sollten. Allerdings waren andere dagegen. Nein, sagten sie, denn eines Tages werden die Vampire aus den Sümpfen oder anderen Orten zurückkehren.« Seine Antwort war bewusst wirr und verwirrend, damit Maglore die Fährte verlor. Um ihn noch weiter abzulenken, kratzte er sich kurz unter dem Lederband an seinem Handgelenk, dann nahm er es ab und legte es auf den Tisch, wo Maglore es gar nicht übersehen konnte. Und als er sich weiter die angeblich juckende Stelle kratzte, bemerkte er genau, wie die blutroten Augen des Seher-Lords sich weiteten, ehe er zugriff.

»A-haa!«, rief Maglore aus, als er das Band an sich riss. Einen kurzen Moment lang lag sein telepathischer Geist so offen, dass Nathan ganz deutlich den Gedanken vernahm: *Ganz genau so, wie der alte Schwindler von der Sonnseite es mir gesagt hat! Nun, ich hatte es fast vergessen – bis jetzt!* Einen Augenblick später hatte er seine Gedanken schon wieder abgeschirmt. Allerdings nicht so stark wie Nathan die seinen.

»Was sollen wir denn hiervon halten?«, sagte Maglore. »Woher hast du das? Und erkennst du es wieder?«

»Das ist mein Armband«, sagte Nathan achselzuckend und ergänzte: »... Herr.«

»Natürlich ist es das!« Maglore schüttelte den Kopf – dann warf er Nathan plötzlich einen argwöhnischen Blick zu. »Treibst du Wortspiele mit mir? Wenn dem so ist, solltest du wissen, dass ich mich gut auf sie verstehe.«

Nathan sah ihn verständnislos an, und wieder grunzte Maglore: »Hrmmmm!«

»Ach!«, sagte Nathan einen Augenblick später. »Das Zeichen über deinen Türen! Jetzt erkenne ich es: dein Wappen! Und offenbar auch mein Wahrzeichen. Nur ... das ist sicher lediglich ein sonderbarer Zufall, Herr.«

»Das mag sein«, sagte Maglore und nickte langsam. »Es ist in der Tat sonderbar – oder wäre es, wenn ich an Zufälle glaubte. Aber andererseits bin ich von Geheimnissen geradezu *fasziniert*! Sage mir also, wir bist du an dieses Ding gekommen?«

»Ich habe es schon immer gehabt«, antwortete Nathan wahrheitsgemäß. »Ich glaube, ich erinnere mich zum ersten Mal daran ... in der Nacht des Donners über der Sternseite, als die Wolken in Flammen standen.«

»Wie lange ist das her?« Maglore beugte sich in seinem Sessel vor.

»Fast sechzehn Jahre«, sagte Nathan.

»Ahhhh!«, seufzte Maglore. Und wieder öffnete sich sein Geist. *Die Nacht des Lichtscheins im Westen, der Erdbeben, als ich von dem Zeichen träumte, seine Macht erkannte und es zu meinem eigenen Wahrzeichen machte! Das ist* fürwahr *ein Geheimnis; zwischen diesem Mann und mir besteht eine Verbindung!*

Vielleicht wusste er, dass gerade jemand in ihm las. Jedenfalls setzte er sich plötzlich auf und funkelte Nathan an. »In dir liegen *ganz sicher* verborgene Talente, ich kann sie spüren«, beharrte er nun schon zum dritten Mal. »Wenn wir eine oder zwei Stunden übrig haben, müssen wir sie ausgraben. Vielleicht können wir sogar gleich jetzt damit beginnen.«

Vom oberen Bereich der Wendeltreppe waren Schritte zu vernehmen, und ein wuchtig gebauter Offizier trat auf den

Absatz. Unsicher hielt er inne. Maglore starrte ihn finster an. »Nun? Ist es dringend?«

»Dein Geschöpf wächst in seinem Tank heran, mein Lord«, berichtete der Offizier. »Leider hat es sich von den Atemschläuchen losgerissen und läuft daher Gefahr, in seiner Flüssigkeit zu ertrinken.«

»Waas!« Maglore sprang auf. »Warum habt ihr die Schläuche nicht wieder angeschlossen?«

»Den Tank betreten?« Der Offizier prallte zurück. »Aber das Wesen ist gefräßig und von übellaunigem Gemüt!«

»Bringe mich sofort hin!«, brüllte Maglore. »Wenn meiner Züchtung auch nur das Geringste zustößt ... bei Turgosheim, dann wirst du wissen, was ein übellauniges Gemüt bedeutet!«

Er hatte den Saal schon zur Hälfte durchschritten, als er innehielt und sich umdrehte. »Du, Nathan. Erforsche die Stätte. Wenn du müde wirst, bitte irgendeinen Sklaven, dich zu deinen Räumen zu bringen. Kein Ort ist dir verboten, aber meide die Frauen ... wenigstens so lange, bis ich mit ihnen gesprochen habe. Ich muss jetzt gehen, doch noch ein Letztes: Ich werde dich als Freund behalten, denn ich schätze dich um deiner selbst willen und nicht als kriecherischen Vampirknecht. Doch lass es mich deutlich sagen: Ich werde es *sehr* übel nehmen, falls du versuchen solltest, von hier zu fliehen. Und denke stets daran, dass ein Mann ohne Beine nicht mehr sehr weit zu laufen vermag ...«

Er hatte sich in der Tat deutlich ausgedrückt. Nathan hätte ohnehin nicht sagen können, wohin er fliehen sollte. Vielleicht nach Turgosheim hinein? Oder auf das Dach einer Stätte und den Rand der Schlucht und von dort aus über das Gebirge zur Sonnseite? Damit man ihn wieder einfing und zurückbrachte? Nein, denn sein Aufenthalt hier sollte lange währen. Jedenfalls laut Thikkouls Worten.

Nathan erinnerte sich gut an Maglores Worte (und wahrlich tat er gut daran, sich alles zu merken, was der Seher-Lord sagte): »Kein Ort ist dir verboten.« Schloss das aber auch Maglores Gemächer ein? So oder so erforschte er die Räume seines Herrn zuerst. Zumindest fühlte er sich hier vergleichsweise sicher, und das war mehr, als er vom Rest dieses Ortes behaupten konnte.

Als mächtiger Lord der Wamphyri versagte Maglore sich nichts. Seine Gemächer waren gewaltig. Einige der Räume waren natürliche Höhlen, riesige Zysten in der vulkanischen Schluchtwand. Andere waren aus dem schieren Felsen herausgehauen worden. Und über jeder Tür war Maglores vertrautes Wahrzeichen deutlich zu sehen: die halb in sich gewundene Schleife, die als Basrelief in den Bogen oder die Oberschwelle eingemeißelt war.

Maglores Schlafgemach ging nach Norden, abgewandt von der Sonne. Dort spähte Nathan aus schmalen Fenstern zum blau funkelnden Weltenrand, wo seltsame Leuchterscheinungen über den kalten, fernen Horizont spielten. Nun waren die Fenster zwar breit genug, dass ein Mann hindurchpasste, aber er unternahm keinen Versuch, hinaufzusteigen und sich durch die dicke Außenwand zu zwängen. Es reichte ihm schon, dass er den Kopf hinausstrecken konnte. Denn draußen verlief ein gefährlich schmaler Sims oder Balkon entlang der Turmwand, und eine niedrige Mauer aus verwachsenen Knorpeln stellte den einzigen Schutz gegen einen Abgrund dar, der wenigstens zwölfhundert Fuß tief sein musste ... die ganze Sache machte doch einen sehr unsicheren Eindruck! Überhaupt konnte man von dort in der Hauptsache nur von Turgosheim weg sehen, und die Aussicht war daher ganz uninteressant. Jedenfalls war das Nathans Entschuldigung ...

Als er Maglores Küche durchstöberte, kam lautlos ein Vampirknecht herangeglitten und machte die Stätte sauber. Einst war der Mann ein Szgany gewesen; jetzt war er klein, dürr und totenbleich. Nur seine Augen zeigten etwas Leben. Sie waren gelb wie die eines wilden Tieres und blickten gefährlich. Als er Nathan sah, zuckte er zusammen und wurde dann neugierig. »Du bist wohl der Neue«, sagte er und nickte. »Na ja, du hast noch eine Menge zu lernen. Zum einen hältst du dich gerade am falschen Ort auf. Für dich ist ein Zimmer bereitgestellt worden. Wenn Maglore dich hier entdeckt ...«

»Er ließ mich hier zurück«, entgegnete Nathan. »Mir sind keine Einschränkungen auferlegt.«

»Ach ja?« Der andere hob eine Augenbraue und setzte ein leicht höhnisches Grinsen auf. »Dann musst du dich glücklich preisen – für den Augenblick!« Er machte sich ans Werk. »Ich habe dich jedenfalls gewarnt.«

Als er ihn bei der Arbeit beobachtete (er arbeitete emsig und säuberte die Küche peinlich genau), dachte Nathan: *Dieser Mann war ein Szgany wie ich. Jetzt ist er ein Knecht, ein Vampir, der nächste Schritt zwischen Szgany und Offizier. Nur hat er seine Grenzen erreicht, weil er nicht ... aus dem rechten Stoff gemacht ist? In Siedeldorf hat Lardis Lidesci seinesgleichen verbrannt, ehe sie sich auf den Weg zur Sternseite machen konnten. Soll ich ihn bemitleiden, oder soll ich ihn fürchten?*

»Warum beobachtest du mich?« Der andere fuhr mit geweiteten Nüstern und funkelnden Augen zu ihm herum, und Nathan erkannte, dass er ihn wahrlich nicht bemitleiden sollte. Dafür war es schon viel zu spät.

»Du musst dich hier doch gut auskennen«, sagte er – eigentlich nur, um etwas zu sagen.

»Runenstatt? Turgosheim? Die kenne ich schon recht gut«, antwortete der Vampir. »Ich weiß, was ich tun darf und was verboten ist, die Orte, die ich sicher beschreiten kann, und jene, die ich niemals betreten darf. Denn im Unterschied zu dir genieße ich in dieser Hinsicht keinerlei ›Vorrechte‹.«

Nathan erklomm eine hölzerne Treppe und spähte durch ein hohes rundes Fenster, das nach Westen mit einer leicht südlichen Neigung führte und ihm so einen guten Blick auf ganz Turgosheim gewährte. »Maglore sagt, dass er mich nicht verwandeln wird«, sagte er halb im Selbstgespräch. »Er will mich als Freund haben. Offenbar wünscht er, dass ich meine Szgany-Tatkraft behalte.«

Kichernd folgte ihm der andere über die Stufen. »Was denn? Du sollst sein Freund sein, sagst du? Na, solche ›Freunde‹ hat er schon gehabt, unser Maglore. Ich bin mir doch nicht so sicher, ob ich dich noch um dein reines Blut beneide. Hier in Runenstatt ... sind einige Dinge für einen Vampir leichter.«

Nathan streifte flüchtig seinen Geist. In ihm herrschte ein großer Hunger nach Blut, ebenso wie große Furcht vor Maglore. Aber da waren auch Leid und Neugier und eine Sehnsucht, die der nach einer abwesenden Liebe glich, die weit fort oder auf ewig verloren ist. Nathan verstand das Gefühl nur zu gut. »Bist du schon lange hier?«, fragte er.

»Wer zählt schon die Tage?« Der andere zuckte die Achseln und starrte Nathan mit brennendem Blick an. »Wir sind vermutlich etwa gleich alt, vielleicht bin ich auch ein oder zwei Jahre älter als du. Aber ich kam von der Sonnseite hierher, als ich sechzehn Jahre alt war. Vielleicht lebe ich noch einmal so lange. Ein netter Albtraumgedanke, nicht wahr? Ha, wäre ich kein Vampir, ich würde mich aus diesem Fenster stürzen, damit die Wachkrieger mich zerschmettert am Grund von Turgosheim finden, wenn die Sonne auf die Grenzberge scheint! Aber leider bin ich ein Vampir und daher zählebig! Vielleicht brächte *ich* es fertig, aber mein unheimliches Blut lässt es nicht zu.«

»Trinkst du das Blut unschuldiger Männer?« Nathan vermutete, dass er mit dieser Frage ein Risiko einging, aber er stellte sie dennoch.

»Lieber das Blut von Mädchen und Frauen!«, antwortete der andere mit gurgelnder Stimme, als verklebe ihm etwas die Kehle. »Wenn das Tributgesinde eintrifft, bekommen wir manchmal unseren Anteil. Maglore bemüht sich wenigstens darum, seine Kreaturen bei Laune zu halten. Die Weiber werden unter uns weitergegeben. Wir teilen uns in ihr Blut und ihre Körper, bis ihre Lust ebenso groß ist wie die unsere. Und Maglores Frauen teilen sich die Männer auf. Diejenigen, die behalten werden sollen, erhalten dann Arbeit unter der Aufsicht von Maglores Offizieren oder höher gestellten Knechten zugewiesen. Wer jedoch als unwürdig eingestuft wird ... der wird ausgesogen, und sein oder ihr Körper dient der Fütterung der Stätte.«

»Der Fütterung?«

»Der Bevorratung«, sagte der andere mit flammendem Blick

und nickte mit einem finsteren Grinsen. »Eine Stätte erhält sich nicht bloß durch Luft und Wasser, nicht wahr. Aber warum verschwendest du deine Zeit mit Fragen? Wenn du dich ungehindert bewegen kannst, wie du sagst, und du also Zugang zu sämtlichen Kammern, Werkstätten und Lagerräumen von Runenstatt hast, na, dann siehst du schon selbst, was ich meine!« Seine Antwort wirkte fast wie eine Drohung, und Nathan bat ihn daher nicht, sie weiter zu erläutern, sondern blickte wieder aus dem großen runden Fenster.

»Hast du einen Namen?« fragte er etwas später.

»Nicolae«, sagte der andere. »Nicolae Seherskneclit ... so heiße ich jetzt. Und du?«

»Nathan. Nathan Kiklu.«

»Nicht doch!«, feixte der andere. »Du bist Nathan Seherskneclit. Denn hier in Runenstatt sind wir alle Brüder und Schwestern. Dass du deinen Nachnamen behältst, würde bedeuten, dass du ein freier Mann wärst, und das bist du nicht. In Turgosheim ist niemand frei.«

»Turgosheim«, sagte Nathan nachdenklich und musterte weiter die Schlucht durch das leere Fenster. »All diese Türme und Stätten – kannst du sie benennen?«

»Warum sollte ich?«

»Weil ich es als einen Gefallen betrachten würde«, gab Nathan zur Antwort. »Den ich eines Tages zurückzahlen werde.«

Nicolae Seherskneclit zuckte die Achseln. »Ich bezweifle, dass du dazu je in der Lage sein wirst. Außerdem verschwende ich damit meine Zeit. Andererseits – und ich glaube, das sagte ich bereits – wer zählt schon die Tage in Runenstatt?«

Er setzte sich auf das große steinerne Fenstersims und streifte dabei Nathans Arm – ganz leicht nur. »Ahhh!«, sagte er dennoch halb seufzend, halb aufkeuchend, und Nathan kannte den Grund dafür. Denn Nathans Fleisch war warm und bebte vor Leben, während das von Nicolae so kalt und klamm wie Ton war.

»Und dennoch bist du kein Untoter«, sagte Nathan und rückte ein wenig ab.

»Nein«, erwiderte sein Gegenüber und schüttelte den Kopf. »Ich bin niemals ›tot‹ gewesen, ich bin lediglich verwandelt und der Niedrigste der Niederen. Vampirblut hat mein Blut verseucht, das ist alles. Aber jemanden wie dich zu berühren, dessen Blut noch rein ist, das ist dennoch ... *erregend!* Und bei Maglores Frauen wird das noch stärker der Fall sein! Das solltest du nach Möglichkeit wirklich vermeiden, Nathan Sehersknecht!«

»Über Frauen weiß ich nichts«, sagte Nathan und schüttelte den Kopf. »Oder ... nur sehr wenig.« Er zuckte halb entschuldigend die Achseln.

»Was denn?«, lachte Nicolae da auf. »Du bist noch jungfräulich?« Doch sogleich wurde seine Miene todernst. »Sag ihnen das *niemals,* hörst du? Denn wenn du es ihnen sagst, werden sie dich keine Minute allein lassen, sondern werden dir mehr als nur dein Blut aussaugen wollen! Und trotz der Befehle von Maglore werden sie dich am Ende doch erwischen!«

Nathan schwieg und nickte bloß. Nach einer Weile sah Nicolae auf Turgosheim hinaus. »Du willst also alles über diesen Ort wissen ...«

Er zeigte gen Osten über die drei Meilen breite Schlucht zum Gebirge, das sich zu den Ebenen der Sternseite hinabneigte. »Wie du siehst, gleicht das Grenzgebirge einer langen essbaren Wurzel, aus der ein Riese einen großen Bissen genommen hat – annähernd schleifenförmig. Aber einige Zähne fehlten, und von anderen waren nur noch Stümpfe vorhanden, und so blieben in dem Einschnitt der Schlucht mehrere Felstürme und Säulen stehen wie Fruchtfleisch in einem Apfelbiss.« Er schwenkte den Arm um etwa dreißig Grad nach rechts. »Auf der anderen Seite der Klamm siehst du die aufragenden Stücke, die nicht ›abgebissen‹ wurden.

Tatsächlich handelt es sich dabei um Felssäulen, die aus der alten Schluchtwand herausgewaschen wurden. Säulen, Spitzkegel, manchmal Kaminwände an den Stellen, wo der Abbruch vom Hauptkliff nicht vollständig geschehen ist. Heute haben wir gutes Licht, auch wenn die Tanks und Kessel der Wamphyri mit Volldampf brodeln. Weder Rauch noch Dampf trüben die Aussicht; von den Ebenen der Sternseite weht ein Wind die Dämpfe fort. Aber es macht so oder so keinen Unterschied. Ich erkenne die verschiedenen Spitzen und Stätten schon an ihrem Umriss oder am Schein ihrer Feuer, die sich in den Farben deutlich unterscheiden.

Ganz links, dort mit dem hellen gelben Gasstrahl, liegt Greisenfried, die Behausung der Lady Zindevar. An der Helligkeit des Scheins kannst du erkennen, dass sie schwer am Schuften ist ...«

Nathan blickte ihn an. »An was ... schuftet diese Lady denn?« Er vermutete es schon, wollte jedoch eine Bestätigung erhalten.

»An ihren Tanks natürlich.« Nicolae warf ihm einen abfälligen Blick zu. »An der Wandlung von Menschenfleisch zu nicht-menschlichem Fleisch. An der Erschaffung von Ungeheuern – aus Menschen!«

»Krieger?«

»Krieger, Flieger, Kreaturen«, sagte der andere. »Die Wamphyri stellen eine Armee auf! Aber ... willst du nun etwas über Turgosheim erfahren oder nicht?«

Nathan nickte, und Nicolae setzte seine Erläuterungen fort. »Gleich neben Greisenfried, etwa eine Handbreit weiter südlich – so sieht es zumindest von hier aus –, steht dieser große schiefe Steinturm in einer eigenen Nische, der so aussieht, als hätte ein Kleinkind Schieferstücke aufeinander gestapelt. Das ist die finstere Vormspitze. Siehst du die fahlen Lichter, die wie Glühwürmchen aussehen oder wie das Sumpflicht über einer Leiche? Vormspitze ist die Feste von Lord Vormulac Ohneschlaf, der von allen Wamphyri vielleicht der Mächtigste ist. Der Turm ist jedoch stets nur schwach beleuchtet, er wirkt düster, und sein Vampirfürst ist trübsinnig gestimmt. Vormulac und Maglore sind ›befreundet‹ oder gehen jedenfalls so freundlich miteinander um, wie es den Wamphyri eben möglich ist.«

Nicolaes Arm wanderte weiter südlich. »Dort, wo die Nische sich über die hintere Wand nach Westen krümmt, die Reihe aus Höhlen, die wie die Augenhöhlen in einem verwitterten monströsen Schädel aus der Wand der hohlen Klippe selbst gemeißelt sind – das ist Hagerstatt. Ihre Lichter, Flammen und Rauchschwaden weisen samt und sonders einen dunkelvioletten Ton auf, der unter den Wamphyri als die Farbe der geschlechtlichen Hochleistung gilt. Dort herrscht Lord Grigor, auch besser bekannt als ›Grigor, der Lüstling‹. Er zählt zu den jüngeren Lords, und sein Beiname sagt eigentlich schon alles: Denn der Lüstling verbraucht die Tributweiber so rasch, wie er sie sich verschafft! In Hagerstatt sind junge Frauen schon in einer einzigen langen Nacht zu faltigen Greisinnen verrunzelt ...«

Und so ging es weiter, indem Nicolae auf die größeren Türme und Stätten zeigte, sie benannte und viele Merkmale ihrer Herren und Herrinnen erörterte. Seine Ausführungen umschlossen Zunspitze, Maskenstatt, Torstatt und viele weitere an der jenseitigen Wand, bis der Sichtwinkel zu spitz wurde. Dann spähte er in die Schlucht hinab, wo zahlreiche kleinere Türme und Anhöhen sich wie die Buckel von Wasserspeiern aus den unteren Bereichen Turgosheims erhoben. »Dort unten wohnen die Lords von niedrigerem Rang und gewisse Neuzugänge sowie andere, die nach Höherem streben. Doch selbst in den Tiefen sind einige Lords wohl angesehen und geachtet unter den Wamphyri; sie haben sich lediglich dazu entschlossen, aus eigenen Gründen dort unten zu leben. Zu ihnen gehört Lom der Halb-Starke, der Herr von Trollstatt. Das ist die viereckige niedrige Kuppe dort, auf deren Ecken Türme stehen und in deren Fenstern rote Laternen leuchten. Loms Beine sind zu kurz gewachsen, und unter den Wamphyri gilt er als Zwerg. Er meint, da er nun einmal nahe der Erde geboren wurde, gefällt es ihm, auch weiter in ihrer Nähe zu leben, und er straft die hoch aufragenden Nester der anderen mit Verachtung ... Nun gut.«

Nicolae Sehersknecht blinzelte zweimal und wandte seinen tierhaften Blick von der düsteren Schlucht Turgosheims wieder zu Nathan. »Da ist noch viel mehr, aber für den Augenblick reicht es.«

Nathan nickte und sagte: »Auch wenn du hier kaum mehr als

ein Gefangener bist, scheinst du dir doch eine ganze Menge nützlicher Kenntnisse angeeignet zu haben.«

Jetzt nickte Nicolae und seufzte. »Ich habe viele Stunden an Fenstern wie diesem verbracht und Turgosheim betrachtet«, sagte er. »Aber in Runenstatt gibt es auch Dinge, in die man *hinein*sehen kann. Ich räume sämtliche Räume von Maglore auf. In einer Werkstatt bewahrt er ein erstaunliches Modell der Schlucht auf, das alle Türme und Stätten darstellt. Denn Lord Maglore ist ein Magier und ein Seher und glaubt an die magischen und mystischen Dinge. Wenn ein anderer Lord Ränke gegen ihm schmiedet, spricht Maglore Flüche über dem Abbild seiner Stätte aus, auf dass ihm Unheil widerfahre! Außerdem ist er ein Mentalist, und das Modell unterstützt ihn in seiner Konzentration, wenn er seine Gedanken aussendet, um seinesgleichen auszuspionieren. Es liefert ihm die Ziele für seine Geistespfeile.«

»Du solltest dich in Acht nehmen«, sagte Nathan, »dass er nicht in deinen Geist späht!«

»Warum sollte er?«, sagte der andere und zuckte leicht zusammen. »Was bin ich schon? Ein Nichts!« Dennoch wich er in plötzlichem Schrecken ein wenig zurück. Mit einem Mal war ihnen, als wäre ein Wind durchs Fenster geweht. Die beiden wurden von einer inneren Kälte erfasst, und dann wurde Nicolaes Schrecken nur allzu greifbare Wirklichkeit. *»Maglore!«*, hauchte er.

Im Zimmer lag ein Schatten am Fuß der Treppe, einer von vielen, die durch die flackernden Gasflammen aus der Küche geworfen wurden. Er war schon einige Zeit dort gewesen, obgleich weder Nicolae noch Nathan ihn bislang bemerkt hatten. Aber es war kein bloßer Schatten, denn als ihre Blicke auf ihn fielen, sahen sie, dass seine Augen rot funkelten. »In der Tat: Maglore!«, sagte er.

Nicolae sprang auf und stürzte vor Schreck brabbelnd die Holztreppe so rasch hinab, dass sie geradezu bebte. Maglore fing ihn jedoch am Fuß ab, packte ihn mit einer krallenähnlichen Hand an der Schulter und brachte den aufjapsenden Knecht brutal zum Stehen. »Nicht so rasch«, sagte er leise mit Unheil verkündender Stimme. »Für jemanden, der so bereitwillig mit Fremden spricht, Nicolae, sprichst du mit deinem Herrn bei weitem nicht genug.«

»Meine Zunge ging mit mir durch!« Der Knecht war völlig außer sich.

»Ach ja?«, schnurrte Maglore. »Nun ja, vielleicht geht sie dir jetzt ganz und gar durch. Tatsächlich hätte ich gute Lust, sie dir aus dem Gesicht zu beißen!«

Nathan war aufgestanden und sah auf Nicolae und Maglore herab. Er erkannte den Gefühlssturm in dem Seher-Lord. Er stieg die Stufen hinab und sagte: »Herr, ich habe ihm Fragen gestellt. Andernfalls hätte Nicolae mir keine Antworten geben können. Ich erkundigte mich lediglich über Turgosheim und hegte keine böse Absicht. Und seine Antworten machten einen harmlosen Eindruck.«

Maglore warf einen kurzen Blick auf Nathan, als dieser den Fuß der Treppe erreichte, dann funkelte er Nicolae wieder an. »Wenn er sich so bereitwillig mit dir unterhält, spricht er vielleicht auch mit anderen – aber worüber? Vielleicht über das Zimmer mit dem Modell, in dem ich durch Zauber und Bannsprüche jedwedes mir zugefügte Unrecht ins rechte Lot zu bringen versuche? Oh ja, unter den Lords und Ladys gibt es so einige, die sich das Kunstwerk sofort aneignen würden und deren Glaube an Magie und Mystik dem meinen in nichts nachsteht!«

»Ich würde doch niemals gegen dich arbeiten, Herr!«, leugnete Nicolae lauthals und wand sich zappelnd wie ein Wurm in Maglores Griff. »Dass ich mit diesem Nathan sprach ... er gehört doch dir! In Runenstatt gehören wir alle – jeder Einzelne von uns – dir!«

»Aber wir sind nicht alle so neugierig«, erwiderte Maglore.

Nathan gab sich einen Ruck und sagte: »Wenn Nicolae in irgendeiner Hinsicht schuldig ist, bin ich es ebenfalls. Aber ich sage erneut: Wir sind unschuldig, Herr.«

Maglore löste seinen Griff und stieß Nicolae so heftig von

sich, dass er rücklings gegen die Wand stolperte. Sein Blick bannte ihn, sodass er bebend verharrte und an Flucht nicht einmal zu denken wagte. Mit knurrender Stimme gab der Seher-Lord Nathan zur Antwort: »Du könntest – möglicherweise – unschuldig sein. Aber der da ...?« Er hielt den brennenden Blick auf Nicolae gerichtet. Mittlerweile hatte sich seine Oberlippe wie bei einem Hund von den Fangzähnen zurückgezogen, und diese Fänge begannen sich bereits zu verwandeln; aus dem aufgerissenen Gaumen rann Blut über das aus den Kiefern sprießende Elfenbein.

»Aber da mir kein Ort in ganz Runenstatt verboten ist«, stieß Nathan japsend hervor, »was konnte er mir schon sagen, was ich nicht selbst beizeiten entdeckt hätte?«

Langsam, ganz allmählich, wich die flammende Glut aus Maglores Blick. Eben noch hatte er gewaltig und machtvoll gewirkt, doch nun schien er zusammenzuschrumpfen und wirkte nur noch ... alt. Dann sagte er zu seinem unbotsamem Knecht: »Ah! Sieh nur, wie er für dich bittet, Nicolae. Doch wenn er an deiner Stelle wäre und ich dir die Erlaubnis gäbe, würdest du ihm im Handumdrehen das Blut aussaugen! Wie mächtig ist doch die Barmherzigkeit, nicht wahr? Ei, wenn ich nicht Acht gebe, wird mir dieser Nathan noch ganz Runenstatt mit seiner einnehmenden Art abspenstig machen.«

Nicolae duckte sich an die Wand und nickte eifrig. »Oh ja, auf den muss man aufpassen, Herr, ganz gewiss!«

Maglore gab ein ersticktes Kichern von sich und richtete sich auf. »Oh, *gewiss* bin ich mir *durchaus* – aber du, Bursche, bist derjenige, den ich im Auge behalten werde! Jetzt pack dich, verräterischer Schleimer!«

Nicolae leckte sich die Lippen, schob sich an der Wand entlang und floh mit einem Aufheulen an Maglore vorbei aus der Küche. Seine eilig stolpernden Schritte entfernten sich durch die Gemächer seines Meisters und verhallten ...

Nathan ergriff die Gelegenheit und wiederholte seine Worte: »Ich meinte es nicht böse. Ich glaube auch nicht, dass Nicolae es böse meinte.«

Maglore nickte. »Was dich betrifft, bin ich's zufrieden. Aber der *andere* – der ist ein Strolch! Dieses Mal habe ich zugelassen, dass du dich für ihn eingesetzt hast. Doch merke dir: Ich liebe derlei Einmischungen nicht. Und ich gebe dir den guten Rat, Nathan: Selbst einer, der mein ... Freund werden soll, sollte wissen, wann er behutsam auftreten muss.«

Nathan schwieg, und nach einer kleinen Pause fragte Maglore: »Hast du deine Erkundung von Runenstatt schon begonnen?«

»Die deiner Gemächer, ja.«

»Meiner Gemächer?« Maglore hob eine Augenbraue. »Nimmst du die Menschen stets bei ihrem Wort?«

Nathan zuckte die Achseln – wie er hoffte, nicht allzu nachlässig – und sagte: »Nur Lügner dürfen nicht bei ihrem Wort genommen werden, Herr.«

Maglore zwinkerte und nickte langsam, dann lachte er laut auf und schlug sich auf den Schenkel. »Oh ja! Das muss wohl zutreffen! Soso, eiei – und du bist also doch gut in Wortklaubereien! Wir werden prächtig miteinander zurechtkommen. Ich freue mich schon auf viele lange Gespräche mit dir, Nathan. Aber jetzt habe ich zu tun. Eines meiner Geschöpfe liegt verletzt in seinem Tank, und ich muss Reparaturen vornehmen, damit nicht eine Menge harter Arbeit verschwendet wird. Und so sage ich dir erneut: Geh und erforsche die Stätte oder suche dein Zimmer auf und ruhe dich aus, und wenn ich dich rufen lasse, kommst du zu mir. Doch wenn ich dich rufe – spute dich! Lass mich niemals warten, Nathan. Hast du nun alles verstanden?«

»Ja, Herr.«

Maglore wandte sich ab und fuhr sogleich wieder herum. »Vielleicht habe ich dich schon gewarnt, doch falls nicht, will ich es jetzt tun. Halte dich nach Möglichkeit von meinen Offizieren fern, denn sie sind Männer von geringer Langmut und harschem Gemüt! Oh ja, und auch meine Frauen musst du meiden – denn sie sind unaussprechlich langmütig und nur allzu sanft! Solange du meinen Worten und meinem Rat folgst, wird es dir gut gehen ...«

Runenstatt stellte eine sonderbare Mischung aus meist vulkanischen Gesteinen dar, deren äußere Umhüllung aus zu Granit verschmolzenem Quarz und Feldspat bestand. Viele Höhlungen waren auf natürliche Weise entstanden, als sich ausdehnende Gasblasen im Magma gefangen worden waren, während die Lava zu Felsen erkaltete. Doch an den Stellen, an denen sich weicherer Bimsstein im brodelnden Stein gebildet hatte, waren nun die Knechte des Seherlords eifrig am Werk und trieben ihre Tunnel in das Massiv hinein wie Maden, die einen Apfel aushöhlen.

Nathan entdeckte sein ›Zimmer‹. Tatsächlich war es eine kleine Gasblase oder Grotte, die direkt unter Maglores ausladenden Gemächern lag, jedoch außer der zentralen Treppe mit ihrem grässlichen Wächter keine Verbindung dazu hatte. Die Höhle lag am äußersten Ende eines aus dem porösen Bimsstein eines alten Lavaflusses herausgehauenen Flures, der von der großen Halle abzweigte. In jenem Flur lagen noch einige weitere Räume. Ihre niedrigen Bogeneingänge wiesen zwar keine Türen auf, waren jedoch von innen mit über Knorpelrahmen gespannten Schirmen aus Tierhaut verhangen und dadurch vor den Blicken zufälliger Passanten geschützt. Nathans Zimmer allerdings hatte eine Holztür mit einem Guckloch und einem Verschlussriegel ... jedoch keinen Schlüssel. Immerhin gewährte ihm dies etwas Privatsphäre.

Eine schlanke junge Sklavin führte Nathan in sein Zimmer. Sie war von knabenhafter Gestalt und ebenfalls eine Vampirin. An den dunkleren Stellen der Gänge leuchteten ihre Augen, und ab und zu bemerkte Nathan, wie sie ihn mit verstohlenen Blicken musterte. Er überflog seine Unterkunft – besser gesagt: sein Gefängnis. Der Raum maß etwa vier mal fünf Schritte und war mit unregelmäßigen, formlosen Schieferplatten ausgelegt. Unter dem hohen Fenster stand ein Bett, und hinter einem Trennvorhang stand ein grob gezimmerter Waschtisch mit einem Nachttopf. Niedrig gestellte Gasdüsen in den Wänden spendeten ein flackerndes Licht, aber nur sehr wenig Wärme.

Vom Bett stieg er auf die tiefe, verhangene Fensterbrüstung, zog die Vorhänge beiseite und stellte fest, dass die Öffnung vergittert war. Gut so, denn hinter den Gittern ging es lotrecht in die Tiefe hinab! Der Ausblick ähnelte dem, der sich ihm von Maglores Küchenfenster aus geboten hatte, womit das Orientierungsproblem schon einmal gelöst war. Als Nathan wieder herabstieg, bemerkte er, dass seine vampirische Führerin auf den groben Bettdecken saß. Er hatte sie vor der offenen Tür stehen lassen und keine Andeutungen gemacht, dass er Gesellschaft wünschte. Aber diese Kreaturen besaßen ihren eigenen Kopf; sie kamen und gingen wie Rauchschwaden.

»Danke, dass du mich hierher gebracht hast«, wandte er sich an sie. »Aber jetzt möchte ich schlafen gehen.«

»Nun«, mit einer trägen Bewegung deutete sie auf sein Lager, »hier hast du ein Bett. Man kann es noch für andere Dinge als zum Schlafen benutzen.« Mit einem verlockenden Lächeln knöpfte sie langsam ihre Bluse auf, sodass Nathan die Innenkurven ihres Busens erblickte. Doch ihr Fleisch war bleich, und ihre Eckzähne waren lang und scharf. Fasziniert starrte er sie an, als sie sich wie eine Katze streckte. Er sah, wie sich unter dem dünnen Stoff die dunklen Warzen zu spitzen Vorsprüngen aufrichteten.

Er stieg vom Bett herab und sah zur Tür. »Du solltest besser gehen.« Seine Stimme zitterte.

»Oder sonst?« Ihre Stimme klang schwül, heiß, spöttisch. »Wie wirst du mich bestrafen, wenn ich nicht gehe?« Sie ließ sich zurücksinken und hob ihr Kleid an, zeigte Nathan ihre Nacktheit und ließ ihn alles sehen. Lüstern spreizte sie die Beine und fuhr sich mit der Hand durch den dunklen Busch. Ihr dunkles Fleisch bebte und öffnete sich wie ein kleiner feuchter Schmollmund. Aus zwei Schritten Entfernung konnte Nathan noch seine süße Saugkraft – und sein Gift – spüren.

»Geh jetzt«, sagte er mit absichtlich harter Stimme, »gehe sofort oder setze dich Maglores Zorn aus!«

»Hah!« Sogleich sprang sie auf. »Und wir dachten, du wärst frisch von der Sonnenseite gekommen, ein junger Bursche, der vor Samen nur so strotzt. Wir wussten ja nicht, dass Maglore

dich von Zindevar kaufte, die dich zweifellos als Eunuch in Greisenfried hielt, wo deine einzige Aufgabe darin bestand, das knarrende Leder ihrer schlaffen Titten einzufetten! Hat sie dich nebst deiner Männlichkeit auch deiner dunklen Zigeunerhaut beraubt, du bleicher, bebender Welpe?«

»Raus!« Nathan stapfte zur Tür und riss sie auf.

»Was?« Jetzt war sie zornig. Ihre Nasenlöcher blähten sich, die Augen flammten blutrot, ihr Mund wurde zu einem zuckenden, zischenden, fluchenden Schlitz. »Weist du mich wahrhaftig zurück? Du wagst es? Ich sehe, dass du es tatsächlich wagst! Fick dich doch selbst, du blasse, saftlose Missgeburt!« Sie rauschte an ihm vorbei aus dem Zimmer.

So verlief also die erste von mehreren Begegnungen zwischen Nathan und Maglores Frauen.

Offenbar hatten in dieser Hinsicht sowohl Nicolae als auch der Seher-Lord Recht behalten ...

Nathan war geistig und körperlich völlig erschöpft. Voll bekleidet lag er unter seinen drei Decken und sank schließlich doch in Schlaf, doch brauchte er dazu sehr lange. Letztlich gelang es ihm nur dadurch, einzuschlafen, indem er sich ins Gedächtnis rief, dass Runenstatt zu allen Zeiten, ob er nun wach blieb oder schlief, ein Ort des Grauens war und dass er, ob er nun wollte oder nicht, für die unbekannte Dauer seines Aufenthaltes häufig schlafen und sich ausruhen *musste.* Als er dann merkte, dass er aus dem unwirklichen Wachzustand in die Finsternis gleichermaßen unheimlicher Träume hinüberglitt, achtete er darauf, sein telepathisches Bewusstsein mit dem gewaltigen und unverständlichen Wirbel des Mahlstroms der Zahlen zu verhüllen, um, wie er hoffte, es vor dem Eindringen anderer mit ähnlichen Veranlagungen zu beschützen.

So schützte er zumindest sein innerstes Bewusstsein, das ohnehin mit dem Durcheinander seiner wachen Stunden voll gestopft und daher schwer zu entziffern war. Nun ist zwar die Telepathie die Verständigung zwischen lebenden, körpergebundenen Geistern; die Totensprache jedoch ist etwas ganz anderes. Darauf waren nur die Geister der Toten eingestimmt – und natürlich auch Nathans Geist ...

Nathaaan! Zuerst war die tote Stimme nur ein leises Flüstern, ein Hauch in dem finsteren, unruhigen Dahintreiben der unbewussten Wanderung. Doch als Nathan sie hörte, sich darauf konzentrierte und sich ihrer Quelle näherte, wurden alle anderen wahren und falschen Erinnerungen und der Wirrwarr der Träume beiseite geschoben, und die Stimme wurde lauter. *Nathaaan?* Es klang wie das blutverklebte Gurgeln eines toten, verfaulten Wesens, und trotz seiner Körperlosigkeit war es die schiere ›Verkörperung‹ des Bösen. Nathan erkannte instinktiv, dass diese Stimme aus der Hölle zu ihm drang.

»Wer bist du?«, fragte er atemlos, während sein schlafender Körper kalt wurde und sich ihm die Nackenhaare sträubten. »Was ... bist du?«

Frage mich lieber, was ich war, antwortete das Wesen. In seiner Stimme schwang Trauer mit, und ein unterdrücktes Aufschluchzen war zu hören. *Denn das kann ich dir sagen, oh ja, und vielleicht sogar zeigen. Doch was ich bin ... nun, ich bin gar nichts mehr! Wenn ich überhaupt etwas bin, dann nur ein altes, totes Ding in einem lichtlosen Grab, blind und verschrumpelt und ledrig wie die Mumien der Thyre in ihren Grabhöhlen. Das bin ich.*

»Die Thyre? Was weißt du über sie?« Nathan fiel sein Schwur wieder ein. Er wollte keinem Außenstehenden je seine Kenntnisse über das Wüstenvolk enthüllen. Aber scheinbar wusste dieses Wesen bereits über sie Bescheid. Zumindest in einem gewissen Umfang.

Was ich über sie weiß? Oh, mehr, als du glaubst! Ei, seit fünfzig langen Jahren habe ich hier in meiner Einsamkeit gelegen und ihnen durch die lange, blinde Nacht gelauscht: dem Widerhall ihrer toten Gedanken, der von ihren staubigen Grüften über die Sonnseite und das Grenzgebirge weht, bis er schließlich Turgosheim hier unten erreicht. Es sind genauso tote Wesen, wie ich eines bin, und daher höre ich ihre Gedanken in meiner Einsamkeit. Nur sind sie unfreundlich und wollen nicht mit mir sprechen, und ich versuche nicht mehr, mit ihnen zu sprechen. Aber du ... bist anders. Du bist am Leben, Nathan! Deine Werke zeigen ihre Auswirkungen im Land der Lebenden. Du kannst

Veränderungen bewirken, kannst Dinge erschaffen! Hingegen können ich und die träumenden Thyre nichts verändern, weil wir nur tote Wesen sind.

Nathan war vor diesem Wesen, dessen Bosheit sich wie ein übler Geruch auf seinen Verstand legte, wohl auf der Hut. »Du kennst meinen Namen und weißt, dass ich hier bin. Wie kannst du diese Dinge wissen, wenn wir uns nicht schon zuvor begegnet sind?«

Wie ich sie wissen kann? Aber ich spüre doch deine zaghaften Schritte im Felsen, denn sie hallen wie Donner zu mir hinab! Im Vergleich dazu sind Maglores Besorgungen wie ein Regenschauer und die seiner Knechte wie das Rascheln der Blätter. Auch höre ich deine träumenden Gedanken in der Totensprache, die für mich wie laut gesprochene Worte sind, derweil die Lebenden nicht das Geringste davon wahrnehmen. Ach, du kannst deinen Wall aus Zahlen gegen die Lebenden errichten, Nathan, aber du vermagst deinen Verstand nicht vor den Toten zu verschließen! Wir kennen dich, *Necroscope!*

Dieses Wesen wusste offenbar schon viel zu viel. »Wir?«, antwortete Nathan. »Aber die Thyre meiden dich, das hast du bereits eingeräumt. Und du sprichst von deiner ›Einsamkeit‹, was nur bedeuten kann, dass sämtliche Toten dich meiden. Du kannst nur ein Wamphyri sein!«

Selbstverständlich bin ich ein Wamphyri!, sagte der andere. *Das ist kein großes Geheimnis. Ich bin, was ich bin. Aber ich bin außerdem tot, und du bist der Necroscope. Oder schließt dein Mitleid Wesen meiner Art nicht ein, der ich von Licht und Leben und dem Dasein selbst ausgeschlossen bin, abgesehen von meiner Existenz als totes, zerfallendes Wesen im Felsgestein?*

Trotz der instinktiv in ihm aufwallenden Vorsicht war Nathan doch neugierig. »Wo bist du genau?«

Wo ich seit einhundert Jahren hauste, wo verräterische Söhne mich blendeten und begruben, wo ich auch jetzt allmählich zu Stein erstarre, um mit den Steinen von Turgosheim eins zu werden. Einst war Irrenstatt mein Heim. Jetzt ist es nur noch meine Gruft ...

Irrenstatt? Von einer Irrenstatt wusste Nathan nichts.

Oh nein!, sagte das Wesen eifrig. *Auch wenn Maglore und ich Nachbarn waren, kannst du die Irrenstatt von seinen Fenstern aus doch nicht erblicken. Denn er lebte über mir und ich unter ihm.*

»In Turgosheims unteren Bereichen?«

Merke auf!, sagte der andere. *Du weißt, dass Runenstatt einem Turm gleicht, ein hohler Felsaufsprung ist, der vom Rand des Abgrunds in die Höhe ragt? Nun, seine Säule reicht tief hinab in die Wurzeln von Turgosheim selbst. Die oberen Bereiche gehören Maglore, aber darunter ... liegt Irrenstatt! Du musst mich eines Tages besuchen. Maglore kennt den Weg. Eine alte Wendeltreppe, die rundherum führt und immer tiefer und tiefer hinab. Einst teilten wir uns dieselben Quellen ...* Die Stimme des anderen war zu einem verlockenden, verschleiernden, schmeichlerischen, scheußlichen Gurgeln geworden. Sie war überwältigend, geradezu hypnotisch ...

Doch selbst im Traum spürte Nathan die Gefahr, in der er schwebte. »Nun gut«, sagte er und stieß den Gestank der geistigen Befleckung von sich. »Also weiß ich jetzt, wo du bist. Aber ich weiß immer noch nicht, *wer* du warst. Hattest du auch einen Namen?«

Einen Namen? Oh ja, in der Tat! Die ölige, giftige Stimme war noch grässlicher geworden und glich nun der Beschwörung eines undenkbaren Grauens, das bebend zu einem Leben über das Grab hinaus erwachte. *Seinerzeit war mein Name wohl gefürchtet, sogar unter den Wamphyri. Ich war Eygor Todesblick, dessen Augen allein die Werkzeuge des Todes waren – was auch der Grund war, weswegen meine verkommenen Blutzwillingssöhne mich blendeten und vernichteten! Deshalb flohen sie letztlich auch; denn sie wussten, dass ich noch hier lag, und sie fürchteten sich vor den Träumen, die ich ihnen sandte, um sie auf ewig zu plagen. Na, nun sind die Hunde verschwunden und haben sich sogar aus der Reichweite meiner Träume entfernt. Aber eines Tages werden sie zurückkehren, und ich werde immer noch hier sein und sie erwarten ...*

Ein wenig von Eygors Einsamkeit und Hilflosigkeit – aber weit mehr noch von seiner Verbitterung, seinem Hass und der Vergeblichkeit seiner Bemühungen – berührte Nathans metaphysisches Bewusstsein, blieb daran haften und brannte wie heiße Tränen oder vielleicht auch wie Säure.

Im Augenblick seines Gefühlsausbruchs war das alte Ding in seiner seit langem vergessenen Gruft zu mehr geworden als nur zu einem körperlosen Geist. Nun war es wahrlich eine eigenständige Wesenheit, und Nathan ergriff die Gelegenheit, einen

Blick auf das Lebensende des vormaligen Herrn von Irrenstatt zu werfen.

Der andere spürte Nathans geistiges Herannahen. *Oh ja, komm zu mir,* sagte er. Zuerst in Träumen und dann leibhaftig. *Hier bin ich, hier – in der Dunkelheit, der Feuchtigkeit, der Düsternis meines Verlieses, wo ich im Schlamm von Irrenstatt starb ...*

Nathan konnte etwas erkennen, aber nur undeutlich. Er stand in dem düsteren Gewölbe einer gewaltigen, hohen Höhle, von deren Wänden Schleim und Salpeter tropften. Der Boden war mit unnatürlichem Unrat bedeckt - gewölbt, faserig, schmierig. Überall leuchteten schwammige Knochen und weißlich schimmernde Knorpelstränge, als sei hier irgendein Ungeheuer verendet. Dies war eine vampirische Müllgrube, verseucht, vergessen und auf ewig versiegelt. Aber nicht alles hier war faulender Abfall. Oder vielleicht doch - nunmehr.

Etwas lehnte oder kauerte an einer Wand. Zuerst hielt Nathan es für eine seltsame Stalagmitenformation, eine fantastische Tropfsteinschöpfung der Natur. Er sah jedoch, dass die Form viel zu unregelmäßig war und die Oberfläche dunkler als der salzige, salpetergestreifte Stein. Von einer morbiden Faszination angezogen, setzte er sein Traum-Selbst in Bewegung und glitt näher, bis das Ding über ihm aufragte und nun an der Krümmung der Höhlenwand zu haften schien. Als Nathans Blickwinkel sich veränderte, wurden Einzelheiten deutlicher, und er erkannte, worum es sich handelte.

Es war ... eine monströse Chimäre, ein Schmelzprodukt aus allem, was krankhaft und entsetzlich war. Das Ding ähnelte Maglores Wächter-Wesen in der verhangenen Nische unter der zentralen Wendeltreppe im großen Saal von Runenstatt insofern, dass es menschenähnlich war. Aber die Kreatur des Seher-Lords war keine achtzehn Fuß groß und bestand nicht aus Knochen, verschmolzen mit schwarzem, vertrocknetem Fleisch, runden Knorpelknoten und einem Panzer aus blau schimmerndem Chitin. Außerdem verfügte Maglores Wächter nicht über zusätzliche Münder in seinem aufgeblähten Leib und den gummiartigen Gliedern!

Nathans Traum-Selbst wich einen Schritt *zurück*. Mit fieberndem Blick musterte er die *Größe,* die Gestalt und den krankhaften *Entwurf* dieses Wesens, das in kniender Haltung an der Wand kauerte. Die verhornten, verschrumpelten Füße und die runzeligen, ledrigen Schenkel, der gekrümmte Rücken und die Schultern und der missgestaltete, durch den Salpeterfluss an der Wand klebende Schädel, dessen klaffendes Maul auf ewig zu einem stummen Schrei aufgerissen war. Ein verdorrter Arm ruhte auf einem Felssims; er endete in einer Klaue, die von einem Gelenk hing, das fast so dick war wie Nathans Oberschenkel und dessen geschwärzte Knochen aus dem halb zu Staub gewordenen, zerfallenden Fleisch ragten. Oder wenigstens aus dem trockenen Leder, das einst Fleisch gewesen war.

Willkommen in Irrenstatt, sagte die entsetzliche Stimme, und da wusste Nathan, dass es diese Schreckensgestalt war, die zu ihm sprach. *Aus eigenem freiem Willen bist du eingetreten, und ich werde dich zum Erben all meiner Geheimnisse machen – sollte dies dein Wunsch sein. Denn zu meiner Zeit besaß ich Macht, Necroscope, so wie du heute über Macht verfügst. Und wer weiß – vielleicht schließen wir eines Tages einen ... Tauschhandel ab, der für uns von beiderseitigem Nutzen ist.*

Nathan wusste, dass er auf der Stelle gehen sollte. Aber diese Erfahrung war etwas Neues für ihn. Diese tote Kreatur - dieser ansonsten zur Gänze erloschene Geist - war kein unschuldiger Uralter der Thyre, der in körperlosen Träumen der Vergangenheit nachhing, sondern ein Lord der Wamphyri, der gegen alle Hoffnung immer noch hoffte und Pläne für eine äußerst unwahrscheinliche Zukunft schmiedete! Tatsächlich war diese Zukunft ohne Nathans Mitwirkung ganz und gar unmöglich. Eygors Beharrlichkeit war die eines Vampirs, und Nathan stellte seinen einzigen Verbindungsfaden dar, seine einzige Chance auf ein Fortbestehen.

»Es gibt nichts, was ich von dir haben will«, sagte er und wich noch weiter zurück. »Alles, was du zeitlebens kanntest, war Grauen. Davon habe ich mehr als genug erfahren, und weiteres steht mir vermutlich noch in großem Umfang bevor. Was ich zur Gänze den Wamphyri zu verdanken habe.«

Aber erkennst du nicht die Ironie der Sache?, fragte der andere beharrlich weiter. *Dass ich das Werkzeug sein könnte, das alles Unrecht auslöscht, das du erlitten hast?*

War es denn möglich, fragte sich Nathan, die Wamphyri mit ihrer eigenen Bosheit zu bekämpfen? War dies der Weg, den es zu beschreiten galt? Aber welche Macht besaß dieses Wesen? Und wie konnte nach Eygors Tod Nathan womöglich zum ›Erben all seiner Geheimnisse‹ werden?

Ah ja! Der andere stieß einen geistigen Seufzer aus. *Sieh nur, wie sehr ich dein Interesse geweckt habe, Necroscope. Oh ja, ich vermute mal, dass wir – bald – wieder miteinander sprechen werden. Doch nun – gib Acht! Denn ich erkenne das Tappen von Maglores verstohlenem Pantoffelschritt. Der Magier von Runenstatt naht sich deinem Gemach. Dann also bis zum nächsten Mal ...*

Plötzlich verschwand die Höhle mit ihrem ›Bewohner‹. Der Mahlstrom der Zahlen entstand erneut, Nathan spürte das vertraute heftige Zerren fremdartiger Formeln und ... Maglores geistige Sonde, die vor dem Sog und Gewirbel seiner geistigen Barriere zurückschrak.

»*Nathaaaan!* Nathan!« Der Übergang von einer rein geistigen bösartigen Stimme zu einer anderen, die ihm ganz körperlich in den Ohren klang, verwirrte ihn zunächst ... bis eine klauengleiche Hand ihn an der Schulter packte und heftig schüttelte.

»Wer? Was ...?« Mit einem Japsen schreckte er auf.

»Fürwahr ... wer?« Im gelblichen Flammenlicht der Gasdüsen wirkte Maglores Gesicht scheußlich – und vorwurfsvoll? –, als er sich über ihn beugte. »Wer besucht dich im Schlaf, Nathan? Mit wem führst du geheime Unterredungen in deinen Träumen?«

»Meinen Träumen?« Nathans Geisteswehr war fest errichtet. Nunmehr hellwach, versuchte er sich aufzusetzen, und Maglore wich ein wenig zurück, um es ihm zu ermöglichen. »Habe ich geträumt?« Seine Stirn war fieberheiß und er zitterte. »Ja, ja, ich habe geträumt! Aber das war kein Traum, sondern ein Albtraum, der nun vorüber ist!«

»Ah, ein Albtraum!« Maglore nickte knapp. Seine roten

Augen fuhren unruhig umher, als suchten sie nach einer Spur des unbekannten Eindringlings. »Der uns in der Finsternis heimsucht, um den schlafenden Geist zu entsetzen. Vielleicht als Erinnerung an ein fürchterliches Ereignis der Vergangenheit oder als Vorherwissen dessen, was uns noch bevorsteht.« Er neigte den Kopf, als lausche er, und sog witternd wie ein Hund die Luft ein. Dann setzte er sich auf den Rand von Nathans Bett. »Das Ergebnis der aus Fresslust geborenen Völlerei oder auch bloß ein Gewissensanflug. Vielleicht ... eines schlechten Gewissens?«

Nathan hielt seinen Geist fest verschlossen und spielte den Unschuldigen. Es fiel ihm nicht schwer, schließlich *war* er unschuldig. »Habe ich zu viel gegessen, Herr?« Die unterschwellige Anklage ignorierte er.

Maglore verengte die Augen, aber Nathan sah ihm dennoch bis in sein Inneres. Der Herr von Runenstatt dachte gerade: *Treibt er immer noch seine Wortspielereien mit mir? Eines steht wohl fest: Dieser Nathan ist kein Narr.*

Doch als Maglore sich erhob, erkundigte er sich: »Und, hast du Hunger?«

Nathan warf die Decken beiseite, schwang die Füße über den Bettrand und baute sich neben dem Seher-Lord auf. »Ich denke schon«, sagte er. Er warf einen kurzen Blick aus dem Fenster und bemerkte den Stand der Sterne. Es war in Ordnung, dass er hungrig war, denn er hatte bis Mittsonnunter geschlafen!

»Dann hast du nicht allzu viel gegessen«, beschied Maglore ihm. »Also haben wir es mit einem Anflug des Gewissens zu tun oder vielleicht auch mit einem wahrlich unfassbaren Wesen, das zu dir kam, während du schliefst. Glaubst du an Geister?«

»Ja«, erwiderte Nathan, erleichtert, nicht länger lügen zu müssen. Selbstverständlich glaubte er an Geister. Wenn jemand wusste, dass sie Wirklichkeit waren, dann er – auch wenn sie nicht immer als die finsteren Sagengestalten auftraten, für die manche sie hielten. Aber Maglore wusste dies nicht, obgleich er ein Magier war.

Der Seher-Lord nickte. »Du solltest auch an sie glauben,

besonders an diesem Ort. Lass mich dir sagen, Nathan, dass Turgosheim eine große Vielfalt schrecklicher Menschen und Kreaturen gekannt hat. Sie selbst sind verschwunden, aber ihre Auren haften diesem Ort immer noch an. Und in Runenstatt bist du nicht der Einzige, der finstere Träume träumt.«

Er musterte Nathan von oben bis unten. »Doch sage mir, warum bist du angekleidet? Du bist nicht einfach auf dem Bett eingeschlafen, denn die Decken lagen auf dir. Gibt es hier etwas, wovor du dich fürchtest? Hat dich jemand ... belästigt?« Sein Stirnrunzeln ließ die Augenbrauen unter einer Stirnfalte miteinander verwachsen. Erneut ließ er seine Blicke durchs Zimmer schweifen und nahm Witterung auf. Im nächsten Moment sagte er: »Eine Frau!«

Nathan schüttelte den Kopf. »Sie hat mir nichts zuleide getan. Sie hat mir nur den Weg hierher gezeigt, das ist alles.«

Maglore funkelte ihn wütend an. »Was? Sie hat dir den Weg gezeigt? Ach, das würden sie sicher tun, wohl wahr! Jede von ihnen!« Er packte Nathan am Arm. »Wer war es? Hat sie dich berührt, dich geküsst, hat sie dir ihren Körper angeboten? Sprich, du Narr! Hast du sie genommen?« Nathan schüttelte den Kopf. »Was? Lügst du mich etwa an? Es gibt doch keinen vollblütigen, geilen, von einer Frau geborenen Mann, der meinen Huren widerstehen könnte, es sei denn, er wäre ein bloßer Welpe, der nicht weiß, was eine Frau ist?«

Nathan spürte, wie seine Ohren rot erglühten ...

Erstaunt sah ihm der Seher-Lord tief in die Augen und erblickte die Wahrheit darin. »Was?«, sagte er. »Ein kräftiger Szgany-Mann von fast zwanzig Jahren, der noch nie eine Frau im Bett hatte? *Hah!*« Er schlug sich auf die Schenkel. »Kein Wunder, dass sie sich aufgedonnert und auf die Pirsch begeben haben! Ich habe sie noch nie so unruhig erlebt! Aber ... kann es denn wahr sein? Du hast wirklich noch nie ...?«

»Ich ... ich hatte ein ... M-M-Mädchen, eine Szgany«, antwortete Nathan. Es geschah zum ersten Mal seit langer Zeit, dass seine Zunge sich verhedderte und er zu stottern begann. Und er beschloss, nie wieder zu stottern. »Sie wurde von Canker

Canisohn auf die Sternseite entführt«, sagte er, und seine Stimme wurde hart. »Wenn sich die Dinge anders ergeben hätten, wäre sie vielleicht mein geworden. Jedenfalls nahmen wir uns keine Liebhaber und warteten aufeinander.«

»Ah, die wahre Liebe!« Maglore klimperte mit langen, fast pelzigen Wimpern und seufzte sarkastisch. »Canker, der alte Köter, hat sie bekommen, ja?« Er schüttelte den Kopf und gab ein mitfühlendes Schnalzen von sich. »Ich hoffe doch, dass du sie vergessen hast? Falls nicht, solltest du es nun tun.«

Darauf erwartete er keine Antwort.

»Versuche doch mal, meine Sorge, meinen Zorn zu begreifen«, sagte Maglore beschwichtigend. »Wenn du von einer meiner Kreaturen verführt wirst, bist du die längste Zeit Herr deiner selbst gewesen und von keinerlei Nutzen mehr für mich. Ich beabsichtige, dein Blut, deinen Leib und auch deinen Geist von allen Einflüssen frei und rein zu halten – mit Ausnahme jener, die von mir kommen. Denn ich habe die Vampire satt, und mitunter geht mir die Speichelleckerei der Sklaven nur noch auf die Nerven. Diese Situation ist indes nicht einzigartig; du bist nicht die erste zur Gänze menschliche Person, die in Runenstatt lebt ...« Er schwieg einen Moment und fuhr dann fort:

»Nun ja, zweifellos fragst du dich, warum ich hier bin. Da ich gerade hier entlangkam, wollte ich bei dir vorbeischauen und dich, vorausgesetzt, du seist wach, mit an meine Tafel nehmen. Du sollst sämtliche Mahlzeiten mit mir einnehmen, denn manchmal lechze ich nach der Gesellschaft gewöhnlicher Menschen. Außerdem hat es den Anschein, als müsste ich dich – zumindest vorläufig – in sicherer Verwahrung halten, bis ich andere Vorkehrungen treffen kann.« Seine Worte klangen nachdenklich, als spräche er zu sich selbst. Doch dann raffte er sich auf.

»Komm«, sagte er und ging zur Tür. »Du kannst dich in meinen Gemächern waschen, und während wir speisen, werden wir unsere Unterhaltung fortsetzen. Ich wünsche dich näher kennen zu lernen, mein Sohn. Schließlich liegt dein Wohlergehen in meiner Hand ...« Maglore warf einen Seitenblick auf

Nathan, der sich mühte, mit ihm Schritt zu halten, aber die Gedanken des Seher-Lords waren nun so unergründlich wie sein Gesichtsausdruck.

Als sie aus dem Flur in den großen Saal traten, stand Nathan auf einmal vor dem Vampirmädchen, das versucht hatte, ihn zu verführen. Sie wandte sich sofort ab, aber Maglore hatte sie schon gesehen. Er verhielt im Schritt, nickte grimmig und rief sie zu sich. Lächelnd und dienstbeflissen trat sie mit dem schrecklichen, lautlos gleitenden Gang der Vampire näher.

»Aha«, sagte Maglore. »Also Magda. Du warst es.«

Sie funkelte Nathan böse an und wandte sich Maglore aufrecht zu, entschlossen, dies durchzustehen. »Aber er gehört doch zu deinen Sklaven, die du nach Runnestatt gebracht hast, Herr. Ich wollte ihn vor den anderen haben, das ist alles, und er gab mir Gelegenheit, als er sich bei mir nach dem Weg zu seinem Zimmer erkundigte. Aber wie der Zufall so spielt, ist er wohl eines von drei Dingen: ein Eunuch, eine Schwuchtel oder ein Kind, das immer noch denkt, sein Schwengel sei nur zum Pinkeln da! Ich ziehe jedoch einen Mann mit Rückgrat vor. Daher ist auch nichts passiert. Außerdem hatte ich ja keinerlei anderweitige Anweisungen.«

»Zu der Zeit vielleicht nicht«, sagte Maglore, nickte und stupste sie fast zärtlich unter das Kinn.

Sie rieb sich an ihm und streifte seine Schulter mit ihrer Wange. »Dann habe ich also keinen Fehltritt begangen?«

Maglore hatte eben noch fast gelächelt. Doch nun fiel die Maske ab, und er rief nach einem seiner Männer. Beim Klang seiner Stimme legte sich Schweigen über die Halle. Dann kam mit langen Schritten ein Offizier heran, und Magda versuchte zurückzuweichen. Maglore hielt sie jedoch fest.

Nathan überflog rasch die große Halle. In der Nähe grub sich eine Gruppe bleicher Knechte mit Meißeln in eine Bimssteinader hinein. Aber die Arbeit kam zum Erliegen, als die hageren, eingefallenen Gesichter sich dem Drama zuwandten. Tierhafte Augen schienen in morbider Vorfreude und so etwas wie grimmiger Erwartung aufzuleuchten. Einige Frauen, die an einem spärlich fließenden Wassergraben Wäsche walkten, sahen auf und stießen sich grinsend mit den Ellbogen an. Die meisten waren Arbeiterinnen, älter als Magda und wahrscheinlich eifersüchtig auf sie.

Maglore bemerkte sie ebenfalls. »Habt ihr ihn unter euch ausgelost?«, fragte er, als sein Offizier sich ihm und Magda näherte.

»Wir haben Strohhalme gezogen«, zischte sie wütend und versuchte sich erneut loszureißen. »Und ich habe gewonnen.«

»Närrin!«, verkündete Maglore. »Du hast verloren! Wenn ihr Befehle habt, führt ihr sie aus, und wenn ihr keine habt, tut ihr nichts. So lautet das Gebot in Runenstatt. Das wissen die anderen, darum ließen sie dich gewinnen. Sie haben dich in eine Falle gelockt, Nathan auf die Probe gestellt und ... *mich* herausgefordert!«

Er stieß sie seinem Leutnant in die Arme, wuchs geradezu in die Höhe und ließ seinen lodernden Blick durch die Höhle schweifen. »Mich herausfordern?«, brüllte er, und sein Gesicht glühte wie unter einem Feuer, das sich durch den schieren Knochen brennen wollte. »Nun, dann soll dies euch allen eine Lehre sein. Ich brauche wohl nicht mehr zu sagen als ...« Er sah den Offizier an und ruckte nachlässig mit dem Kopf: »... Magda ist der Bevorratung zugeteilt!«

Das Mädchen schrie gellend auf und krallte nach den Augen des Offiziers. Sein Kopf fuhr zurück, der Schlag seiner riesigen Faust brach ihr den Kiefer, und sie verlor das Bewusstsein. Nathan sah nur noch, wie sie davongeschleppt wurde.

Die Stille schien fast zu vibrieren ... dann steuerte Maglore die Wendeltreppe an, und Nathan folgte ihm. Doch diesmal hütete er sich, für das Mädchen zu bitten, denn der Geist des Seher-Lords brodelte wie ein Kessel voller Gift. Und als sie die Treppe erklommen, erwachte die Halle hinter ihnen allmählich wieder zum Leben ...

An Maglores Speisetafel hatte Nathan nur wenig Appetit. Er stocherte lustlos in seinem Essen herum, da der Wamphyri-

Lord darauf bestand, dass er aß, aber er fühlte sich so niedergeschlagen, dass die Bissen ihm nicht in den Schlund gleiten wollten. Er dachte an Magda. Vielleicht hatte er seine Geisteswehr vernachlässigt. Jedenfalls zuckte er zusammen und beschloss, in Zukunft vorsichtiger zu sein, als Maglore sagte:

»Vergiss sie. Du wirst sie nicht wiedersehen. Wieso bekümmerst du dich überhaupt um eine Metze, die dich in einem Zug ausgesaugt hätte?«

»Ich habe das Gefühl, dass es meine Schuld ist, Herr.«

»Das war niemandes Schuld. Es war die Schuld der Natur – der Natur der Vampire. Aber ich bin froh, dass du dich ihr widersetzt hast. Du solltest ob deiner fortdauernden Existenz ebenfalls froh sein.«

»In Runenstatt scheint alles nur aus Gefahren zu bestehen«, antwortete Nathan, ehe er seinen Gedanken oder Worten Einhalt gebieten konnte. »Hier gibt es keine Unschuld.«

»Nun, jetzt gibt es sie«, widersprach Maglore ihm. »Oh ja, und es gab sie schon vorher. Vielleicht *nicht ganz* unschuldig, aber sicherlich zur Gänze menschlich. Sagte ich dir nicht, dass du nicht der erste Mensch bist, der in Runenstatt lebt? Ich habe nach ihr geschickt, und sie wird sich in Kürze zu uns gesellen.«

»Sie, Herr?«

Maglore winkte ab. »Frag nicht weiter. Ich habe nun Fragen an dich. Zum Beispiel: Du sagtest, dass Frauen dir fremd seien, dennoch trugst du eine Locke in einem Anhänger bei dir. Auch noch aus Schamhaar, zumal dem einer Thyre! Erkläre mir das einmal, falls du kannst.«

Nathan zuckte die Achseln. »Das ist eine Sitte der Thyre, wenn Bruder und Schwester scheiden müssen. Atwei war mir wie eine Schwester.«

»Und woher kanntest du sie so gut?«

»Ich lernte sie während meiner langen Wanderschaft durch die Wüste kennen.«

»Ah ja, ich erinnere mich.« Maglore nickte. »Davon hast du mir auf dem Weg hierher erzählt. Nachdem Wratha und ihre Abtrünnigen deinen Stamm überfallen und vernichtet hatten, gingst du in die Wüste, um zu sterben. Aber die Thyre fanden dich, du hast dich ihnen angeschlossen und bist mit ihnen von Oase zu Oase gen Osten gewandert. Du hast die Große Rote Wüste umgangen und wie die Wüstentrogs vom Fleisch der Eidechsen und dem Saft der Kakteen gelebt.« Maglore zwinkerte mit den Augen und schüttelte den Kopf. »So viel Sonnenlicht und so wenig Bräunung. Warum hast du dir die Haut nicht verbrannt?«

»Ich trug einen Kapuzenmantel der Thyre«, log Nathan, »und hielt mich, wenn möglich, im Schatten. Als ich dann die Sonnseite von Turgosheim erreichte, lebte ich eine Zeit lang am Waldesrand, ehe ich von Iozel erfuhr und ihn aufsuchte. Im Schatten des Waldes wurde meine Haut bleich ... die ohnehin nie sehr braun gewesen ist.«

»Warum hast du Iozel aufgesucht?« Maglores Fragen kamen der Wahrheit unbehaglich nahe. Nathan musste sich rasch etwas überlegen und zugleich seine Geisteswehr bewahren.

»Ich hörte, dass er ein Mystiker war, der etwas von seltsamen Dingen verstand. Vielleicht konnte er die Zahlen deuten, die meine Träume heimsuchen, und mir den Grund eröffnen, warum ich mich bei meinem eigenen Volk wie ein Fremder fühle.« Er zupfte an dem verdrehten Band an seinem Handgelenk. »Vielleicht wusste er auch, weshalb ich dieses Ding hier trage, das zu einem Teil von mir geworden ist.«

»Ah!« Maglore war zugleich abgelenkt und fasziniert, ganz wie Nathan gehofft hatte. »Nimm es ab. Lass es mich noch einmal sehen.« Nathan tat wie geheißen. Maglore nahm es auf und sagte: »Also gibt dir dieses Zeichen ebensolche Rätsel auf wie mir. Warum hast du das nicht gleich gesagt?«

»Ich trage es schon mein Leben lang«, gab Nathan zur Antwort. »Ich trage es wie meine Haare. Aber obwohl es nichts Besonderes zu sein scheint, weiß ich doch, dass es etwas Besonderes ist, denn es ist auch dein Wahrzeichen. Es kam mir anmaßend vor, es für mich selbst in Anspruch zu nehmen.«

Da musste Maglore endlich schmunzeln. »Um nicht zu sagen: gefährlich, nicht wahr?«

»Auch das«, antwortete Nathan.

»Nun, da erfahren wir immer wieder etwas Neues über dich.« Der Seher-Lord nickte und warf das Band auf den Tisch. »Du bist also doch nicht so naiv. Und kannte Iozel das Wahrzeichen? Konnte er dir irgendetwas darüber sagen?«

»Oh, er kannte es schon, Herr«, sagte Nathan. »Aber ob er darüber Bescheid wusste? – Nein, keinesfalls. Er war ein Schwindler! Da weiß ja ich mehr als er.«

»Tatsächlich? Erkläre es mir.«

Nathan nahm das Band an sich. »Ich habe ... etwas daran bemerkt. In ruhigeren Augenblicken habe ich dieses Konstrukt genau studiert.«

»Ein Konstrukt?«, sagte Maglore. »Ach wirklich? Hältst du es dafür? Aha!«

»Wie viele Seiten hat es?«

»Eh? Ein Rätsel?« Maglore beugte sich über den Tisch und befühlte das Leder zwischen Daumen und Zeigefinger. »Seiten? Na ja, natürlich zwei.«

Nathan schüttelte den Kopf. »Eine«, sagte er. »Es ist eine Sinnestäuschung, siehst du?« Er holte ein Stück Holzkohle aus dem Kamin und zeichnete damit eine Linie in der Mitte des Bandes. Die Linie wurde länger, er drehte das Band auf dem Tisch, und der Beginn der Linie traf schließlich auf ihr Ende.

»Ahhh!« Maglores Unterkiefer fiel herab.

Und Nathan fragte ihn: »Wie viele Kanten hat es?«

»Eh? Kanten?« Maglores Augen huschten zwischen dem Band und Nathans Gesicht hin und her. »Nun, zwei, ganz klar. Schließlich ist es doch nur ein Lederband, oder? Es muss zwei Kanten haben, und sei es nur zur Begrenzung des Zwischenraumes!«

»Eine«, sagte Nathan wieder.

»Nein!«, sagte Maglore erstaunt. »Lass es mich versuchen!« Er schwärzte den Rand des Bandes mit dem Kohlestück, bis ›beide‹ Kanten (obgleich es natürlich nur eine gab, wie Nathan ganz richtig gesagt hatte) mit Ruß geschwärzt waren. Dann ... legte der Seher-Magier mit weit aufgerissenen Augen das Band behutsam vor sich. »Seit sechzehn Jahren kenne ich dieses Zeichen nun schon«, sagte er, »und habe es sogar zu meinem Wahrzeichen erkoren. Dennoch habe ich es nie ›gekannt‹! Aber nun, durch dich ...« Er starrte Nathan mit einem fast staunenden Ausdruck an. »Nun, indem er mich auf dich aufmerksam machte, hat Iozel Kotys letztlich doch seine Schulden bezahlt. Denn es besteht wahrlich dieses Band zwischen uns.«

Vielleicht hätte er weitergesprochen, wäre jetzt nicht ›sie‹ eingetroffen ...

FÜNFTES KAPITEL

Auf eine zurückhaltende, verhaltene Art war sie schön, aber man konnte sofort sehen, dass sie keine Vampirin war. Ihre Augen waren schwarz wie die der Szgany-Frauen; und trotz des mangelnden Sonnenscheins – oder vielleicht gerade deshalb – hatte ihre Haut eine einzigartige sahnige Beschaffenheit. Zwar wies sie nicht mehr die helle, natürlich goldbraune Färbung der Zigeuner auf, aber ihr Teint wirkte gesünder als Nathans Gesichtsfarbe und war auf keinen Fall mit der Blässe eines Knechtes oder einer Sklavin oder dem kränklichen Grauschimmer eines untoten Vampirwesens zu verwechseln.

Sie war in einen langen Rock gekleidet, der seitlich geschlitzt war und ihre langen Beine bis zur Mitte der Oberschenkel freiließ; zudem trug sie eine durchscheinende Bluse, welche die Rundungen ihrer prallen Brüste kaum verbarg. Sie trat an den Tisch und verneigte sich. Ihr glattes, kohlschwarzes Haar hing lang herab und umrahmte ihr ovales Gesicht. Doch als sie sich wieder aufrichtete und stehen blieb, um die Befehle ihres Herrn zu erwarten, wandte sie ihren Blick nicht von Maglore, und Nathan nahm daher an, dass sie es in Gegenwart des Vampir-Lords nicht wagte, ihn anzusehen.

»Orlea.« Maglore nahm ihre Anwesenheit mit einem Lächeln zur Kenntnis und deutete auf einen Platz an der Tafel. »Speise mit uns.« Als sie sich niederließ, sagte er: »Das ist Nathan. Du wirst ihn noch sehr gut kennen lernen. Er ist neu hier, und Runenstatt ist ihm fremd. Ich möchte, dass du ihm alle Räume und Stockwerke zeigst und ihm erklärst, welchem Zweck sie dienen. Kein Ort soll ihm verschlossen bleiben. Wie du wird er ein freier Mensch sein – innerhalb der von mir gesetzten Grenzen.«

Maglore legte einige Leckerbissen auf einen Teller und reichte ihn an sie weiter. Orlea warf einen Blick auf Nathan, in dem so etwas wie Neugier liegen mochte. Dann senkte sie den Blick und knabberte an ihrem Essen.

Nathan dachte sich, dass er genauso gut auch etwas Konversation betreiben könnte. »Trotz meiner Hautfarbe«, richtet er das Wort an Orlea, »bin ich ein Szgany. Allerdings kam ich aus dem Westen aus dem Land hinter der Großen Roten Wüste.« Vielleicht vermuteten sie und Maglore dann, dass es in jenen fernen Gegenden noch andere abweichende Pigmentierungen gab. So oder so, er wollte ja nur ein Gespräch beginnen.

Sie blickte Maglore Erlaubnis heischend an, und dieser nickte. Indem sie sich leicht zu Nathan wandte, fragte sie: »Wie steht es dieser Tage auf der Sonnseite?« Ihre Stimme klang sanft und angenehm, allerdings lag keinerlei Betonung darin. Noch nicht einmal ein Lächeln verriet, was in ihr vorging. Tatsächlich schien sie bar aller Gefühle zu sein. Das konnte Nathan gut verstehen.

»Auf meiner Sonnseite im Westen oder auf deiner?«

»Auf meiner«, gab sie zur Antwort.

»Vermisst du sie?« Möglicherweise ging er damit ein Wagnis ein. Vielleicht ergriff sie aber auch die Gelegenheit und würde ihm wahrheitsgemäß antworten. Doch das tat sie nicht, zumindest hatte Nathan nicht diesen Eindruck.

»Nein«, sagte sie. »Mein Leben dort war beschwerlich.«

»Warum erkundigst du dich dann danach?«

Hier fiel Maglore ihnen ins Wort. »Gut so! Ihr werdet euch unterhalten und Gemeinsamkeiten zwischen euch feststellen. Doch argwöhne ich, dass meine Anwesenheit euch hemmt. Ich habe ohnehin anderweitig zu tun. Orlea, zuerst will ich mit dir sprechen ...« Er stand auf und entfernte sich ein wenig. Sie trat zu ihm und sie sprachen eine Zeit lang mit gedämpften Stimmen. Schließlich ließ Maglore die beiden allein und wandte sich seinen Angelegenheiten zu.

Als sie ihre Mahlzeit beendet hatten, blickte Nathan auf die ausgebreitete Tafel. »Und was ist damit?«

»So wie du und ich hier unsere Pflichten haben, so haben andere die ihren«, gab Orlea ihm zur Antwort. Sie zeigte auf den Tisch. »Man wird sich um alles kümmern. Doch für den Augenblick hat Maglore mir die Aufgabe erteilt, dir Runenstatt zu zeigen, und dir erteilte er den Auftrag, gut aufzupassen und dir zu merken, was du siehst. Das dürfte nicht allzu schwierig werden – ich weiß, dass du dich daran erinnern wirst. Zu meiner Zeit habe ich mich auch an alles erinnert. Eigentlich kann ich es seither nicht mehr vergessen.«

Er folgte ihr in einen Raum mit einem Treppenaufgang, über den sie bis zum höchsten Stockwerk von Runenstatt kletterten. »Der höchste Spitzturm des Horstes«, informierte sie ihn, ohne zurückzublicken. »Wir werden hier anfangen und uns nach unten durcharbeiten.«

»Warum hast du dich nach der Sonnseite erkundigt?«, fragte Nathan neugierig.

»Weil du Konversation betrieben hast«, erwiderte sie. »Hätte ich nicht geantwortet, hätte Maglore mich dazu gezwungen. Er bewundert es, dass Personen wie du und ich höflich zueinander sind. Es gefällt ihm, dass wir innerhalb der von ihm gesetzten Grenzen die Herren über unseren Körper und unseren Geist sind und dass wir uns mäßigen und einander auf gefühlsmäßiger Ebene gleichgestellt sind – im Unterschied zu den Vampiren, denen mächtige fremdartige Triebe gebieten, sich bei jeder Gelegenheit zu streiten und im Kampf zu messen, oft nur um des Kampfes willen!«

»Ist das der einzige Grund?« Sie hatten das oberste Stockwerk erreicht.

»Nein, denn ich dachte daran, mich nach ... den Kindern zu erkundigen.« Sie blieb stehen, damit er zu ihr aufschließen konnte.

»Die Kinder?«

»Ich hatte ein schweres Leben auf der Sonnseite«, sagte sie, »aber ich erinnere mich an die Kleinen. Sie waren süß, rein und unschuldig.«

Nathan zuckte die Achseln. »Das trifft auf alles zu, was jung ist.«

»Oh nein!«, entgegnete sie und erschauerte leicht. »Die Jungen der Wamphyri sind nichts dergleichen ...«

»Gibt es hier Junge?«

»In Runenstatt? Nein. Maglore kann sie nicht ausstehen.

Aber als ich ihn einmal um ein Kind bat, zeigte er mir die Kinderstätten der Wamphyri. Die Kinder der Sonnseite trinken Milch von ihren Müttern oder Ammen, aber in Turgosheim ... geben sie sich damit nicht zufrieden. Falls Maglore sichergehen könnte, etwas anderes als einen Vampir zu zeugen, dann würde er mir auch ein Kind schenken, aber bis es so weit ist, will er mich nicht um eines jungen ›Emporkömmlings‹ willen verderben!«

»Du hast Maglore um ein Kind gebeten?« Nathan konnte es nicht glauben. »Meinst du damit ... dass du *sein* Kind bekommen wolltest?«

»Ja«, erwiderte sie und ging ihm durch ein Gewirr aus leeren Zimmern voran, bis sie eines mit einem Fenster und einer durch einen Vorhang abgesonderten Nische erreichten. Dort sah sie Nathan zum ersten Mal ins Gesicht. Ihr Kinn war erhoben und ihr Blick trotzig. »Du weißt nicht, wie jung Maglore sein kann. Du bist keine Frau. Du hast keine Ahnung, was es heißt, bei einem Vampirlord zu liegen. Du machst dir über das Wort ›Erfüllung‹ keinen Begriff.«

»Nein«, erwiderte Nathan und wich vor ihr zurück. »Aber ich habe gesehen, was übrig bleibt, nachdem Frauen ... erfüllt worden sind! Wenn sie nicht tot sind, sind sie dem Verderben geweiht!«

Sie nickte und sah beiseite. »Ja, du hast Recht. Aber bei mir ... ist Maglore behutsam und sanft gewesen. Er hat mich nicht verwandelt. Oder falls doch, dann nur auf die Weise, dass ich ihn hasste und jetzt liebe. Eine Frau kann einem Mann auf mehr als nur eine Weise hörig sein.«

»Du liebst ihn tatsächlich?« Es erschien ihm unmöglich.

»Ich liebe *Maglore!*«, sagte sie scharf. »Weder seine Werke noch das Ding in ihm, sondern *ihn selbst!*«

Nathan war dies unbegreiflich. Er schüttelte den Kopf, und einen Moment lang fehlten ihm die Worte. Dann sagte er: »Aber gewiss macht ihn doch sein Vampir zu dem, was er ist?«

»Ebendies ist der Widerspruch«, versetzte sie, »der mich wie verrotteten Stoff zu zerreißen droht. Ich *hasse* dieses Wesen in

Maglore ebenso sehr, wie ich seinen Wirt liebe! Und ich bin eifersüchtig darauf und hasse es, weil es ihn mit mir teilt. Außerdem teilt es *mich* mit ihm! Aber wenn er mir in Gestalt eines jungen Mannes beiwohnt, kann ich nicht anders, als ihn zu lieben!«

Nathan war bis an die verhangene Nische zurückgewichen. Orlea war ihm gefolgt und stand nun mit einer Hand auf dem Vorhangseil dicht vor ihm, als er sagte: »Ich denke ... du tust mir Leid!« Er sprach ohne über seine Worte nachzudenken, vielleicht auch ohne sich überhaupt im Klaren darüber zu sein, was er da sagte, denn er hatte keine Ahnung, wie ihr Leben vor ihrem Einzug in Runenstatt gewesen war. Er verlieh lediglich seinem Grauen Ausdruck. Aber was Orlea auch verloren haben mochte – ihren Stolz besaß sie noch. Ihre dunklen Augen blitzten, als sie sagte:

»Spare dir dein Mitleid für dich selbst auf, Nathan, denn du hast von Runenstatt wahrlich noch nichts gesehen.« Mit diesen Worten zog sie an dem Seil. Die Vorhänge glitten zur Seite, und Nathan erblickte ... Maglores Leitungswart. Zuerst begriff er nicht, was er da sah, doch dann stellte sich die Erkenntnis ein, und er wich taumelnd und mit einem Ausdruck des Entsetzens zurück.

»Du siehst«, sagte sie, ließ die Vorhänge zurückgleiten, folgte ihm und nahm seinen Arm, um ihn zu stützen, »es gibt Zeiten, da es nützlich ist, jemanden zu haben, den man lieben und an dem man sich an einem Ort wie diesem festhalten kann. Oh ja, selbst an einem Wesen wie Maglore.« Als Nathan in ihre Augen sah, entdeckte er nichts von dem tierischen Gelb, das die Verschlagenheit eines Knechts bezeichnete, oder von dem blutigen Rot der brodelnden Wamphyri-Leidenschaften. Aber vielleicht erblickte er in ihnen etwas von der Leere, die mit dem Wahnsinn einhergeht ...

Als Nächstes zeigte Orlea Nathan Maglores Arbeits- oder vielmehr Meditationszimmer, zu dem nur einige vertrauenswürdige Knechte Zugang hatten. Sofort wurde sein Blick von einem schweren goldenen Modell des Wahrzeichens des Seher-Lords angezogen, das auf einem schlanken Onyxfundament ruhte. Er fragte sich, wozu es diente. Aber vielleicht war es auch nur ein Schmuckstück. Und während langer Stunden saß er vor einem wunderbar gefertigten Modell von Turgosheim und nahm in sich auf, was Orlea ihm über die Vampirschlucht berichtete. Das war sehr viel mehr, als er von Nicolae Seherskecht erfahren hatte, und trug viel dazu bei, seine Kenntnisse über die Geographie des Ortes und die Geschichte seiner Bewohner zu vervollständigen. Mehr als zwei Drittel des Sonnunters waren verstrichen, bis sie dort fertig waren.

»Bist du müde?«, fragte sie. »Oder sollen wir weitermachen?«

»Ich weiß nicht genau, ob ich müde bin«, antwortete Nathan aufrichtig. »Es gibt so vieles zu sehen und zu lernen. Und was ich bereits gesehen habe, wird mich sicher wach halten. Jedenfalls muss ich an Körper und Geist gleichermaßen erschöpft sein, um anständig schlafen zu können.« In seinem Innersten wusste er jedoch, dass er wirklich schlafen und dazu künftig jedwede Gelegenheit ergreifen sollte. Denn wenn er es sich je gestatten sollte, übermüdet zu sein, würde er seine Wachsamkeit einbüßen. Seine geheimen Kräfte mussten verborgen bleiben; sein Wissen um die Thyre und ihre Stätten in der Wüste war ein Geheimnis, das er niemals aufdecken durfte. Er musste sich etwas über die Lage und das Leben auf der Alten Sonnseite im Westen ausdenken, von der er sich so weit entfernt hatte, was er Maglore erzählen konnte. Denn irgendwann würde Maglore etwas darüber wissen wollen, dessen war er sich sicher.

»Jetzt wäre eine gute Schlafenszeit«, meine Orlea, als läse sic seine Gedanken – was jedoch gewiss nicht der Fall war, da er seinen Geist sorgsam abgeschirmt und in ihr keine telepathischen Kräfte gespürt hatte. »Zeit für den tiefen Schlaf, den du nötig hast, wenn du in Runenstatt bei Kräften bleiben willst. Hier saugt dir die Angst sämtliche Kraft aus. Das geht jedem so, nur nicht Maglore. Die Nerven sind bis zum Zerreißen gespannt, Atem und Herzschlag gehen unregelmäßig, der Wille verdorrt zu einer bloßen Hülle, während Maglores Wille nur noch stärker wird. Denn Vampire saugen nicht nur Blut, Nathan. Sie saugen alles aus dir heraus.«

Er folgte ihr zurück in den großen Saal, in dem kaum noch Betrieb herrschte. Allerdings hielten sich dort noch einige Sklavinnen auf, und zwei oder drei waren in eine verstohlene Unterhaltung vertieft. Als sie Nathan und Orlea zusammen erblickten, verstummten sie mit finsteren Mienen; offenbar waren sie enttäuscht. Als er sich in sein Zimmer begeben wollte, nahm Orlea ihn am Ellbogen und führte ihn in eine andere Richtung auf einen aus Bimsstein gehauenen Gang zu.

»Wohin gehen wir?«, wollte Nathan wissen.

»An einen Ort, wo diese Frauen dich nicht belästigen werden«, erklärte sie. »Denn mich fürchten sie fast ebenso sehr wie Maglore.«

»Und wo hält sich der Seher-Lord jetzt auf?« Er fühlte sich unbehaglich, war sich jedoch nicht ganz sicher, warum er das wissen wollte.

»Er schläft«, gab sie zur Antwort. »Er hat seine festen Gewohnheiten. Um diese Zeit pflegt er immer zu ruhen. Bei Sonnauf wird er sich von seinem Lager erheben und dann in den Werkstätten in den unteren Stockwerken arbeiten. Die meisten anderen Lords arbeiten nur bei Nacht und verkriechen sich im Dunkeln, wenn die Sonne hoch über der Sonnseite steht. Maglore jedoch hat seine Schlafenszeiten gleichmäßig zwischen Tag und Nacht aufgeteilt.«

Sie erreichten die Außenwand, in der ein schmales Fenster den Blick in nordöstliche Richtung freigab. Um einen ummauerten Mittelkern führte eine steinerne Wendeltreppe in eine kleinere Zugangshalle, von der mehrere Gänge abzweigten. Sie führte ihn durch einen dieser Gänge zu einem mit einer Tür versehenen Zimmer, das Nathans Unterkunft glich. Es war Orleas Gemach, aber innen hatte die Tür einen Riegel. Das war nicht der einzige Unterschied, denn ihr Zimmer war mit allem bestens ausgestattet. Sie hatte ein Bad, Möbel, Pelzvorleger, mit Troddeln versehene Vorhänge an einem kleinen, durch die Wand getriebenen Fenster, und an ihrem Bett hingen an Schienen zwischen den Eckpfosten durchsichtige Vorhänge bis zum Boden herab.

Gelbe Flammen leuchteten aus mehreren Gasauslässen. Sie ging durchs Zimmer und verstopfte die Auslässe mit knöchernen Stöpseln, bis das Licht zu einem rauchigen Dämmerschein geworden war. Als Nathans Phantasie schon Purzelbäume zu schlagen begann, sagte sie: »Hier wird dich niemand belästigen. Hier kannst du unbesorgt schlafen.«

Er zog sich zur Tür zurück. »Orlea, ich schätze deine Besorgnis um mein Wohlbefinden, aber ich fürchte, wenn Maglore erfährt, dass ich mich hier aufhalte ...«

»Das weiß er«, fiel sie ihm ins Wort und ließ ihn erstarren. »Glaubst du etwa, ich würde dies wagen, wenn er es nicht wüsste? Er hat es so angeordnet.«

Mit rasenden Gedanken und betäubten Sinnen stand Nathan vor der Tür und wollte nach dem Riegel greifen. Doch als er das Rauschen der Vorhänge vernahm, hielt er inne und blickte zurück. Ihre Kleidung lag auf einem Hocker neben dem Bett, und die Vorhänge schaukelten sacht.

Eine kribbelnde Wachsamkeit erfüllte ihn. Nathan wagte kaum zu atmen, als er fragte: »Was ... hat er angeordnet?«

»Alles«, vernahm er ihre Stimme. Sie klang leise und irgendwie traurig. »Ich soll dir die Unschuld nehmen, bis nichts mehr für sie übrig bleibt.«

»Für seine Vampir-Frauen?«

»Ja.«

Er trat wieder ans Bett. »Orlea, ich weiß nun Bescheid. Ich weiß, dass ich sie meiden soll, und das macht – dies hier unnötig.«

»Weist du mich also zurück und trotzt so Maglore?«

»Nein, ich weise dich nicht zurück«, sagte er. Er versuchte es ihr begreiflich zu machen, ohne sich in ein schlechtes Licht zu setzen. Aber letztlich erkannte er, dass es nur eine Möglichkeit für ihn gab, und die bestand darin, ihr die Wahrheit zu sagen. »Ich habe bloß keine Erfahrung mit Frauen«, platzte er schließlich heraus. »Ich weiß ... rein gar nichts!«

»Nun ja«, gab sie zur Antwort, »waren wir alle nicht irgendwann einmal ... unschuldig?«

Noch während sie sprach, bewegten sich Nathans bebende Finger wie aus eigenem Willen, als sie seine Kleidung ablegten. »Das meine ich ernst,« sagte er. »Ich weiß wirklich überhaupt nichts.« Das entsprach zwar nicht ganz der Wahrheit, kam ihr allerdings sehr nahe.

»Bald wirst du es wissen«, flüsterte sie, »ganz bestimmt. Alles, was ich weiß, wirst auch du erfahren.«

Nun war er nackt. »Orlea ...«

»Komm ins Bett und wärme mich«, befahl sie ihm. »Wenigstens werde ich wissen, dass nur du es bist, dass deine Handlungen dir entspringen und nicht von einem anderen gelenkt werden. Wenigstens wirst nur du es sein und nicht ein schleimiges, schwarzes Ding in dir, das dich antreibt.«

Er zog die Vorhänge beiseite, und ihre schmale Hand streckte sich ihm entgegen. Sie schlug die Decken beiseite, und er glitt neben sie. Sie zog die Decken über ihn und breitete dann ihre fremdartige, kalte Liebe über ihm aus ...

Später, als die Dunkelheit des verhängten Bettes und der Dunst ihrer Körper sie umgaben, fragte Nathan: »Wie bist du hierher gekommen?«

»Als ich noch ein Kind auf der Sonnseite war«, berichtete Orlea, »gerade vierzehn Jahre alt, erregte ich die Aufmerksamkeit unseres Dorfvorstehers, Gobor Tulcini. Dieser Gobor war ein brutaler Mann mit einem schwachen Weib, das er oft missbrauchte. Nun ja, er missbrauchte eigentlich alles: seine Stellung, sein Volk – *phah!* –, selbst die Luft, die er atmete! Streunende Hunde haben ein besseres Benehmen. Bei einem Tribut sorgte er für eine Fehlmenge und erwählte im letzten Augenblick meinen Vater, um die Zahl voll zu machen. Nachdem mein Vater mitgenommen wurde, starb meine arme Mutter an gebrochenem Herzen. Dann nahm Gobor mich in sein Haus auf, um mich ›wie sein eigenes Kind‹ aufzuziehen. Das waren jedenfalls seine Worte ...

Ich musste auf die Dorfkinder aufpassen, und das gefiel mir sehr. Schließlich war ich ja selbst noch ein Kind. Aber während ich auf sie aufpasste, passte Gobor ... auf mich auf. Seine Frau wusste Bescheid, aber sie hatte schreckliche Angst vor ihm und erhob keine Klage. Innerhalb eines Jahres half sie ihm zwei Mal auf seinen Befehl hin dabei, das Kind, das er in mich gepflanzt hatte, wieder loszuwerden.

Ich blieb dort, bis ich es nicht mehr ertrug. Als dann eines Nachts die Tributmänner von Turgosheim kamen, schlich ich mich auf den Dorfplatz und bot mich zur Mitnahme an. Gobor wollte mich zurückreißen und schlagen, aber ein Offizier sah, dass ich hübscher war als einige der anderen Mädchen, und begann mich auszufragen. Ich sagte ihm, dass meine Mutter tot und mein Vater von den Wamphyri geraubt worden sei und dass Gobor mich vor den Tributmännern verborgen und für sich zurückbehalten hätte. Nun ja, in Wahrheit war ich für den Tribut zu jung, aber die meisten meiner Worte waren wahr.

Außerdem sagte ich, dass ich Turgosheim dem brutalen Gobor bei weitem vorziehen würde, und dies entsprach voll und ganz der Wahrheit. Alles war besser als Gobor, selbst der Tod, obgleich das nicht ganz der wahre Grund war. Aber da ich ein Kind und daher – zumindest in meinem Denken – noch naiv war, dachte ich mir, dass ich hier meinen Vater finden würde. Und obwohl ich zu jung war, brachte man mich nach Turgosheim.

Zum Glück erhielt mich bei der Auslosung einer von Maglores Männern, und so kam ich hierher. Von Gobor hatte ich das Wesen der Männer kennen gelernt und verwendete Frauenränke auf Maglore. Es faszinierte ihn, zu erfahren, wie es kam, dass ich, ein Kind, schon so sehr Frau war. Und als er es erfuhr ... da richtete er es ein, dass seine Männer den Tributdienst wahrnahmen und zur Sonnseite gingen, um die elenden menschlichen Abgaben der Szgany einzusammeln. Er wies seine Männer an, einen neuen Anführer für die Leute meines Dorfes auszuwählen und Gobor hierher zu bringen. Und so fand der Schinder Gobor sein Ende in der Vorratshaltung von Lord Vormulacs düsterer Vormspitze. Ich glaube, das Gleiche ist zuvor auch meinem Vater widerfahren ...«

Als sie ihre Geschichte beendete, glitt Nathan aus dem Bett und begann sich anzukleiden. Sie sah ihm eine Weile durch die Vorhänge zu und sagte dann: »Du musst nicht gehen.«

»Aber ich habe mein eigenes Gemach hier«, sagte er, »an das ich mich gewöhnen sollte.«

»Wie du möchtest. Zu einer anderen Zeit bist du sicher entspannter. Dann zeige ich dir die Dinge, die du noch nicht kennst.«

»Auf Maglores Befehl?« Noch während er die Worte aussprach, erkannte Nathan, wie flegelhaft er sich benahm, vor allem, da er nun wusste, wie ihr Leben verlaufen war. Doch für Entschuldigungen war es nun zu spät.

Nach kurzem Schweigen antwortete sie leise: »Vielleicht ... und vielleicht auch nicht. Wir alle müssen tun, was uns befohlen wird, aber wie wir es tun, das liegt bei uns ...«

Er ging und schlug den Weg zu seinem Zimmer ein. Im großen Saal hielten sich mehrere Vampirknechte auf, einige Frauen und ein oder zwei Männer. Letztere warfen Nathan Blicke zu, aus denen vielleicht der Neid sprach, aber er stellte erfreut fest, dass die Frauen ihn nicht weiter beachteten. Sie hatten Maglores Lektion gelernt. Und er war ohnehin nicht mehr unschuldig. Nun ja, in vielerlei Hinsicht war er es noch, aber nicht in jener Weise, die ihre Begierde weckte. Dieser Teil von ihm war für immer verschwunden.

Einerseits kam er sich nun eher wie ein Mann vor, andererseits fühlte er sich niedergeschlagen und klein. Und ihm fiel wieder ein, was seine Mutter Nana gesagt hatte, dass nämlich das selbst gejagte Fleisch immer noch am besten schmeckte ...

Von nun an verstrich die Zeit rasch, und in dem Maß, in dem Nathan Runenstatt mehr und mehr kennen lernte, wich ihre bedrohliche Ausstrahlung für ihn, wenngleich nie zur Gänze. Orlea sollte Recht behalten: Es gab Zeiten, da wachte er in der Nacht (und sogar während der langen Tage) auf, und seine

Nerven schrillten in ihm, und das Herz wummerte ihm in der Brust. Dies entsprang dem Wissen, dass Grauen und Werke des Schreckens ihn umgaben und dass jedes andere Geschöpf in Runenstatt, ja in ganz Turgosheim, ein todbringender Vampir war. Mit Ausnahme von Orlea.

Was Orlea betraf, so hielt sie Wort und zeigte Nathan all jene Dinge, die er noch nicht kannte. Sie holte ihn ein zweites Mal in ihre Gemächer, und beim dritten und letzten Mal begab er sich zu ihr, nachdem sie sich zuvor verabredet hatten. Einmal mehr erkannte er, wie Recht sie doch gehabt hatte, denn er war entspannter und nahm freudig das Heft in die Hand. Da er jung und seine Manneskraft erwacht war, erfreute er sich an ihrem schlanken Leib und hätte sich leicht in sie verliebt; doch sie warnte ihn davor.

»Ich gehöre Maglore«, verwies sie ihn in seine Schranken, als er sich bei diesem dritten Mal nur ungern aus ihrem Gemach vertreiben ließ. »Ich habe nur meine Pflicht an ihm erfüllt und seinen Anweisungen Folge geleistet.«

»Das mag sein«, sagte er vor ihrer Tür. »Aber du hast mich dennoch geliebt, und es hat dir gefallen.«

»Nein«, sagte sie und schüttelte den Kopf, »ich ließ es dich lediglich glauben.« Und als seine Miene sich verdüsterte, fügte sie hinzu: »Von jetzt an darfst du mich nie wieder so ansehen, Nathan, denn wenn er es sieht, wird er uns beide bestrafen, was in meinem Fall nicht gerecht wäre. Als Liebhaber bedeutest du mir nichts. Aber als Freund ...?«

»Sollen wir also Freunde sein?« Sie verschloss die Tür endgültig vor ihm.

»Das wäre am besten«, gab sie zur Antwort. »Im Hause meines Herrn gibt es hundert Räume und Werkstätten, und er will, dass du sie alle kennen lernst. Doch wenn du die Gesellschaft einer anderen Frau vorziehen solltest ...?«

»Nein«, sagte Nathan, als die Tür vor ihm zuschnappte und der Riegel sich in die Halterung schob. »Nein, aber ich werde dir stets für deine Gesellschaft und deine Freundschaft danken.«

»Dann sei es so«, flüsterte sie hinter der Tür ...

Danach gab sie sich so kalt und unnahbar wie zuvor, und Nathan unternahm keine weiteren Vorstöße. Aber wenn Maglores Schlafenszeit nahte und Nathan Orlea dann in die Gemächer ihres Herrn gehen sah ... spürte er manchmal eine tiefe Verbitterung.

In jenen ersten Tagen rief Maglore ihn oft zu sich. Dann musste Nathan alles stehen und liegen lassen und an die Seite des Seher-Lords eilen. Als er einmal Maglores Gemächer betrat, wartete dort ein gut aussehender, schlanker, breitschultriger Vampirlord auf ihn. Doch als der Fremde ihn ansprach, fuhr er zusammen und taumelte nachgerade unter dem Schock. Denn wenn schon der Körper zu verkennen war, so blieb die Stimme doch unverwechselbar: Es war die Stimme von Maglore!

»Wie sehe ich aus?«, fragte Maglore, als Nathan sich wieder erholt hatte.

»Jung!«, stieß er das erste Wort hervor, das ihm in den Sinn kam. »Wie ein Mann in den besten Jahren, vierzig oder fünfundvierzig Jahre alt! Du siehst ... wie ein Lord aus!«

»Wie ein ›richtiger‹ Lord, meinst du?«, schmunzelte Maglore. Doch seine Heiterkeit währte nur kurz, und seine Miene verfinsterte sich. »Mein Leben lang habe ich mich dem Ding in mir verweigert«, grollte er. »Bis auf die Gelegenheiten, wenn ich es nicht länger zu leugnen vermag – wenn ich es nicht mehr verleugnen kann! Dann bin ich für kurze Zeit so, wie du mich jetzt vor dir siehst. So werde ich für meine Zusammenarbeit ›belohnt‹. Doch dies beweist lediglich, dass, ganz gleich, wie sehr ich meine Kreatur und mich selbst verleugnen mag, das Blut *eben doch* das Leben ist. Nun geh, mein Sohn, und denke über das Wunder nach, das du erblickt hast, und wie es bewerkstelligt wurde. Und denke stets daran, dass ich nun mal Wamphyri *bin!*« Wie um seine Worte noch zu betonen, riss er das Maul auf und ließ Nathan die gespaltene Zunge sehen, die in der roten Mundhöhle zuckte.

Aber als Nathan zur zentralen Treppe ging, rief Maglore ihm nach: »Mein Sohn!« Er blickte zurück und sah den jungen Seher-Lord, wie er lächelnd dastand.

»Sage mir nun, verstehst du jetzt die Bevorratung?«

Nathan schüttelte den Kopf. »Es gibt weite Teile von Runenstatt, die ich noch nicht aufgesucht habe.«

»Dann gehe heute dorthin, gleich jetzt.«

Nathan nickte. »Soll Orlea mich dorthin bringen?«

»Ach nein – diesmal nicht. Gehe allein oder geh mit einem meiner Männer. Aber unterwegs kannst du Orlea sagen, dass ich sie erwarte ...«

Nathan tat wie geheißen. Der letzte Befehl war grausam gewesen, und Maglore wusste es, aber nicht so grausam wie der Befehl, die Räume und Werkstätten aufzusuchen, in denen die Bevorratung abgewickelt wurde.

Nathan begab sich in Begleitung von Karpath dorthin. Dieser war drei Jahre lang Maglores Knecht gewesen, dann elf Jahre lang sein Offizier und nunmehr die rechte Hand des Seher-Lords. Karpath interessierte sich für Nathan und fragte ihn, als sie die zahllosen Stockwerke hinabstiegen: »Was hältst du von unserem Herrn?«

Nathan warf einen Blick auf den anderen. Karpath überragte Nathan um zwei volle Zoll, war breit wie ein Schrank, mit einem kräftigen Kiefer gesegnet, von schiefergrauer Gesichtsfarbe und brachte gut und gern über dreihundert Pfund festes Vampirfleisch auf die Waage. In seinen Augen schwelte ein stummes Feuer, das dennoch Bände sprach. Karpath war kein gewöhnlicher Knecht, nicht einmal ein gewöhnlicher Offizier. Es war deutlich zu sehen, dass Karpath schon oft den giftigen Biss eines echten Wamphyri-Lords erlebt hatte. Etwas von Maglore selbst kreiste in seinem Blut.

»Was ich von Maglore halte?«, wiederholte Nathan. Doch als ihm wieder einfiel, was der Seher-Lord ihm eingeschärft hatte, antwortete er: »Er *ist* eben ein Wamphyri, und ich bin nicht einmal ein Knecht. Ich finde ihn Furcht erregend!«

»Willst du so sein wie er?« Karpath sprach mit leiser Stimme, aber sie war von Leidenschaft erfüllt. Nathan las in seinem Geist, den Maglores vorherige Einblicke empfänglich gemacht und weit geöffnet hatten. Karpath dachte: *Der da gewinnt das*

Vertrauen des Seher-Lords. Aber ist er mein Nebenbuhler? Ich erheische Maglores Ei und ich werde es bekommen, komme was oder wer da wolle! Vielleicht ist in Runenstatt nicht genug Platz für uns beide – für Nathan Bleichblut und Karpath Sehersohn!

Nathan musste sich arg zusammennehmen, um nicht unter den zahlreichen bösartigen, blutigen und sehr endgültigen Bildern zusammenzuzucken, die da aus Karpaths Geist hervorbrachen. Er erkannte zudem, dass er sich seine Antwort gut überlegen musste. Karpath hatte sich in Erwartung seines Aufstiegs an Maglores Stelle nicht nur bereits einen Namen erwählt, sondern seinem mutmaßlichen Rivalen auch gleich einen gegeben!

»Ob ich wie er sein will? Wie Maglore? Wamphyri?« Nathans Erschauern war nur zur Hälfte vorgetäuscht. »Ich glaube, ich würde den Tod vorziehen!«

Und der würde dir ganz gewiss zuteil!, dachte Karpath. *Aber ... vielleicht mache ich mir unnötige Sorgen. Das Blut dieses Nathan ist wahrlich blass und fad wie Wasser.* Nach außen verharrte er in Schweigen.

Sie erreichten das unterste Stockwerk der Runenstatt. Darunter lag die Irrenstatt. Karpath zeigte Nathan die nasskalten, unbenutzten Stufen einer alten Treppe, die immer weiter hinabführte, wie Eygor Todesblick sie beschrieben hatte.

»Können wir dort hinabsteigen?«, wollte Nathan wissen.

Karpath warf ihm einen Blick zu. »Das können wir – aber wir werden es nicht. Seitdem Wran und Spiro geflohen sind, steht die Stätte leer. Dort haust nur noch ein Geist.«

»Ein Geist?« Nathan spielte den Unschuldigen, aber er wusste sehr wohl, wen Karpath meinte.

»Der Geist von Eygor Todesblick«, bestätigte dieser. »Der Seher-Lord vermutet, dass er ermordet wurde. Aber niemand kennt die Wahrheit bis auf – vielleicht – seine Mörder. Eygor war sehr mächtig, und er besaß den bösen Blick. Er vernichtete seine Feinde mit einem einzigen Lidschlag! Sein Geist ist stark und weht wie ein gewaltiger Schatten durch die Irrenstatt. Als Wratha und ihre Abtrünnigen aus Turgosheim flohen, wurden ihre Türme und Stätten geplündert und anderen überlassen. So mancher versuchte, sich in der Irrenstatt einzurichten, aber alle spürten Eygors Anwesenheit und konnten nicht bleiben. Jetzt hallt der leere Ort von Echos wider. Gelegentlich sucht Maglore ihn auf, aber stets allein.« Karpath zuckte die Achseln. »Vielleicht will er seine Besitzungen nach unten erweitern. Ich weiß es nicht ...«

Dann zeigte er Nathan die Vorratskammern ...

Im Getreidespeicher wurden Körner, Obst, Wein und andere Erzeugnisse der Sonnseite gelagert. In der Mühle und den Verarbeitungsräumen wurden die rohen Früchte zermahlen und auf verschiedene Weisen zubereitet, denn Maglores zahlreiche Geschöpfe hatten unterschiedliche Bedürfnisse. Dann gab es die Bäckerei und die Küchen und schließlich ... das Schlachthaus und das Fleischlager. Ersteres war im Augenblick nicht in Gebrauch. Nathan sah große Hackblöcke mit dunklen Flecken, Sägen, Beile und anderes Besteck, Eimer für das Blut und Tröge für die Eingeweide. Das war schon alles, aber es war genug.

Er hatte bereits die stinkenden Tierpferche an einer hohen Südwand von Runenstatt gesehen, wo bei Sonnauf Ziegen und Schweine auf eine falsche Ebene getrieben wurden, um sich hinter einer niedrigen Steinmauer auf dünner Erde bei kargem Gebüsch und grobem Gras einige kurze Stunden lang der sonnigen Freiheit zu erfreuen. Dort liefen einige Kaninchen herum, und die Tiere verbrachten dort ihre letzten Tage. Größeres Getier ließ sich hier schlecht züchten. In Turgosheim wurde es rasch krank und ließ sich nicht am Leben erhalten. Das war an sich kein großes Problem, denn die Bevorratung war ein steter Vorgang, und der Kreislauf von Runenstatt verlief rasch.

Karpath führte Nathan in ein Kühllager mit großen Fenstern, die sich gen Norden öffneten und durch die es bitterkalt zog. In dem Raum hingen Reihen eingepökelter, gesalzener Kadaver von Haken herab – aber nicht alle Kadaver stammten von Tieren. Plötzlich und ohne Vorwarnung erblickte Nathan zwei Hakenlasten, die nicht tierischen Ursprungs waren ...

Als er würgend und schwindelig aus dem Raum taumelte, merkte er, wie ihn jemand unter dem Arm stützte und ihn aufrecht hielt, bis sein Magen sich wieder beruhigt hatte. Schließlich ließ Karpath ihn los und sagte: »Das ist es, was Maglore dich sehen lassen wollte. Für einige ist es ein Ansporn, wenn sie sehen, was mit ihnen geschieht, sollten sie ihre Pflichten vernachlässigen.«

»Da drin«, presste Nathan würgend hervor, »habe ich zwei Männer gesehen. Einer von ihnen war ein mürrischer junger Mann aus Kehrlszacke. Er wurde zur gleichen Zeit wie ich unter das Tributgesinde aufgenommen, und wir kamen zusammen nach Runenstatt. Und der andere ...«

»... das war Nicolae Sehersknecht, jawohl«, schnaubte Karpath. »Der eine war zu mürrisch und der andere ... zu redselig, glaube ich. Wärst du etwas länger geblieben, hättest du auch die junge Magda bemerkt. Aber offenbar hast du nicht den Mumm dazu.«

Nathan kämpfte mit dem Bedürfnis, sich zu übergeben. Er sagte: »Das Wasser, das ich zum Trinken und Waschen verwende, nehme ich aus den Auffangbehältern an den Außenmauern von Runenstatt. Orlea, Maglores Frau, hält es ebenso. Das ist nur einfaches Regenwasser. Aber ich weiß, dass die meisten Knechte und Geschöpfe Maglores Wasser trinken, das von einem ... einem Menschen oder vielmehr dem Überrest eines Menschen, einem Leitungswart, aufgenommen und gereinigt worden ist. Und dann ist da noch ... mein Essen?« Er sah den Offizier mit flehendem Blick an. »Karpath, ich muss es wissen. Habe ich Nahrung zu mir genommen, die hier zubereitet worden ist? Wozu werden die Menschenkadaver verwendet?«

Der andere grinste. »Du traust Maglore also nicht?«

»Ihm trauen?« Nathan war entsetzlich übel. Er lehnte sich aus einem offenen Fenster.

Karpath blieb hinter ihm stehen und raunte: »Kannst du irgendjemandem in Runenstatt trauen?«

Nathan erblickte ein Bild im Geist des anderen – wie er, Nathan, sich überschlagend in die Tiefe stürzte! Aber er durfte dem keine weitere Bedeutung beimessen. Es war lediglich Wunschdenken, das von dem Gedanken gefolgt wurde: *Nein, das würde nur meine Zukunft in Gefahr bringen. Dieser Nathan ist schwach, eine Missgeburt, ein Nichts. In ihm würde Maglores Ei verdorren und eingehen.* Laut dagegen fuhr Karpath fort:

»Deine Furcht, Nathan, ist unbegründet. Über dein Essen nimmst du jedenfalls keine garstigen Vampirstoffe in dich auf. Warum sollte Maglore dich auf diese Weise vergiften wollen, wo ein einfacher Biss doch genügt? Nun ja, es gibt noch andere Möglichkeiten: ein liebevoller väterlicher Kuss oder ein wenig Sodomie. Er könnte dich auch seinen Frauen überlassen, vielleicht auch seinen Männern - nur für eine Nacht? Nein, nur die niedrigsten Knechte - die niemanden anstecken können, es sei denn, sie beißen ihn - bereiten das Essen für die Tafel meines Herrn. Und was Maglore betrifft, so gibt er sich - außer wenn er Blut benötigt - mit Wild oder Geflügel zufrieden. Wir anderen hier in der Runenstatt halten es ebenso ... zumeist jedenfalls.«

Nathan richtete sich auf, blickte kurz zum Kühllager und fragte: »Wie ist es ... geschehen?«

Karpath zuckte die Achseln. »Die Männer, wenn man sie so nennen will - ich persönlich nenne sie lieber Knaben -, wurden den Frauen von Runenstatt übergeben, damit diese ihren Spaß mit ihnen haben und ihnen das Geschlecht und das Blut aussaugen konnten, und Magda wurde den jüngeren Knechten überlassen. Nach ihrem Tod wären alle drei bald zu Untoten geworden, was nicht wünschenswert war. Während sie also ihren Vampirschlaf hielten, wurden sie geschlachtet und gevierteilt und ihre Einzelteile an Haken aufgehängt. Das war es, was mit ihnen geschah. Und demnächst steht Folgendes an:

Maglore braucht vielleicht Fleisch zur Verarbeitung. Knochen und Mark müssen für die Flieger der Stätte, für die Gastiere und die heranreifenden Krieger gemahlen werden. Die Flieger und die Gaslinge fressen hauptsächlich Getreide, etwas Honig von der Sonnseite, um sich zu stärken, und natürlich Blut und Fleisch; denn wie alle von Maglores Schöpfungen sind sie

Vampirgeschöpfe. Aber Krieger, besonders jene frisch aus den Tanks, müssen es roh und blutig haben! Was Maglores Unterführer und Knechte betrifft: Nun, ab und zu hat man ganz gerne ein Grillfest. Das alles geschieht, um ...«

»Ein ... Grillfest?« Nathan spürte, wie ihm das Blut aus dem Gesicht wich, und er wandte sich ab. »Kannibalismus!«

Karpath packte ihn an der Schulter, riss ihn herum und fauchte: »Nein – Vampirismus! Falls du je ein Vampir werden solltest, wirst du es vielleicht verstehen.« *Nur wird dir diese Erkenntnis zu spät kommen, denn ich werde keinen Rivalen in Runenstatt dulden!*

Nathan schloss Karpaths mörderische Gedanken aus, riss sich zusammen, straffte seine Haltung und dachte daran, was Maglore ihm gesagt hatte – wacker und furchtlos voranzuschreiten. Mit einer Schulterbewegung streifte er die riesige Pranke des grinsenden Offiziers ab und sagte: »Bist du hier fertig?«

Karpath spürte seine Entschlossenheit. Das Grinsen wich von seinem grauen Gesicht, und er knurrte: »Weiter habe ich dir nichts zu zeigen.«

»Dann mache ich mich auf den Weg.«

»Wohin?«

»Wo immer ich hinzugehen wünsche. Du weißt sehr wohl, dass Maglore mir freien Zugang zu ganz Runenstatt gewährt. Ich speise sogar an seiner Tafel. Ich werde zu ihm gehen. Wahrscheinlich vermisst er mich schon, er ist ständig um meine Sicherheit besorgt.« Er betonte die letzten Worte.

Karpaths Argwohn war geweckt. Eifersucht strahlte in Wellen von ihm aus. »Was wirst du ihm sagen?«

Nathan sah ihm direkt in die Augen. »Karpath, höre mich an und hör genau zu. Maglore schätzt mich ob meiner Färbung und meiner ›Unschuld‹. Nun, ich bin nicht mehr zur Gänze unschuldig, aber er wird mich frei von vampirischen Einflüssen halten, soweit er es vermag; das hast du selbst gesagt. Doch andererseits wertschätzt er dich ob deiner Kraft und deiner ... Treue? Daher sind wir, du und ich, keine Rivalen. Aber bedenke dies: Falls er eine Entscheidung treffen müsste, wer von uns beiden lebt oder stirbt, wer von uns würde wohl leben?«

»Was?« Karpaths Augenbrauen zogen sich drohend wie Sturmwolken zusammen, als er darüber nachdachte.

Nathan zuckte die Achseln. »Maglore kann sich stets einen neuen Offizier erschaffen, aber wo würde er einen weiteren Vertrauten wie mich finden? Ich sage es also noch einmal: Wir sind keine Rivalen, aber wenn du unbedingt mein Feind sein willst ...«, er wandte sich ab und entfernte sich, »dann sei es so.«

Und hinter ihm erwiderte Karpath nichts darauf; aber er ließ ihn gehen ...

Die Zeit verstrich. Nathan verbrachte ein Gutteil davon schlafend und schonte so seine körperlichen und geistigen Kräfte. Wenn er wach war, ermangelte es ihm jedoch kaum an Bewegung. Runenstatt war in weitaus größerem Maße in die Höhe gebaut als in die Breite, und die Treppen erschienen ihm endlos.

Nun, da er die Bevorratungskammern hinter sich gebracht hatte, glaubte er, dass ihn nichts mehr schrecken könnte. Er dachte nicht, dass die Runenstatt noch Schlimmeres für ihn bereithalten könnte als das, was er bereits gesehen oder erlebt hatte. In gewisser Hinsicht hatte er damit Recht, doch andererseits ...

Er sah die Krieger des Seher-Lords in ihren Tanks heranreifen. Von ihren Panzerungen abgesehen, die ihn ein wenig an seinen Totentraum von Irrenstatt und die abartigen, blau schimmernden Anhängsel des Eygor Todesblick erinnerten, glichen diese Kreaturen in ihrer ganzen widerlichen Scheußlichkeit nichts, was Nathan je zuvor gesehen hatte. Ohnehin handelte es sich hierbei um Dinge, bei denen kein gesunder Geist lange verweilen sollte, wenn er auf einen ruhigen Schlaf hoffte. Eines fiel Nathan allerdings auf: Diese Krieger waren um einiges kleiner als Wrathas Bestien, die Siedeldorf verheert hatten, und sie waren nicht zum Fliegen entworfen. Ganz gleich, welchem Zweck Maglore sie zuzuführen gedachte, für einen Angriff auf Wratha, die Aufgestiegene auf der Alten Sternseite, waren sie jedenfalls nicht zu gebrauchen.

Die Absichten der anderen Lords von Turgosheim waren jedoch weit weniger zweideutig. Nacht für Nacht beobachtete Nathan vom Fenster seines Zimmers aus, wie irgendwelche Ungeheuer sich im Fliegen übten. Vermehrter Fackelschein, heller strahlende Gasflammen oder ungewohnte Emsigkeit in der ein oder anderen Landebucht an den Wänden der Schlucht gaben ihm genug zu sehen. Und wie damals über Siedeldorf vernahm er jedes Mal das stotternde Wummern der Stoßdüsen, während albtraumhafte Umrisse durch den Nebel rasten, der sich über Turgosheim erhob.

Die meisten Lords und Ladys stellten ihre Kreaturen gelegentlich auf die Probe, doch dies verlief nicht immer erfolgreich. Einmal beobachtete Nathan in den Dämmerstunden vor Sonnauf einen Übungsflug, der besonders übel ausging. Die riesige, schwerfällige Kreatur startete von Vormspitze aus, das Wummern ihrer Stoßdüsen dröhnte über Turgosheim, ihr Panzer schimmerte rötlich in den Lichtern der Stätten, und die Dämpfe, die sie ausstieß, ließen im Wind einen fantastischen Dunststreifen zurück. Das Wesen bot einen ungeheuerlichen, entsetzlichen Anblick, als es wummernd durch die Schlucht glitt und seine Augenreihen suchend unter dem Visier seines dreifach gehörnten, schwer gepanzerten Bugs hervorspähten. Doch womöglich war es zu schwer gepanzert und dadurch schlecht austariert.

Das Wesen drehte ab, um einem Vorsprung von Devetakis Maskenstatt auszuweichen, und plötzlich senkte sich seine Nase und der Abdrehwinkel wurde viel zu steil. Es versuchte, dies wieder auszugleichen, zog jedoch zu weit zurück. Eine taumelnde Rolle folgte, dann ein bebender Überschlag! Die rechtsseitigen Gasblasen des Ungeheuers wurden von der gezackten Flanke der Maskenstatt aufgerissen. Sie erschlafften sofort und flatterten wie Vorhänge im Wind, als der verletzte Krieger von der Wand abprallte und über den Rand der Schlucht hinausgetragen wurde.

Dann ... schien das Wesen zu spüren, dass es erledigt war. Man hörte ein klagendes Aufheulen. Es vermengte sich mit dem zornigen Stottern der Stoßdüsen und bildete eine Mischung aus fremdartigen, nervenzerfetzenden Lauten, die als eine Art heulendes Stöhnen zu Nathan hinaufdrangen: ein Todesschrei. Das unrettbar verlorene Wesen kreiselte in die sich verdichtende Finsternis hinab, stürzte schließlich senkrecht hinunter, schrammte über eine Eckbrüstung der Trollstatt und schlug kopfüber auf dem Felsboden auf. Rote Fleischbrocken und zerplatzte Chitinpanzerstücke flogen durch die Luft, und das Geräusch des Absturzes verlor sich in Schweigen ...

Zuerst ereigneten sich diese Fehlschläge recht häufig, aber mit der Zeit wurden die Lords geschickter in der Anfertigung ihrer Krieger und die Unfälle seltener. Nathan war sich stets der Tatsache bewusst, dass diese lebenden Vernichtungsmaschinen für die Alte Sternseite bestimmt waren und irgendwann das Grauen auch über die Sonnseite bringen würden. Über *seine* Sonnseite, aus der er wie ein Feigling geflohen war, um in der Wüste zu sterben ...

Nathan besuchte die Gastier-Kavernen, die in der Nähe der Abfallgruben lagen, und verstand den *Grund* für diese räumliche Nähe. Aber die Gaslinge selbst ... waren etwas anderes. Vergeblich versuchte er sie zu vergessen. Das Grauenhafte dieser Wesen – im Grunde der ganzen Runenstatt – lag weniger in der greifbaren Wirklichkeit dieses Systems als vielmehr in dessen morbider und mitleidloser Effektivität. Denn alle Geschöpfe Maglores waren einst Menschen gewesen, und nun wurden sie als simple Bestien behandelt. Jedes Mal, wenn Nathan sie ansah, erblickte er in ihnen auch die Züge der Menschen, die sie früher gewesen waren ...

Als Nathan schon gute dreißig Sonnaufs in Runenstatt lebte, zog er los, um sich Maglores Flieger anzusehen, die im Schlund der Landebucht untergebracht waren. Warum er dies nicht schon früher getan hatte, lag daran, dass Maglore ihm davon abgeraten hatte. Die Nordwand war für ihre verräterischen Aufwinde und unvorhersehbaren Windböen berüchtigt, der geschliffene Felsboden der Startrampen war glatt wie Eis, und es gab keine Schutzwände, um den Abflug der Flugwesen nicht zu behindern. Der Seher-Lord hatte dort einst einen Offizier verloren, der nach einem falschen Schritt schreiend in die Ewigkeit hinabgestürzt war.

Zwei von Maglores drei Fliegern waren erst vor kurzem erschaffen worden. Er hatte sie als Übungsstücke entworfen, um sich auf die Arbeit an seinen Kriegern vorzubereiten. Die beiden Wesen waren unruhig, da sie spürten, dass Nathan kein Vampir war. Sie rollten mit den Augen und hoben die rhombenförmigen Köpfe, als er vorsichtig über einen abgezäunten Pfad an ihren Pferchen entlangschritt. Aber Maglores Geruch haftete an ihm, und sie beruhigten sich rasch wieder.

Die dritte Kreatur unterschied sich jedoch von den anderen. Sie war auf einer Seite der überhängenden Landerampe unter einem Vorsprung im Windschatten der Aushöhlung untergebracht und zeigte sich weit weniger nervös. Irgendetwas an dem Wesen erregte Nathans Aufmerksamkeit. Er betrachtete sich den Flieger: Riesig, grau, stumm und vergleichsweise friedlich kauerte er in seinem Pferch, der gewaltige Kopf nickte an einem langen Hals, faustgroße Augen schimmerten schwarz und feucht in einem auf eigenartige Weise menschenähnlichen Gesicht. Augen, die gut und gerne ...

An dieser Stelle hielt Nathan in seinen Gedanken inne. Was hatte er sich um alles in der Welt nur gedacht? Menschenähnlich? Und Augen, die gut und gerne ...? Denn natürlich gab es an ihnen nichts Menschen*ähnliches!* Diese Augen waren menschlich oder es einst gewesen, die Augen eines Szgany! Erneut rief er sich ins Gedächtnis, was er sich hier eigentlich ansah: ein mutiertes Vampirwesen – etwas, das Maglore verwandelt hatte, etwas, das nach Vollendung seiner Metamorphose nicht mehr menschlich war.

Er stützte die Ellbogen auf den Mauereinlass des Pferchs, blickte tief in die großen, traurigen Menschenaugen in dem lang gezogenen Mutantenschädel und fragte sich: *Wer warst du?*

Einst war ich ein junger Mann wie du. Die Antwort kam so unvermittelt, dass Nathan erschrocken gegen die Wand taumelte!

Damals war ich ein Mensch, ein Tributant und Maglores Knecht. Aber niemals ein Vampirwesen ... bis zum Ende nicht. Vielleicht habe ich ihn beleidigt, obgleich ich bis heute nicht weiß, womit. Ist es nicht gleich? Es reicht doch, dass das, was du vor dir siehst, alles ist, was von einem Menschen übrig blieb. Oh, doch ging der Seher-Lord von Runenstatt großzügig mit meinem Gehirn um, und er schuf sich für dieses Mal einen schlauen Flieger – verdammt sei sein schwarzes Herz!

Bis ins Mark erschüttert hielt Nathan sich an der Wand fest und flüsterte: »Er ließ dein Gehirn, das Hirn eines Menschen ... ganz?«

Nicht ganz, nein. Jetzt kamen die Gedanken des Fliegers unbestimmter. *Doch ganz genug, dass ich mich an ... bestimmte Dinge erinnere. Dazu gehört auch mein Name. Du willst wissen, wer ich war? Ich war ein Knecht, der die Schreibkunst beherrschte und die Geschichte einer ganzen Welt auf Geheiß meines Herrn Maglore aufzeichnete. Mein Name war Karz Biteri ...*

Später verbrachte Nathan lange Stunden bei Karz oder vielmehr dem, was einst Karz gewesen war, und erfuhr die Geschichte Turgosheims seit seiner Gründung. Bei jener ersten Gelegenheit war er jedoch eher daran interessiert gewesen, wie dieses – Geschöpf? – seinen Verstand hatte lesen und ihm so klar hatte antworten können.

Er erfuhr, dass es sich mit allen Fliegern so verhielt, denn sie waren die fliegenden Befehlsstände der Wamphyri, die einen direkten Zugang in ihr Bewusstsein hatten, damit sie unverzüglich auf jeden Befehl reagieren konnten. Als Maglore Karz' Geist umgestaltet und ihm etwas von seiner eigenen fremdartigen Essenz beigegeben hatte, war Telepathie der vorherrschende Anteil gewesen. Er hatte etwas Besonderes verlangt und daher Karz einen Großteil seines Gedächtnisses und sämtliche Kenntnisse über das alte Turgosheim belassen. Daher war Karz Biteri, nunmehr Maglores Flieger, auch ein lebendes Nachschlagewerk zur morbiden Vergangenheit Turgosheims.

Du bist gleichfalls ein mächtiger Telepath, hatte Karz ihm gesagt, *darum können wir einander verstehen. Aber du musst lernen, deine Gedanken abzuschirmen, und du solltest stets daran denken, dass in Runenstatt ein Mann niemals allein ist. Als du dachtest, hier sei niemand, las ich viele Dinge in deinem Geist, die Maglore nicht gefallen würden. Und wenn ich sie lesen konnte, kann er es auch.*

»Ich hatte meine Gedanken abgeschirmt«, erwiderte Nathan, »die ganze Zeit über, jedenfalls dachte ich das. Aber du hast Recht. Ich glaubte, ich sei hier allein. Und als ich dich sah und begriff, was du gewesen bist ...«

... da warst du erschüttert und hast dich vergessen, ich weiß ... Die schluchzende Antwort weckte Nathans Mitleid, darum sagte er: »Auch du solltest deine Gedanken hüten, Karz, denn ich kann deinen Hass auf ihn fühlen. Falls Maglore ihn je entdecken sollte ...«

Ach, das hat er bereits, unterbrach ihn der andere. *Er weiß Bescheid! Warum, glaubst du wohl, reitet er nicht mehr auf mir in den Lüften? Weil er befürchtet, dass ich ihn in den Abgrund schleudere. Deshalb hat er diese neuen Kreaturen erschaffen, aber ihnen traut er auch nicht! Denn wenn ich solcherlei Empfindungen hege, haben sie sie vielleicht auch. Oh, er weiß wohl, dass sie nichts dergleichen fühlen, aber er traut ihnen trotzdem nicht. Anscheinend habe ich ihm einen bösen Traum verschafft, den er nicht mehr loswird, und das freut mich!*

»Diese Gedanken solltest du wirklich hüten«, hatte Nathan geantwortet, »und zwar sehr sorgsam.«

Karz' Antwort hatte einem geistigen Achselzucken geglichen. *Manchmal hüte ich sie, und manchmal ist es mir gleich. Was bedeutet denn schon mein Leben? Genauso gut könnte ich bei Sonnauf losfliegen und mich über das Gebirge in die Sonne werfen!*

In diesem Moment fiel Nathan ein, was Thikkoul für ihn in den Sternen gelesen hatte.

»Jetzt begreife ich ... ein Flug in die Freiheit, oh ja! Aber ... auf einem Drachen?« Und Nathan hatte sich gefragt, ob es wirklich ein Drache sein musste oder auch ein Wesen sein konnte, das nur so aussah. Da kam ihm der Gedanke: *Warum in die Sonne fliegen, wenn es doch andere Orte gibt und gute Werke, die man auf dem Weg tun könnte? Jawohl, und Rechnungen, die noch nicht beglichen sind?*

Vielleicht vernahm Karz diesen Gedanken, vielleicht auch

nicht. Aber sein großer Kopf hatte einen Moment lang im Nicken innegehalten, und der Schimmer in seinen großen, dunklen Augen hatte sich um ein weniges verstärkt ...

Maglore erschuf weitere Kreaturen und ließ sie in verbotenen Gewölben heranreifen. Je mehr Zeit er auf sein Werk verwandte, desto weniger Zeit blieb ihm für Nathan. Von seinen Mahlzeiten mit Maglore abgesehen, bekam Nathan den Seher-Lord nur noch selten zu Gesicht, und darüber war er froh. Doch betraf dies nur seine wachen Stunden. In seinen Träumen dagegen ...

Über seine Träume grübelte er oft.

Oft schreckte er aus dem Schlaf, um festzustellen, dass seine Geisteswehr gesenkt war und irgendetwas durch seinen Schädel schlich, das sich jedoch sogleich zurückzog und ihn in Ruhe ließ. Maglore? Wer sonst konnte es sein? Eygor Todesblick war es nicht, denn das alte, tote Scheusal, das in der Irrenstatt lag, verheimlichte seine Anwesenheit nicht, sondern machte sich jedes Mal bemerkbar, wenn er des Nachts kam, um ihn zu umschmeicheln und zu betören.

Eygor erstrebte eine Art Handel, wollte ihn zur Abgabe eines Versprechens bewegen und suchte nach einer Möglichkeit, noch über das Grab hinaus Unheil zu stiften. Bislang hatte Nathan sich ihm widersetzt, dennoch war er neugierig und hatte sich schon lange vorgenommen, eines Tages in die leere, hallende Irrenstatt hinabzusteigen ...

Als einmal der Mond voll und hell vor seinem Fenster schien, erwachte Nathan und wollte sich etwas Wasser aus der Schüssel neben seinem Bett ins Gesicht spritzen. Doch ehe er noch die Hände in die Schüssel tauchen konnte, sah er den Mond, der sich im Wasser spiegelte, und neben ihm sein Gesicht. Da waren ihm wie schon so oft die Worte des Sterndeuters Thikkoul wieder eingefallen:

»Ich sehe dein Gesicht: die eingefallenen Augen, das ergrauende Haar ...« Denn seine Augen lagen in der Tat tief in den Höhlen, und sein gelbes Haar war grau gesprenkelt ...

Die Zeit verstrich immer rascher, und Maglore machte nun sparsameren Gebrauch von seinen Knechten und den Neuzugängen von der Sonnseite. Es war nicht so, dass er bereits genügend Krieger hatte. Doch anscheinend schonte er in Erwartung eines neuen Vorhabens seine Kräfte und das Rohmaterial für seine Gestaltungskünste.

Eines Abends rief er Nathan zu sich, forderte ihm sein Armband ab und zerriss es in kleine Stücke. »Du trägst so feine Sachen«, sagte er, »und hängst an diesem Lederstreifen, als sei er dein Wappen! Wenn du schon ein Wahrzeichen tragen musst, dann tue es wenigstens mit Stil. Hier ...« Damit reichte er ihm ein Schmuckstück, ganz aus Gold und einen Zoll lang, das als die vertraute Schlaufe mit der halben Drehung gearbeitet war. Es war ein auf der Sonnseite hergestellter Ohrring, und Maglore befahl ihm, ihn im linken Ohr zu tragen.

Der Seher-Lord erklärte sein Geschenk mit den Worten: »Da du selbst ein wahres Schmuckstück von einem jungen Mann bist – und es wohl bekannt ist, dass ihr Szgany euch gerne mit allerlei Klimperkram behängt –, wusste ich gleich, dass es dir gefallen würde.«

»Ich werde mir das Ohr durchstechen müssen«, sagte Nathan, ohne sich seine Worte groß zu überlegen. Maglore blickte ihn mit vorgetäuschter Scham an, dann grinste er und entblößte nadelspitze Fangzähne.

»Wärst du eine Maid, dächte ich daran, es selbst zu tun!«, sagte er. »Und vielleicht mache ich es auch! Allerdings schätze ich dich für das, was du bist, und nicht für das, was ich aus dir machen kann. Orlea soll es mit einer heißen Nadel für dich tun; bleibe danach in deinem Zimmer, bis der Stich verheilt ist.«

Als Nathan sich darauf zum Gehen wandte, sagte Maglore: »Wenn Orlea mit dem Stich fertig ist, schicke sie zu mir. Denn wenn auch einige Stiche schmerzen, sind andere doch das reine Vergnügen. Oh, gewiss folge ich Turgo Zoltes Lehren, aber auch wer sich noch so streng an die Regeln hält, hat gewisse Bedürfnisse ...«

Nathan wählte den Zeitpunkt sorgfältig. Zur Mitte eines Sonnaufs, als Maglore schlief und im Horst Ruhe herrschte, suchte er die Irrenstatt auf.

Ich habe dich schon erwartet, sickerte Eygors Stimme in der Totensprache in seinen Geist, während er die spinnwebverhangene Treppe zum obersten verlassenen Stockwerk der ausgeplünderten und von Gespenstern heimgesuchten Stätte hinabstieg. *Denn offensichtlich bist du ein unternehmungslustiger Jüngling, der es nicht leiden kann, wenn ein Geheimnis unausgelotet bleibt.*

Zwar drang ein schwacher Lichtschimmer von der Schlucht herein, aber Nathan entzündete mit einem Feuerstein eine Fackel. Die innersten Räume und Gänge waren stockdunkel, und der ganze Ort wirkte wie eine Gruft. *Oh ja, es ist eine Gruft!,* meinte Eygor. *Die Gruft eines blinden, schuldlosen Wesens, das man wie Abfall in die Grube geworfen hat, auf dass es hier sterbe und zu Stein werde.*

»Schuldlos?«

Ich war ein Wamphyri! Wie kann man einem Geschöpf die Schuld dafür geben, dass es seiner Natur gemäß handelt? Macht man es dem Wolf zum Vorwurf, dass er ein Kaninchen zerreißt? Oder kamst du nur hierher, um mich für jene Taten zu schelten, die ich begehen musste, weil mich der monströse Parasit in mir dazu trieb, der mich mein Leben lang beherrschte und verdarb?

»Alle Menschen haben Triebe«, antwortete Nathan und stieg eine weitere Treppe hinab, um dem Ursprung von Eygors Stimme näher zu kommen. Er achtete darauf, dass seine Fußspuren deutlich im Staub zu sehen waren. »Aber wir geben ihnen nicht immer nach.«

Eben darin besteht natürlich der Unterschied zwischen uns, entgegnete Eygor. *Denn wo bloße Menschen gezwungen sind, ihre Leidenschaften zu bezähmen, war ich eben ein Wamphyri.*

»Erzähle mir deine Geschichte«, sagte Nathan. »Ich habe einen Teil davon von jemandem erfahren, der zwar die gesamte Geschichte Turgosheims kennt, aber nicht weiß, wo sie hinführt. Das ist ein Geheimnis. Wie bist du gestorben, Eygor?«

Ich starb, wie ich lebte – wie ich, oh ja, gezwungen *war, zu leben – auf grausame Weise, selbst nach den Maßstäben der Wamphyri. Denn ich starb von den Händen meiner eigenen Blutsöhne. Willst du davon hören?*

»Deswegen bin ich hier«, erwiderte Nathan.

Dann werde ich es dir nicht vorenthalten. Es geschah so:

Ich besaß den bösen Blick. Man brauchte mir nur einen Mann, ein Ziel, einen Szgany zu zeigen, und ich konnte ihn mit einem Blick zermalmen. Die Energie meines Wamphyri-Geistes war so gewaltig, dass ich sie speichern und wie Blitze aus meinen Augen wieder freisetzen konnte, sodass sie wie ein vergifteter Pfeil meine Opfer bis ins Mark traf und ihre Herzen zum Stillstand brachte! Glaubst du mir?

Nathan zuckte die Achseln. »Warum solltest du lügen ...?«, setzte er an.

Genau, fiel Eygor ihm ins Wort.

»... du arme, *schuldlose* Kreatur ...«

Eygor zuckte die Achseln. *Nun gut, vielleicht nicht zur Gänze schuldlos. Aber ... es war mein Parasit! Wie konnte ich mir denn irgendetwas versagen, wo ich doch eine solche Kreatur in mir hatte? Selbst ›Ästheten‹ wie Maglore sind immer noch Wamphyri!*

Nathan wusste darüber nur zu gut Bescheid! Mittlerweile war er ins Herz von Irrenstatt hinabgestiegen und hielt in einem Saal mit einem ummauerten Brunnen inne. Doch als er die Fackel über die niedrige Mauer hielt, sah er, dass die unregelmäßige Brunnenöffnung mit Felsbrocken gefüllt war. Es konnte sich kaum um einen echten Brunnen handeln, dafür lag der Ort zu weit von Turgosheims tiefsten Stockwerken entfernt. Die Stelle erweckte eher den Eindruck einer Methankammer oder einer Abfallgrube. Warum war sie dann verschlossen worden? Eygor vernahm Nathans Gedanken und antwortete darauf:

Sie wurde verschlossen, um mich darin festzuhalten! Die Albtraumstimme des toten Wesens erklang nun ganz nah. Sie gurgelte wie ein saugender Sumpf. *Du bist mir nun so nahe gekommen, wie du es außerhalb deiner Träume vermagst, Nathan Seherskecht. Eine stinkende Abfallgrube, oh ja – die Gruft des Eygor Todesblick!*

Mit einem Mal schien die Dunkelheit von unsichtbaren Präsenzen erfüllt. Der Rauch von Nathans Fackel kräuselte sich und wand sich zu unirdischen Gestalten, als ob jemand hineingehaucht hätte oder als wäre ein Luftzug seufzend durch den

Raum geweht. Nur ging Nathans Atem mehr oder weniger ruhig, und einen Luftzug hatte er nicht gespürt. Noch vor einem Augenblick hatte er den Eindruck gehabt, klebrige Spinnweben zu streifen, die in dicken Strängen von der niedrigen Decke hingen, aber als die Flamme seiner Fackel sie schmelzen ließ, fühlte er an ihrer Stelle die Finger eines unsichtbaren Schemens, die sanft und verstohlen wie die Hand eines Liebhabers über ihn strichen. Es war, als wolle ihn etwas kennen lernen und sich seiner Anwesenheit versichern, nachsehen, ob er es auch wirklich war.

Ah, jaaa!, zischte Eygors Stimme in seinem Geist. *Nun spürst du, was all die anderen vor dir schon fühlten. Aber du spürst es umso stärker, denn du bist der Necroscope.*

»Was ... war das?«, presste Nathan mit angehaltenem Atem hervor.

Dieser Ort gehörte mir, erwiderte Eygor. *Das poröse Gestein, die Luft selbst. Ich war ein Teil davon, und er war ein Teil von mir. Mein Atem und mein Schweiß gingen darin ein, sodass er sich selbst jetzt noch an mich erinnert. Was das war? Nenne es mein Gespenst, wenn es dir beliebt. Es hat keine Gestalt und kann dir nichts antun. Aber es bewacht diese Stätte für mich, und kein anderer wird je hier hausen, bis meine Söhne zurückkehren.*

Nathan fühlte sich eingeengt, erstickt, schwindelig. Vielleicht lag es an der qualmenden Fackel, vielleicht an der Beklemmung, die dieser alte, hallende Ort in ihm wachrief. Er wich ein wenig vor der zugeschütteten Grube zurück. Doch zugleich fragte er, um den anderen beschäftigt zu halten, damit er dessen Gedanken lesen konnte: »Wie haben dich deine Blutsöhne denn getötet? Und warum?«

Weil sie Feiglinge waren! Und weil ...

»Ja?«

Vielleicht war ich zu hart zu ihnen ... Aber wir leben schließlich in einer harten Welt (er war schnell bei der Hand, wenn es darum ging, seine Brutalitäten, die mit keinem Wort erwähnt worden waren, zu rechtfertigen), *und ich wollte meine Söhne stark sehen. Und letztlich waren sie auch stark, aber anders, als ich es mir gedacht hatte. Ihre Stärke wandte sich gegen mich! Ich hätte es voraussehen sollen! Sie waren Offi-*

ziere und wollten Lords sein, und das einzige Hindernis, das ihnen im Weg stand, war ihr Vater.

Wran spielte den feinen Herrn: Er verwendete seine feine Kleidung wie einen Schild gegen mich – die Überheblichkeit eines ›erstklassigen‹ Welpen! Und was Spiro angeht: Er kleidete sich in Lumpen und machte sich klein vor mir, damit ich ihn nicht schlug. Wie ein junger Wolf zappelte er auf dem Rücken vor dem Meutenführer. Aber in beiden lauerte Verrat. Es war ... mein böser Blick. Ihn fürchteten sie vor allem anderen. Sie hatten gesehen, wie ich ihn gegen gewöhnliche Knechte einsetzte, und glaubten, dass ich ihn eines Tages vielleicht ...

»Gegen sie einsetzen würde?«

Eygor kicherte leise, und einen bösartigeren ›Laut‹ hatte Nathan noch nie gehört. *Einen Menschen durch einen bloßen Blick zu töten, ist eine Sache*, sagte er, *aber auf diese Weise einen echten Vampir umzubringen, eine ganz andere. Ich gebe zu, dass ich ihnen hin und wieder einen Hieb versetzte, aber gegen sie war mein Blick wie die Gerte auf dem zottigen Hinterteil eines Hundes: Er brachte sie zum Aufheulen, das war aber auch schon alles. Aber sie spürten, wie meine Macht von Tag zu Tag wuchs, und schließlich piesackte ich sie einmal zu viel.*

Sie verabreichten mir ein starkes Getränk, um meine Sinne zu betäuben, vergifteten meine Speisen mit Silber und ... blendeten mich, während ich bewusstlos vor ihnen lag! Brandeisen verschmorten mir die Augäpfel, bis ich kreischend hochfuhr! Und sie verspotteten mich, als ich ihnen in meiner Pein hinterherstürzte, bittere Tränen weinte und wie ein Narr durch die tintenschwarze Finsternis der Irrenstatt stolperte.

Dann ... waren sie mir nahe, ich spürte es genau. Sie standen nur wenige Schritte vor mir. Ich ließ meine Hände zu Klauen werden und stürmte auf sie los. Aber ... sie hatten mich hierher gebracht, vor diese Abfallgrube! Ich schlug mit den Beinen gegen die Mauer, die du vor dir siehst, und stürzte in die Tiefe. Und während ich mit gebrochenen Knochen im Schmutz des Grundes lag, verstopften Wran und Spiro die Grube mit Felsbrocken.

Ein halbes Jahr lang lebte ich von Dreck und Knochen. Solange mein wandelbares Fleisch noch meinem Willen gehorchte, sammelte ich die Überreste toter Kreaturen zusammen: die Panzerplatten toter Krieger und alles andere, was du in deinem Traum gesehen hast. Ich machte einen Riesen aus mir, da ich ausbrechen wollte. Aber die Grube war so tief, wie meine Nahrung elend war, und meine Kraft ließ nach, während ich an Größe zunahm.

Nun, im Lauf der Zeit stellte ich auch meine Augen wieder her. Aber sie reichten in der Güte bei weitem nicht an die Erstausgabe heran, und der böse Blick war aus ihnen herausgebrannt worden. Schließlich war ich ausgehungert und zu schwach, um weiter durchzuhalten. Ich sank schlaff gegen die Wand, wo ich im Lauf von fünfzig Jahren allmählich versteinerte. Und so wurde Eygor Todesblick zu dem Mumienwesen, das du in deinem Traum erblickt hast ...

Nathan war gegen das Grauen nun schon fast abgestumpft. Darum nickte er nur und sagte: »Das geschieht dir nur recht!«

Glaubst du das wirklich? Oh, du bist hartherzig! Und was ist mit meiner Nachgeburt von Blutsöhnen? Sollen sie ungestraft davonkommen?

»Bestraft? Sie sollten völlig vernichtet werden!«, gab Nathan zur Antwort. »Nicht für das, was sie dir angetan haben, sondern für das, was sie der Alten Sonnseite im Westen immer noch antun.«

Ahhh!, sagte Eygor, und Nathan las in seinem Geist, dass er ihm beipflichtete. *So sind wir nun also doch einer Meinung!*

Nathans Fackel ließ allmählich nach; er wandte sich ab, um seinen Fußspuren zurückzufolgen. *Warte!,* flehte Eygor.

»Worauf?« Nathan ging weiter; der Abstand vergrößerte sich. »Wir haben nichts gemeinsam. Du kannst mir in keiner Weise helfen. Allerdings spüre ich, dass du selbst jetzt noch nur an dich denkst!«

Nathan, er könnte dir gehören ...

Nathan hatte bereits den Fuß auf die Treppe gesetzt und hielt nun inne. »Was könnte mir gehören?«

Der böse Blick des Eygor Todesblick. Ich habe deine Gedanken gelesen, in deine wildesten Fantasien geblickt und weiß, dass du die Wamphyri mit Krieg überziehen willst. Bedenke nur ... welch eine Waffe er abgeben würde!

»Um Menschen mit einem Lidschlag umzubringen? Ein Ungeheuer zu sein, wie du eins warst?«

Aber du hast doch selbst gesagt: ›Alle Menschen haben Triebe, nur einige beherrschen sie.‹ Du, der Necroscope, würdest diesen speziellen Trieb beherrschen. Du würdest meine Macht zum Guten einsetzen, nicht zum Bösen!

»Ich will deine Macht nicht!« Nathan machte sich daran, durch die leere Irrenstatt hinaufzusteigen, fort von der Stimme.

Nun weißt du, dass es sie gibt, und irgendwann wirst du sie schließlich doch wollen. Und da du jetzt auch weißt, wo ich bin, wirst du mich stets zu finden wissen. Ganz gleich, wo du bist, Nathan, ich werde dir nie fern sein.

»Nehmen wir an, ich ... würde sie wollen? Was dann? Wie würdest du mir deine Macht übergeben? Und was würdest du im Gegenzug von mir verlangen?«

Oh, ich werde sie dir schon geben, nur keine Angst. Alles, was ich dafür verlange, ist ... meine Freiheit.

»Freiheit? Wovon? Du bist tot!« Je weiter er sich von den Ausdünstungen von Eygors Geist entfernte, desto rascher wich der Schwindel von Nathan. Er ging schneller, und als er sich der Außenmauer näherte und Licht von der Schlucht hereinfiel, wurde die Stimme des anderen immer leiser und drang nur noch bruchstückhaft zu Nathan. Es verhielt sich nicht so, dass Eygor ihn nicht mehr erreichen konnte. Vielmehr wollte Nathan nicht länger erreicht werden. Er hatte das Gefühl, gerade noch rechtzeitig etwas entkommen zu sein, das seine Seele der ewigen Verdammnis preisgegeben hätte.

Meine Freiheit hiervon, vom Tod selbst! Eygor klang verzweifelt. *Du kannst das, Nathan. Ich habe es von den toten Thyre erfahren, die die Kunde in ihren träumenden Gedanken weitergaben ... du, der Necroscope ... es für Rogei ... Höhle der Uralten ... war auch ein totes Ding ... gabst ihm das Leben ... ihr brachtet es fertig, du und Rogei ... weil du ihn brauchtest ... er lebte!*

Nathan hatte genug gehört. »Dich ins Leben zurückbringen? Niemals!« Seine Fackel erlosch, und er lief durch die fast völlige Dunkelheit bis zur letzten Treppe. Und der nachtfinstere Geist der Stätte folgte ihm dichtauf und schnappte nach seinen Fersen.

Nicht jetzt, sondern ... Zukunft. Wenn du mich brauchst, dann ... hier. Ich bitte ... mich nicht vergisst ...

Keuchend und bebend erreichte Nathan Runenstatt, das ihm beinahe als ein gesunder Ort erschien. Aber in seinem übersinnlichen Bewusstsein brannten wie Eis die Worte: *Vergiss mich niiicht!* Dies waren Eygors letzte Worte gewesen – für den Augenblick zumindest.

Nathan flüchtete sich in den großen Saal, verlangsamte seine Schritte und steuerte müde sein Zimmer an. Aber im Flur prallte er mit Orlea zusammen. Sie packte ihn am Arm, damit er nicht stürzte, und nahm seinen Zustand zur Kenntnis, ohne ein einziges Wort darüber zu verlieren. Sie sagte nur: »Maglore will dich sehen ...«

Maglore ging mit langen Schritten in seinen Gemächern auf und ab. Dabei machte er keinen besorgten, sondern eher einen nachdenklichen Eindruck, als ob ihm irgendein Plan durch den Kopf gehe. Nathan näherte sich ihm und fragte sich, woran Maglore wohl gerade dachte. Nathan vermutete, dass dies nicht der beste Zeitpunkt war, es auf gedanklichem Wege herauszufinden, und diese Vermutung bestätigte sich fast sofort.

»Mentalismus«, sagte Maglore. Er klang rätselhaft, aber noch nicht bedrohlich. Er blieb stehen und winkte Nathan mit erhobenem Finger heran. »Telepathie. Einst fragte ich dich, ob du wüsstest, was das bedeutet, und du hast mit Nein geantwortet.«

Nathans Schilde waren hochgefahren, seine Gedanken undurchdringlich. »Ich erinnere mich daran, Herr.«

»Ah!«, seufzte Maglore und schüttelte den Kopf. »Du erinnerst dich also, ja? So weit ist es nun gekommen! Du, mein Freund und Gefährte – ein Lügner, der jeden seiner wachen Gedanken vor mir verbirgt. Und warum? Weil ich, sobald ich in deinen Kopf sähe, sogleich den Verrat erkennen würde, den du planst.«

Nathan schüttelte den Kopf. Sein Mund war staubtrocken, dennoch zwang er die Worte hervor: »Ich habe keinen Verrat gegen dich geplant, Herr.« Das stimmte, und weil seine Worte einfach waren, klangen sie überzeugend. Keinen Verrat *gegen* Maglore, sondern lediglich eine Flucht *vor* ihm ... Nathan erstickte diesen Gedanken sogleich. Sollte Maglore auch nur ahnen, dass er und Karz Biteri ihre Flucht planten ... abermals verschloss er seinen Geist, so fest er konnte. Die Anstrengung ließ ihm den Schweiß auf die Stirn treten.

Maglore sah es und lächelte. »Ist dir warm, mein Sohn?«

»Ich habe mich beeilt«, gab Nathan zur Antwort.

Maglore nickte und dachte: *Oh ja, du bist nie um eine Antwort verlegen, nicht wahr? Nein, denn du bist schlau und wirst meinen Zwecken trefflich dienen! Du wirst mir Auge und Ohr auf den Werken meiner Feinde sein, jener, die ich auf der anderen Seite der Welt, auf der Alten Sternseite, schon habe, und jener, die mir erst noch erwachsen werden.*

Maglores Sonden tasteten an der glatten, sich drehenden Wand des Mahlstroms der Zahlen, versuchten sich daran festzuhalten und so eine Verbindung mit Nathans Geist herzustellen. Aber dies gelang nur in einer Richtung: Nathan las zwar Maglores Gedanken, doch dieser vermochte nicht zu erfassen, was Nathan dachte! Nathans telepathische Kräfte waren denen des Magiers überlegen, er las mühelos in Maglore, ohne es auch nur zu wollen und bislang auch ohne den Versuch zu unternehmen, das zu begreifen, was er dort las. Und mit der Erkenntnis seiner mentalen Überlegenheit kehrte ein Teil von Nathans Selbstvertrauen zurück.

»Du hast dich also beeilt, hierher zu kommen«, nickte Maglore. »Wohl wahr – doch woher kamst du?«

Offenbar wusste er Bescheid, und Nathan wagte es nicht, ihn zu belügen. »Ich stieg in die Irrenstatt hinab, aber da war etwas. Ich spürte die Präsenz einer Wesenheit. Ich floh vor ihr und machte, dass ich zurückkam.«

Schlau getan. Er wird überleben. Na, der mag sogar versuchen, Shaitan selbst zu überlisten! Maglore zog seine Sonden zurück und wandte sich plötzlich ab. Seine Stimme klang leicht verärgert, als er sagte: »In deinen Träumen bist du nicht so halsstarrig.«

»In meinen Träumen?« Also war es doch Maglore gewesen. Nathans wachen Geist hatte er nicht auskundschaften können, daher hatte er versucht, in seinen Schlaf zu dringen. Aber wie oft und wie gut war es ihm gelungen? »Hast du in meine Träume geschaut? Aber was können Träume schon schaden? Ist es etwa Verrat, wenn man von der Freiheit träumt? Über meine Träume habe ich keine Gewalt, Herr.«

Maglore fasste ihn ins Auge. »Du hegst also keine finsteren Absichten?«

»Keine.« *Nur ein verzweifeltes Verlangen, von hier zu verschwinden, Karz davon zu überzeugen, dass wir fliehen müssen, wieder zu meinen Leuten in der*

Alten Sonnseite zurückzukehren. Aber natürlich war sein innerstes Gedankengut abgeschirmt.

»Dann habe ich dich fälschlicherweise beschuldigt, und du verdienst eine Erklärung.« Maglore nickte widerwillig. Oder gehörte diese Geste auch zu dem Spiel, das er betrieb? »Nun gut, ich will es dir sagen:

Die Zeit rückt näher, da ich hier der Herr sein werde. Nicht nur in Runenstatt, sondern in der gesamten Schlucht, in Turgosheim selbst! Du wirst sicher bemerkt haben, dass die Lords ihre Flugkreaturen zur Vollendung herangezüchtet haben? Ich weiß, dass du es weißt. Und wofür? Für einen Angriff auf die Alte Sternseite und auf Wratha, die Abtrünnige, die deinen Stamm vernichtet hat und dich dadurch zu mir sandte. Vier Monate noch, sechzehn Sonnaufs, bis sie die Reise antreten. Aber Maglore bleibt hier! Ich werde die Schlucht für Vormulac ›hüten‹ und ihr Statthalter sein, derweil die anderen im Westen zu Felde ziehen. Denn ich bin kein Kriegsherr, verstehst du? Und der gesamte Tribut der Alten Sonnseite soll ihnen gehören in jenem Land hinter der Großen Roten Wüste, das du deine Heimat nanntest.

Aber hier in Turgosheim werde ich anstrengende Aufgaben wahrnehmen müssen und viel zu beaufsichtigen haben – die gesamte Sternseite sowie die Sonnseite –, und ich werde keine Personen von zweifelhafter Gesinnung hier in Runenstatt dulden, damit sie gegen mich arbeiten können, während ich meine Pflicht tue. Deshalb muss ich meiner Unterführer sicher sein, meiner Knechte und ... meiner Freunde? Zu diesem Behuf habe ich dich in deinen Träumen aufgesucht, oh ja; denn du, Nathan, bist ein seltsamer, höchst ungewöhnlicher Mann. Du sagst, dass du keine Ahnung von Mentalismus hast, und doch sind deine Gedanken unlesbar, als würden sie hinter verschlossenen Türen verwahrt. Vielleicht ist es etwas ›Natürliches‹ und dir von Geburt und durch Erbe zu Eigen wie deine absonderliche Haut- und deine Haarfarbe. Aber es ist schwer, einem Mann zu trauen, dessen Gedanken so unsichtbar sind wie die Atemzüge einer Fledermaus.

Mehr noch: Deine Träume sind äußerst seltsam! Mit wem sprichst du im Schlaf? Ich habe dich beobachtet, als du schliefst. Ich *weiß*, dass du dich mit jemandem unterhältst – aber mit wem oder was? Oder handelt es sich nur um einen Traum? Das bezweifle ich, denn ich habe die Gedanken anderer gespürt, die dich aus der *Außenwelt* zu erreichen suchen. Wer sind sie? Wieso kann ich sie nicht lesen? Oft kommt mir der Gedanke: Wurde dieser Nathan vielleicht hierher gesandt, um mich auszuspionieren? Ha, wäre *das* nicht ein großartiger Witz: Der Große Beobachter steht selbst unter Beobachtung!

Aber genug davon. Ich hatte meine Zweifel an dir; vielleicht habe ich sie immer noch und sollte dich daher eingehender studieren oder dich enger an mich binden ... auf die eine oder andere Weise. Wie du weißt, habe ich weder Blut- noch Ei-Sohn. Ein Mann kann nicht ewig leben, besonders kein Zolteist. Wer weiß, vielleicht könntest du mein Gefäß sein, mein Fenster zum Morgen? Gäbest also du, Nathan, ein passendes Tabernakel ab, das Maglores Ei in die Zukunft trägt?«

Und plötzlich packte er Nathan. Seine blutroten Pupillen starrten in Nathans blaue Augen. Unter den gewundenen Falten seiner Nase blähten sich die Nüstern. Nathan stand wie erstarrt. Maglores Nähe schlug ihn nachgerade in einen hypnotischen Bann. Hinter dessen dünnem, kaltem, grausamem Mund befanden sich Kiefer, die sich binnen eines Lidschlags zu einem roten Abgrund öffnen konnten, eine gespaltene Zunge und Zähne – oh, diese Zähne! –, die einem Mann das Gesicht zerfetzen, ihm die Kehle aufreißen oder sein Blut unwiderruflich vergiften konnten ...

... Aber Maglore ließ ihn los, wandte sich ab und sagte: »Siehst du nun, in welcher Zwangslage ich mich befinde? Es gibt noch so vieles so tun. Und mir bleibt nur noch wenig Zeit, bevor ich als Einziger hier zurückbleibe. Und zu meinen Sachwalterpflichten über Turgosheim kommen außerdem noch meine eigenen laufenden Projekte dazu: Zum Beispiel steht die Umwandlung eines ungezogenen Fliegers an, eines übermütigen Geschöpfes, dessen Treue in Frage steht. Vielleicht nehme ich ihn hart an die Kandare, vielleicht löse ich ihn auch in Talg, Flüssigkeiten und Vampirgewebe auf, um daraus etwas Neues zu schaffen.«

Nathan war entsetzt. Maglore konnte damit nur Karz meinen!

»Geh jetzt«, sagte Maglore. »Für den Augenblick zumindest werde ich dir weiter mein Vertrauen schenken. Doch jetzt bin ich müde. Wir werden wieder miteinander sprechen. Was sein wird, wird sein.«

Nathan schwieg und wollte sich schon davonschleichen.

»Und, Nathan«, hielt Maglore ihn zurück, ganz wie es seiner Gewohnheit entsprach. »Ich will, dass du über eines nachdenkst. Ich glaube, du würdest einen guten Sohn und einen noch besseren Lord abgeben. Du mit deiner absonderlichen Färbung und deinen eigenartigen Begabungen. Vielleicht ist es nicht die Wahl, die du treffen würdest, aber denke trotzdem darüber nach. In der Tat, du solltest *ausgiebig* darüber nachdenken ...«

Die Ermahnung war nicht nötig, da Nathan kaum an etwas anderes zu denken vermochte. Auf bleischweren Beinen wankte er mit totenbleichem Gesicht zur zentralen Treppe und stieg hinab. Er sah nicht, dass Maglores Blicke ihm folgten, noch sah er das boshafte Grinsen des Magiers, als Nathan seiner Sicht entschwand.

Oh ja, denke darüber nach, dachte Maglore (doch hielt er diese Gedanken abgeschirmt, denn zumindest über eines von Nathans Talenten war er sich nun im Klaren). *Denke gut darüber nach, mein Sohn, wie du diesem Schicksal entfliehen kannst – um dadurch mein Augenpaar in der großen, weiten Welt dort draußen zu werden!*

SECHSTES KAPITEL

Nathan wartete den langen Tag über und beobachtete Maglore aus der Entfernung heraus. Der Seher-Lord war den ganzen Tag beschäftigt, und bei Einbruch der Nacht zog er sich zurück. In dieser Hinsicht unterschied er sich von den anderen Lords; er pflegte sich dann auf sein Ruhelager zu begeben, wenn er dessen bedurfte, und machte diese Zeiten nicht allein von der Sonne abhängig.

Sobald Maglore eingeschlafen war, hastete Nathan zur Startrampe ... und fand dort Karz vor, der bereits auf ihn wartete. *Sag nichts*, wies das große, traurige Wesen ihn an, *denn es ist eigentlich nicht nötig. Maglore war heute hier und sah mich an, und in seinem Blick sah ich, dass meine Zeit abgelaufen ist. Seitdem habe ich auf dich gewartet. Lass uns also losfliegen und von hier verschwinden.*

Der Sattel war groß, schwer und unhandlich. Karz half ihm, wo er konnte, senkte den Hals und gab Nathan Ratschläge, wie die Gurte und Schnallen zu befestigen waren. Jeden Augenblick konnte aus einem der Treppengänge ein Vampirknecht oder ein Offizier erscheinen – vielleicht gar der mürrische Karpath, der Nathan schon seit Wochen wie ein Falke umlauerte. Aber die schlimmsten Befürchtungen der beiden bewahrheiteten sich nicht. Nur der Wind, die immer düsterer werdende Dämmerung und die fahlen Lichter des sich unter ihnen ausbreitenden Turgosheims leisteten ihnen Gesellschaft.

Nathan öffnete die Tore, zog sein Reittier zum Rand der Flugrampe und erschauerte, als er in den Sattel kletterte. Er verstaute ein paar Lebensmittel in einer Satteltasche, die rechts vom Knauf befestigt war. Karz spürte, dass Nathan richtig saß – und fühlte auch dessen klamme Furcht, als er sich zum Rand der Rampe schob.

Halte dich fest, warnte er überflüssigerweise, und im nächsten Augenblick befanden sie sich schon in der Luft. Sie glitten über den Abgrund, wurden von wirbelnden Aufwinden in die Höhe gerissen, wendeten und glitten hoch über dem schroffen Turm von Runenstatt hinweg.

Nathan hielt den Atem an und spähte hinab.

Der peitschende Wind trieb ihm die Tränen in die Augen. Er konnte nichts erkennen, und die hoch aufragende Westwand der Schlucht war nur ein verschwommener Fleck. Von Osten her drang das dumpfe Wummern von Antriebsdüsen zu ihnen herüber; es konnte sich nur um einen Übungsflug handeln. Dann lag die Schlucht hinter ihnen, und vor ihnen erstreckte sich die Bergkette. »Werden wir es schaffen?«

Ich stehe gut im Futter, erwiderte Karz, *und bin wohl ausgeruht, und mein einziger Wunsch besteht darin, es zu schaffen. Darin unterscheide ich mich gewiss von jedem anderen Flieger, der diesen Weg je angetreten hat. Ja, wir werden es schaffen.* Er verfiel in Schweigen. Ein Rückenwind kam auf, der sie mit großer Kraft gen Westen trieb. Nathans Blick hatte sich mittlerweile geklärt. Er spürte das Hochgefühl seines Rittes ›auf dem Drachen‹ und holte tief Atem, als hätte er zuvor noch nie richtig geatmet, und die Luft schmeckte süß und sauber.

Weit hinter ihnen, auf der Hochplattform von Runenstatt, sahen Maglore und Karpath sie davonfliegen, und der Seher-Lord sagte zu seinem Offizier:

»Zwei Fliegen mit einer Klappe. Ich bin Karz losgeworden, der sich ohnehin als schwierig erwies, und ich habe mir ein Fenster zu einer fernen neuen Welt verschafft. Denn Nathan ist wahrlich ein Telepath, und ein starker noch dazu. Im Wachzustand hielt er das vor mir verborgen, doch wenn er schlief ... oh ja, von Zeit zu Zeit fand ich einen Pfad in seinen Geist. Und jetzt kann ich jederzeit wieder hinein, wenn er seine Wehr senkt. Nun ja, schließlich trägt er mein Zeichen in seinem Ohr, nur sechs Zoll vom Zentrum seines Gehirns entfernt!« Er warf einen kurzen Blick auf Karpath. »Verstehst du?«

»Nein, mein Lord.« Der andere zuckte entschuldigend die Achseln.

Maglore grunzte gereizt, verzog das Gesicht und wandte sich ab. »Andererseits mag es Augenblicke geben, da ich ihn vermissen werde.« Bei sich dachte er: *Und ich weiß immer noch nicht, mit wem er in seinen Träumen sprach. Ich weiß nur, dass sie nicht von dieser Welt waren ...*

Die Nacht war lang, aber eben gerade lang genug. Nur seine Willenskraft ließ Karz durchhalten, während Nathan wie eine leblose Flickenpuppe im Sattel schwankte; mal war er wach, dann döste er wieder ein, dann schrak er wieder auf. Doch als eine amethystfarbene Dämmerung wie eine herannahende Lichtflut über den Rand der Welt heraufzukriechen begann und verborgene Wächter in den Bergen des Grenzgebirges gähnten und sich nach ihrer langen Nachtwache allmählich entspannten, rauschte der große graue Schatten namens Karz auf gekrümmten, schmerzenden Rochenschwingen über sie hinweg und flog im Sinkflug die Hügel oberhalb von Siedeldorf an. Natürlich wurde er entdeckt. Eine Schrotflinte knallte, aber der Schuss traf weder Karz noch Nathan, denn sie waren schon im Dämmerlicht verschwunden. Das Echo rollte schwach, aber deutlich vernehmbar zur Sonnseite herunter, und die beiden konnten sicher sein, dass die Szgany ihnen einen entsprechenden Empfang bereiten würden.

Nathan hatte nicht damit gerechnet, dass sich vor Tagesanbruch Menschen an den Hängen herumtreiben würden. Der Knall der Schrotflinte hatte ihn überrascht. Er wusste, dass es mehrere dieser Waffen gab, die sich allesamt in den Händen der Szgany Lidesci befanden. Also hatten sich die Lidescis der Herrschaft der Vampire nicht gebeugt. Gut so! Nathan hatte gebetet, dass es sich so verhalten würde. Aber die Tatsache an sich machte nun eine Änderung in den Plänen erforderlich, die er sich in Turgosheim hastig zurechtgelegt hatte.

»Man hat uns gesehen«, sagte er zu Karz. »Ich hatte gehofft, heimlich und zu Fuß zur Sonnseite hinunterzugehen, mich den Szgany im grellen Sonnelicht zu zeigen und mich ihnen ganz klar als Mensch zu erkennen zu geben. Jetzt ... wird man mich aller Wahrscheinlichkeit nach mit einem Flieger in Verbindung bringen, der im Bergvorland niedergegangen ist. Nämlich mit dir.«

Das ist dein Problem, Nathan, antwortete der andere schwach. *Ich habe meinen Teil erfüllt und kann im Augenblick nichts für dich tun ...*

Sie landeten auf einem hohen Berghang zwei Meilen westlich

von Siedeldorf, und während Karz genüsslich auf harzgetränkten Kieferzweigen herumkaute, suchte sich Nathan ein paar Feuersteine zusammen und entzündete unter einem Hornissennest, das in einem Bergginsterbusch hing, ein Feuer. Dafür kassierte er drei Stiche, aber das machte ihm nichts aus. Er brach eine Ecke von der großen Wabe ab, steckte sich das honigtriefende Wachs ohne weitere Umstände in den Mund, um wieder zu Kräften zu kommen, und gab den Rest dann Karz.

Das wird mich zu meinem Ziel bringen, verkündete der Flieger dankbar.

»Ich habe über die Sache nachgedacht«, meinte Nathan. Er wollte fast verzweifeln, dass Karz, auch wenn er ein vampirisches Mischwesen war, einen so grässlichen Selbstmord in Erwägung zog. Denn Nathan kam es so vor, als hätte Karz seine Menschlichkeit eindeutig unter Beweis gestellt. »Warum fliegst du nicht nach Westen und entziehst dich der Reichweite Wrathas und ihrer Kreaturen in Karenhöhe? Du hast doch selbst gesagt: Du bist anders als alle Flieger, die es je gegeben hat. Du könntest dir eine Höhle auf der Sternseite suchen und sie zu einem Zuhause einrichten, die Tage verschlafen und dir an den warmen Abenden oder den langen Dämmerstunden vor Sonnenaufgang deine Nahrung beschaffen.«

Ich bin ein Vampirwesen und von großer Gestalt, lautete die einfache Antwort. *Tannenzapfen und Honig sind nicht genug.*

Unten am Hang trat jemand auf einen Zweig, dann erklang eine atemlose, geflüsterte Frage. Karz richtete den Blick seiner großen, sanften Augen auf Nathan und sagte: *Szgany, wie ich einst ein Szgany war, aber nun nicht mehr. Das sind deine Leute. Es ist Zeit, dass ich aufbreche.*

Nathan nickte langsam. »Wenigstens bist du dein eigener Herr - wie es einem ... Menschen geziemt.« Dann trat er zurück, und Karz hob ab, schwenkte gen Süden, der Sonne entgegen, und stieg in eine Wolkenbank auf, die in die gleiche Richtung trieb. Einen Augenblick lang war er noch als dunstiger Umriss zu sehen, dann war er verschwunden ...

Nathan wusste, was nun kommen musste, und hatte kein

Verlangen danach, schnurstracks in sein Verderben zu eilen. Aber er konnte den Szgany auch nicht davonlaufen, denn das wäre ein Schuldeingeständnis gewesen, und tatsächlich war er ja unschuldig. Er wartete, bis sie herankamen, und setzte sich derweil auf einen Feuersteinfelsen. Aber als er den ersten Kopf hinter dem Ginster auftauchen sah und das heisere Keuchen des Kletterers hörte, stand er auf und rief: »Ihr da am Hügel, hört mich an! Ich bin kein Wamphyri. Mein Name ist Nathan Kiklu! Ich bin Nathan von den Szgany Lidesci!«

»Ach wirklich?«, erklang eine junge Stimme, die heiser war vor Angst und der Anstrengung des Aufstiegs. »Und du bist auf einem Flieger von der Sternseite gekommen, nicht wahr?«

Nathan fror und war erschöpft. Es war ein Wunder, dass er noch lebte und nicht schon vor Erschöpfung umgekommen war. Als er auf die Beine kam, wollte er sich nur noch ausruhen. Müde streckte er die Arme aus und sagte: »Ich trage keine Waffen. Sieh mich doch an. Sehe ich vielleicht aus wie ein Lord oder ein Offizier der Wamphyri?«

Die Ginsterbüsche teilten sich, und ein ängstliches Gesicht spähte hervor. Ein Junge schob sich hervor, sah sich vorsichtig um und stieß dann einen durchdringenden Pfiff aus. Seine Armbrust war geladen, und er richtete sie auf Nathans Herz. »Wie du für mich aussiehst?«, sagte er und spähte über Kimme und Korn. »Für mich siehst du tot aus!«

In Nathans Körper war kein bisschen Widerstandskraft mehr vorhanden. Dennoch versuchte er es ein letztes Mal. »Ich bin Nathan«, sagte er. »Nathan Kiklu. Ich bin bloß ein Mensch.«

»Du bist ein Lügner«, sagte der andere. »Ich sah dich gemeinsam mit dem Flieger. Verabschiede dich von dieser Welt, Nathan Kiklu.«

»Was?«, erklang da eine raue Stimme hinter ihm, und eine drahtige Schulter stieß ihn beiseite. »Sagtest du eben Nathan Kiklu?« Ein Gesicht, das Nathan bekannt vorkam, starrte ihn aus einer Entfernung von nicht mehr als neun oder zehn Fuß an. Dann breitete sich ganz langsam die Erkenntnis darauf aus, und mit offenem Mund trat der andere Mann näher. In der

Armbeuge hielt er eine Waffe aus einer anderen Welt: eine Schrotflinte, die unter seiner sorgsamen Pflege geradezu glänzte. Schließlich sagte er: »Da soll mich doch ...«

Der kleine, drahtige, wettergegerbte Mann war Kirk Lisescu ...

Im letzten Horst der Alten Sternseite fuhr ein junger Lord in kalten Schweiß gebadet aus dem Schlaf. Sein Traum war sehr lebhaft, sehr unheimlich und äußerst beunruhigend gewesen. Denn selbst die Wamphyri waren einst Menschen gewesen, und ihre Träume glichen den Träumen gewöhnlicher Menschen darin, dass sie die Macht hatten, sie an andere Orte und andere Zeiten zu versetzen, auf dass die Schrecken ihrer Jugend, bevor sie zu Vampiren wurden, sich wieder erheben und sie erneut heimsuchen konnten.

In diesem Traum hatte es kein Blut gegeben. Stattdessen hatte sich der junge Lord durch die Reihen von tausend Toten gekämpft, deren blutleere, zerfallende Leichen sich ebenso rasch wieder erhoben hatten, wie er sie niedermähte! Doch obgleich all seine Anstrengungen vergeblich schienen, hatte er dennoch weiter gegen sie gekämpft, um an das *Eine* heranzukommen, das sie beschützten, an das *Wesen*, das sie bewachten, an seinen Großen Feind aus einer Jugend, die nunmehr fast zur Gänze in Vergessenheit geraten war.

Als er schließlich auf einem wahren Berg aus zerfallenden, stinkenden menschlichen Trümmerstücken gestanden hatte – auf Stücken, die immer noch nach ihm krallten und haschten und ihn hinabziehen wollten –, da war das Nest seines Feindes vor ihm entstanden: ein wirbelnder Kegel aus rasenden, sich verändernden Zahlen! Und im Mahlstrom dieses Kegels hatte sich das unendlich traurige Gesicht eines Riesen mit gelben Haaren und blauen Augen gezeigt. Vielleicht war er traurig, weil er das Heer der zahllosen Toten geopfert hatte, doch das war es nicht allein. Denn seltsamer- und unerklärlicherweise brachte er seinem vampirischen Gegner das gleiche Gefühl der Trauer entgegen.

Nestor hatte irgendwie gewusst, dass sein Feind ihm Mitgefühl entgegenbrachte. Und da war er aus dem Schlaf gerissen worden, als nämlich die traurigen, tiefblauen Augen des Gesichtes im Mahlstrom der Zahlen ihm direkt in die Seele blickten oder vielmehr in das, was davon noch übrig war ...

Nun stand Nestor nackt und zitternd neben den mit dicken Vorhängen verhangenen Fenstern, hatte die Hand auf das Zugseil gelegt und starrte aus roten Augen mit leerem Blick gen Westen und leicht nach Süden, als könne sein Blick nach draußen dringen und über die Geröllebene zum Gebirge und darüber hinweg zur Sonnseite schweifen. Die Vorhänge waren aus dickem, schwerem, schwarzem Fledermauspelz; nicht ein Fünkchen Licht drang von außen herein, und Nestors Blick drang auch nicht hinaus. Aber er konnte sich die Aussicht sehr gut vorstellen. Die Gipfel der Berge würden golden erstrahlen, und binnen kurzem würde die Sonne auch hierher leuchten und auf die Wrathspitze scheinen.

Wrathspitze. So hatte die Lady ihre Stätte, ihre oberen Stockwerke, genannt: Wrathspitze, einmal nach ihr selbst, und zum andern nach einem anderen Horst im Osten, aus dem sie geflohen war. Die Lady Wratha, oh ja, die jetzt Nestors Lady war, solange das eben anhalten mochte. Nun, vielleicht liebte er sie sogar, sofern er überhaupt dazu fähig war, jemanden zu lieben. All dies hatte er schon vor langer Zeit verloren wie einen Traum, der ihm entrissen worden war, so wie er auch aus diesem Traum gerissen worden war. Allerdings ...

... war etwas von dem Traum zurückgeblieben und nagte in den verborgenen Winkeln seines verletzten Geistes. Die wirbelnde Wand aus Zahlen, die bereits verblasste, aber doch ... Wirklichkeit war? Seit langem fort und jetzt lediglich – zurückgekehrt?

Zurückgekehrt ...

Der Gedanke daran – dass sein Großer Feind wieder da war – jagte einen Schauer über Nestors vampirisches Fleisch. Und was war mit der Frau, die sein Widersacher ihm weggenommen hatte? War sie jetzt auch dort draußen – bei *ihm?* Waren sie wieder ein Liebespaar, das sich erneut gegen Nestor verschwor, so wie sie sich schon einmal zu einer lange vergessenen Zeit gegen ihn verschworen hatten?

»Was geht dir durch den Kopf? Schlafwandelst du etwa?«, drang Wrathas schläfriges Gemurmel von ihrem Bett zu ihm – nicht ihr gemeinsames Bett, sondern *ihr* Bett, in das sie ihn immer häufiger einlud, bis er sich kaum noch daran erinnern konnte, wann er das letzte Mal in seinem eigenen geschlafen hatte. »Hab keine Angst, öffne doch die Vorhänge, wenn du hinaussehen willst. Ich würde es wissen, wenn die Sonne schon aufgegangen wäre. Nun, sie brennt zwar bereits herab, aber nur auf die Sonnseite! Nicht auf die Wrathspitze, noch nicht. Ich würde es spüren, wenn sie die Steine der Feste versengte.«

Er warf einen Blick auf sie, während sie sich schamlos unter den Laken räkelte, die nun fast eine Hälfte ihres Körpers entblößten. Dann sah er erneut hin, starrte sie an, und ihm stockte der Atem: Eine spitze Marmorbrust bebte leicht, darunter ein flacher Bauch mit leichten Grübchen, eine helle, runde Hüfte, die Kurven eines Schenkels, eines Beines, eines Knöchels, eines zarten Fußes. Und darüber, dort, wo der Schenkel in den Körper überging, eine dunkle Stelle, die unter der Decke halb verborgen war. Sein Atem setzte wieder ein. Zügellos war sie, diese Wratha, und wunderschön.

»Darüber muss ich nicht nachdenken«, versetzte Nestor mit belegter Stimme. Lust schwang darin mit, und darin glich sie seiner geschundenen Männlichkeit, die auf die Verlockung ihres Geschlechtes ansprach, als hätte er Wratha noch nie besessen. »Denn ich weiß, was dort draußen ist ... und was sich hier befindet.« Der Raum lag in völliger Dunkelheit, aber das machte nichts, denn sie waren Wamphyri. Wratha hob den Kopf und erblickte ihn wie im hellen Tageslicht, als sein Schaft sich hob und verhärtete, als seine roten Augen sie verschlangen.

»Dann komm ins Bett und reite ein wenig«, sagte sie. »Oder lass mich dich reiten, bis du deine Säfte in mich schießt. Oder lass meine Zunge den süßen Nektar aus dir holen. Ganz wie du willst, wenn wir dann nur schlafen. Denn auch wenn ich müde bin, will ich doch nicht ruhen, solange du so am Fenster stehst.«

Und bei sich dachte sie: *Du bist jung, stark und schön – und mein! Aber unschuldig? Oh ja, das warst du, das warst du! Nicht ganz unberührt, nicht ganz, aber so gut wie. Eine dumme Szgany-Kuh hat dich gekannt ohne zu wissen, wie sie mit dir umspringen muss. Ah, aber Wratha wusste es! Es brauchte nur eine Berührung. Ha, ich weiß noch, wie du fast in meiner Hand gekommen bist, als ich dich zum ersten Mal berührte, und wie ich dir wie einem Säugling das Gehen beibrachte ... hm, seitdem hast du gelernt, wie man läuft! Doch wenn ich daran denke, dass du mit einer anderen weglaufen könntest ... eher würde ich sie töten oder dich oder euch beide! Bist du deshalb so unruhig? Hast du wieder von ihr geträumt? Von Misha? Lass mir nur eine Misha – irgendeine Misha von den Schlampen der Sonnseite – über den Weg laufen ... ich werde sie vom höchsten Balkon stürzen!*

Er ging wieder zu Bett und versank in ihrem Fleisch, das ihn noch immer so kraftvoll an sich sog wie beim ersten Mal. So war es stets mit Wratha: Heiß und kalt, Schmerz und Lust zugleich, und wenn er schon glaubte, sich ganz entleert zu haben, gab es immer noch mehr. Aber es war keine Liebe, und das wussten sowohl er als auch Wratha.

Bevor er einschlief, ließ er seinen Geist hinaus über die Geröllebene zur Sonnseite schweifen. Doch nun stand die sengende Sonne höher, und er konnte sie auf den Bergen spüren. Sie zerrte an seinem schweifenden Sinn und schwächte ihn, bis er selbst hier ihre Hitze spüren konnte. Wenn der Mahlstrom der Zahlen dort draußen war, dann wurde er von einem goldenen Feuerschleier abgeschirmt, der so lange währen würde wie der Tag. Aber wenn der lange Tag vorüber war ...

... gab es immer noch die Nacht.

Zwei Meilen tief im Wald, in einer Gegend, die von absonderlichen Felsformationen, heißen Quellen und Vulkanlöchern durchsetzt war, schufteten Lardis Lidesci und eine Gruppe ausgesuchter vertrauenswürdiger Männer schwitzend in brütender Hitze und ätzendem Gestank. Nordöstlich von ihnen, nicht ganz drei Meilen entfernt, lag Siedeldorf, der höhlendurchzogene Vorsprung des Zufluchtsfelsens lag sogar noch eine Meile näher, genau nördlich im Bergvorland. Aber hier, wo der wuchernde Wald in die hässliche Narbe einer natürlichen Lichtung ausdünnte und die Erde nur noch eine trügerische, bröckelige, dampfende, von Asche, Schwefel und anderen Mineralien durchzogene graue Kruste war, errichteten Lardis und seine Männer Fallen für die Krieger der Wamphyri.

Der Morgen war schon zu einem Viertel verstrichen, als Kirk Lisescu und drei andere, darunter ein Fremder, aus dem nördlichen Wald kamen. Sie riefen den alten Lidesci an, als er gerade das Absenken des letzten Rahmenwerkes aus zerbrechlichen Stangen über einer tödlichen Schwefelgrube beaufsichtigte. Später sollten grobe Netze und verdorrter Ginster, den man in Schwefel getunkt hatte, damit er nicht ganz so abgestorben wirkte, darüber gebreitet werden und den Anschein festen Bodens erwecken. Heute Nacht würde jemand hier draußen bleiben, eine einzige wackere Seele im Umkreis von Meilen, um eine kleine Feuerstelle in der Mitte dieser riesigen Fallenanlage zu entzünden. Das erste Feuer würde eine Stunde nach Sonnunter entfacht werden, das zweite dann, wenn das erste erloschen war, und das letzte – sollten die anderen sich als unwirksam erweisen – sollte von Mitternacht an die ganze Nacht hindurch brennen. Aus großer Höhe wirkte der Ort wie ein Szgany-Lager, in dem irgendein Narr vergessen hatte, das abendliche Feuer zu löschen. Aber jeder Flieger oder Krieger, der auf dem Boden aufsetzte, um die Sache näher in Augenschein zu nehmen ... würde sehr rasch feststellen, dass es sich mitnichten um festen Boden handelte!

Schließlich war Lardis zufrieden. Er sah auf, blinzelte und runzelte fragend die Stirn, als Kirk und seine Gruppe näher kamen. Dann betrat er einen wohl markierten Pfad zum sicheren Rand, an dem sie warteten. »Kirk«, rief er. »Du solltest doch am Felsen sein und dich ausruhen. Du hast dir die Ruhe wohl verdient! Was bringt dich also ...?« Der Rest der Frage erstarb Lardis in der Kehle, als er einen genaueren Blick auf den Fremden warf.

»Ich dachte, du würdest den hier gerne sehen«, gab Kirk grinsend zur Antwort. »Es ist jetzt ... na, schon fast drei Jahre her?«

»Lardis«, sagte Nathan und lächelte müde. Sie hatten auf dem Weg hierher zwar unter den Bäumen gerastet, aber er war immer noch müde bis auf die Knochen. Seine Augen lagen tief in den Höhlen, und er war blass; in seinem maisfarbenen Haar zeigten sich die ersten grauen Strähnen. Es war nicht länger kurz gestutzt, sondern fiel ihm über die Ohren und den Kragen. Er war größer geworden, und seine Stimme hatte einen tieferen Klang bekommen. Dennoch hätte Lardis ihn unter allen Szgany der Sonnseite jederzeit wiedererkannt. Und doch ...

... verharrte er einen Moment lang stocksteif, als habe er einen Schlag zwischen die Augen erhalten. Es kam ihm so vor, als stünden dort zwei Männer, und eigentlich sollte er sie beide kennen. Oder spielte ihm sein Verstand einen Streich und stellte frivole Verbindungen zu anderen Zeiten, Orten und Gesichtern her? Nein, denn damals war Nathan noch nicht geboren gewesen. Welche denkbare Verbindung konnte es zwischen ihm und ... Harry Höllenländer geben?

Lardis schloss die Augen, öffnete sie wieder, und nun flossen die einander überlagernden Bilder zusammen. Nachdem seine Verwirrung sich etwas gelegt hatte, klappte er den Mund auf und stieß den angehaltenen Atem aus, als er erkannte, wer da vor ihm stand. »Nathan Kiklu!«, stieß er erstickt hervor, trat stolpernd vor, warf die Arme um Nathan und drückte ihn an seine tonnenförmige Brust.

»Vorsicht, Lardis!«, warnte Kirk, nur halb im Scherz. »Es ist Nathan, das stimmt schon! Aber er kam von der Sternseite – auf dem Rücken eines Fliegers der Wamphyri!«

»Was?« Der alte Lidesci trat einen Schritt zurück und hielt Nathan auf Armeslänge von sich. »Wie hast du das denn angestellt?«

»Es ist eine lange Geschichte«, sagte Nathan und nickte bestätigend.

»Lang und kaum zu glauben«, ergänzte Kirk. »Ich weiß es; ich habe sie gehört! Aber ich glaube ihm, denn so etwas könnte sich niemand ausdenken! Nathan ist an jenem Ort gewesen, von dem Wratha und die anderen hergekommen sind, und unbeschadet von dort entkommen!«

»Unbeschadet?« Lardis beherrschte sich gut. Aus zusammengekniffenen Augen sah er Nathan mit ernstem, fragendem Blick an.

»Oh, ich habe ihn überprüft«, sagte der drahtige Jäger und nickte verstehend. »Silber, Kneblasch, was immer du willst. Aber die beste Probe von allen ist das Sonnenlicht, und hier steht er und aalt sich darin! Unser Nathan ist so blass wie eh und je, aber er ist immer noch einer von uns.«

Lardis' Gedanken überschlugen sich. Alles, was vor drei Jahren geschehen war, stürzte nun auf ihn ein. »Nathan! Wir schickten dir einen Läufer hinterher, aber er fand dich nicht. Du weißt ja gar nichts von deiner Mutter und von Misha und ...«

»... Ich weiß alles«, fiel Nathan ihm lachend ins Wort. Aber das Lachen hielt nicht lange an. »All diese Zeit verschwendet, die ich mit euch ... mit ihnen hätte verbringen können.«

Lardis schämte sich der Tränen nicht, die ihm in die Augen traten, und für einen Moment brachte er kein Wort heraus. Dann sagte er mit rauer Stimme: »Aber jetzt bist du wieder da und kannst die verlorene Zeit wieder wettmachen. Mann, du hast mir vielleicht Ärger gemacht!«

»Was?« Nun war es an Nathan, die Stirn zu runzeln. »Wieso sagst du das? Wie konnte ich dir denn Ärger bereiten, wenn ich gar nicht da war?«

»Jawohl, du hast ein gebrochenes Herz zurückgelassen! Ich ließ ihr ein Jahr Zeit und schlug ihr dann vor, dass sie heiraten sollte. Sachte jetzt! – Sieh mich nicht so an! – Sie hat mir ebenfalls gesagt, wohin ich mir meinen Vorschlag stecken könnte. Also kümmert sie sich immer noch um ihren Vater. Allerdings besorgt sie dies jetzt allein, denn ihr Bruder Nicolae ist schon seit einem Jahr tot. Und leider ist er nur einer unter vielen, aber es sind immer noch genug übrig, die sich an dich erinnern und dich willkommen heißen werden. Auch deine Mutter Nana, ein tapferes Weib. Sie gab die Hoffnung nie auf: Sie *wusste*, dass du eines Tages wiederkommen würdest! Sie redet ja immer noch von dir ... und ...« Er stockte und verfiel in Schweigen, während seine Aufregung sich etwas legte.

Nathan begriff und schüttelte den Kopf. »Ich folgte Nestors Spur. Aber in einem Fluss habe ich sie verloren. Ich denke, er ist ertrunken.«

Für einen Augenblick sprach keiner der beiden, bis Lardis wieder das Wort ergriff: »Schau, wir sind hier so gut wie fertig. Wir können uns auf dem Weg zum Zufluchtsfelsen weiter unterhalten. Heute Nachmittag habe ich noch etwas zu tun, und du kannst ... alte Bekanntschaften wieder auffrischen?« Nun zeigte sich wieder das vertraute Grinsen auf seinem Gesicht.

Lardis' restliche Männer hatten sich zu ihnen gesellt. Nathan kannte einen oder zwei davon und packte sie im alten Gruß der Szgany am Unterarm, brachte jedoch kein Wort hervor. Danach widmete sich Lardis wieder ganz den anstehenden Dingen, bis sie sich auf den Weg zum Zufluchtsfelsen machten.

»Ihr da, geht in die Wälder und schießt uns etwas«, befahl er ihnen. »Fleisch für die Leute und für das Feuer.«

»Fürs Feuer?« Kirk Lisescu sah ihn fragend an.

Lardis nickte. »Dieser Ort sieht aus wie eine Falle, die so tut, als sei sie ein Lagerplatz. Aber wenn wir ein paar Fleischstücke übrig lassen, die dann ins Feuer geworfen werden, wird der Ort wie ein Lagerplatz *riechen!* Falls irgendwelche Wamphyri oder andere Kreaturen hier vorbeikommen, werden sie wissen, dass es hier etwas zu essen gibt. Und wo es Essen gibt, gibt es stets ... Nahrung. Sie werden nicht so genau hinsehen, bevor sie sich auf ihre Beute stürzen.«

Als Lardis Männer im Wald ausschwärmten, rief er ihnen nach: »Sobald ihr hier fertig seid, macht euch auf den Weg zum Felsen und haltet die Köpfe unten. Heute Nachmittag machen wir weiter.« Er wandte sich einem Mann zu, der abseits stehen geblieben war. »Janos Raccas: Du hast dich freiwillig gemeldet, hier zu bleiben und die Falle im Auge zu behalten. Ich werde dir nicht Glück wünschen, denn ich bin sicher, dass wir heute Abend oder spätestens morgen früh am Zufluchtsfelsen einen heben werden.« Er packte den Unterarm des anderen. Schließlich wandte er sich an Nathan, Kirk und seine Wachposten: »Also gut, auf geht's. Der Tag ist einfach zu kurz, und nur im Schein der Sonne herumzustehen ist die reine Verschwendung ...«

Nathan erzählte seine Geschichte und ließ dabei lediglich seine unterirdische Reise entlang des Großen Finsterflusses aus. Was er den Thyre schuldete, war unschätzbar, und diese Schuld wollte er nicht durch Verrat vergelten. Lardis gab ohnehin keinen Kommentar ab, da ein Mann im Verlauf dreier Jahre ganz offensichtlich weite Strecken zu überwinden vermochte. Nathan hatte seine ereignislose Wüstenwanderung eben ausgelassen.

Doch während Nathan erzählte, spürte er ab und zu Lardis' Blick auf sich ruhen, in dem etwas Fragendes, Grübelndes, Rätselndes lag. Aber welche Frage stand dahinter? Vermutlich konnte er die Gedanken des anderen mühelos lesen ... aber er tat es nicht. Von den Thyre hatte er gelernt, dass man die privaten Gedanken anderer achten sollte.

Lardis bewegten tatsächlich seltsame Mutmaßungen über Nana und einen Mann, der Harry Höllenländer genannt wurde und aus einer anderen Welt stammte, über Nathan und seine Herkunft. Der Sohn des Hzak Kiklu? Nein, das war er nicht. Lardis hätte es wissen müssen. Aber wenn Nathan nicht Hzaks Sohn war, wessen Sohn war er dann? Etwa Harrys Sohn? Nathan war schon immer seltsam gewesen. Aber so seltsam? Er hatte bei Vampiren gelebt und war wieder zurückgekehrt ...

Als Lardis schließlich merkte, dass die Augen des Jungen auf ihm ruhten, riss er sich zusammen. Seine Gedanken waren müßig, Nana allein kannte die Wahrheit. Nana, oh ja. Und jetzt fielen Lardis noch andere Dinge ein ... doch er musste sie zumindest für den Augenblick beiseite schieben.

Viel wichtiger war Nathans Warnung über den bevorstehenden Blutkrieg, die Nachricht, dass die Wamphyri von Turgosheim einen Einfall in das Gebiet Wrathas und ihrer Spießgesellen auf der Sternseite planten, der in vier Monaten stattfinden sollte. Am Ende dieses Krieges würde, ganz gleich, wer daraus als Sieger hervorging, der Schatten über der Sonnseite um etliches finsterer geworden sein, und den Szgany drohte der endgültige Verlust ihrer Freiheit. Denn wenn es so weit war, würden die Vampire ausgehungert sein, und sie konnten sich nur auf der Sonnseite sättigen.

Dann schwieg Lardis eine Zeit lang. Seine Gedanken waren verschleiert und seine Stimmung düster, als sie mit weit ausgreifenden Schritten über einen Waldpfad eilten. Doch nach einer Weile knurrte er: »Nur, wenn wir so schwach sind, dass wir es zulassen, und in dem Fall verdienen wir es nicht besser. Aber wir sind nicht schwach, Junge – bei weitem nicht –, und früh gewarnt ist halb gewonnen. Lass mich dir jetzt erzählen, was sich in der Zwischenzeit bei uns getan hat ...

Die Wamphyri sind seit damals acht weitere Male über Siedeldorf hergefallen, aber nie mit der gleichen Wirksamkeit wie bei jenem ersten Mal, und es kam sie stets teuer zu stehen. Überrascht es dich, dass wir immer noch da sind und uns wehren? Das sollte es nicht. Wratha und ihre Schläger machen uns zu schaffen, das ist wohl wahr, aber dennoch zählen sie nicht mehr als eine Hand voll. Ich weiß noch, wie ich in deinem Alter war und es vor Vampiren nur so wimmelte. Wir haben uns damals gewehrt, und wir werden uns immer wehren. Vergiss nie, wir haben zwei mächtige Verbündete: das Grenzgebirge und die goldene Sonne.

Acht Mal sind sie zurückgekommen, aber das letzte Mal ist schon eine Weile her. Damals verlor Misha ihren zweiten Bruder Nicolae. Aber die Wamphyri haben noch viel mehr eingebüßt. Wir haben *Waffen,* Nathan, und verfügen über *Intelligenz* und *Menschlichkeit!* Sie dagegen haben bloß ihren Blutdurst und ihren Hass aufeinander. Als sie zum ersten Mal kamen – in der Nacht, in der sie deinen Bruder Nestor und meinen Sohn Jason raubten –, standen sie unter Wrathas Führung. Seitdem sind sie zu einem zerstrittenen Pack geworden! Sie haben sich aufgeteilt und gehen ihrer eigenen Wege. Sie haben keinen richtigen Anführer mehr, sondern streiten sich wie in alten Zeiten, und genau wie damals herrschen unter ihnen nun vampirische Anarchie, Zwietracht und Unordnung. Vor kurzem gab es Gerüchte, dass einige von ihnen wieder zusammenarbeiten, aber das bezweifle ich.

Erinnerst du dich noch an Vratza Wransknecht und an die Nacht, in der wir ihn verbrannten? Ganz sicher weißt du es noch! Wie könntest du je vergessen, was er sagte, als du dachtest, Canker Canisohn habe Misha geraubt? Nun, er hatte so gut wie zugegeben, dass Wrathas Plan darin bestand, eine Armee aufzustellen, mit der sie die anderen abwehren wollte, sobald sie ihr aus Turgosheim folgten. Vielleicht wollte sie sie auch dazu verwenden, ihrerseits Turgosheim anzugreifen. Nur hat das nicht funktioniert.

Denn jetzt sind sie als einzelne Lords – die eine ›Lady‹ mit eingerechnet – schwächer geworden. Ihre marodierenden Trupps bestehen aus einem Anführer, zwei oder drei Offizieren, höchstens drei Fliegern und ein oder zwei Kriegern. Sie wagen es nicht, sich jeweils mehr als eine Hand voll Offiziere zu halten, weil sie fürchten, von ihnen verraten zu werden, sobald sie ihnen den Rücken kehren! Und das gereicht uns nur zum Vorteil!

Noch einmal: Seit jenem ersten Mal haben sie Siedeldorf nur acht weitere Male überfallen, und jeder Überfall kam sie teuer zu stehen! Erinnerst du dich an die Schrotpatronen, die Röhren aus Silberspänen und Schwarzpulver, die unseren Waffen das Töten ermöglichen? Vor achtzehn Monaten haben wir die letzte davon bei der Abwehr eines Angriffs abgefeuert. Aber dann – geschah ein Wunder! Ich schickte einen Trupp über die Berge in den Garten und die Waffenkammer des Herrn. Die Stätte ist mittlerweile verfallen, aber in einem der kleinen Häuser an der Wand des Bergsattels entdeckten sie in einer Höhle im hinteren Teil, warm und trocken unter alten Lederlappen gelagert, eine Kiste mit Patronen. Eine ganze Kiste voll! Vielleicht wurden sie bei der großen Schlacht um den Garten an jemanden ausgegeben, der nie dazu kam, sie einzusetzen. Aber aus zwei guten Gründen erwies sich dieser Fund als wichtig.

Zum Ersten verfügten wir wieder über einhundertsechzig gute Patronen, mit denen wir rechtzeitig Alarm schlagen und die wir natürlich auch als tödliche Waffen gegen die Wamphyri und ihre Offiziere einsetzen konnten. Zum Zweiten: Seit ich die Waffen des Herrn im Einsatz gesehen habe, war mir klar, dass wir sie ebenfalls haben mussten. Deswegen habe ich den alten Dimi Petrescu seit Jahren dazu angehalten, dieses schwarze Pulver selbst herzustellen. Als uns diese Patronen in die Hände fielen, konnte ich Dimi etwas mehr von der ursprünglichen Substanz zum Arbeiten geben. Und schließlich ist es ihm gelungen!

... Zumindest beinahe! Dimis Zeug ist nicht ganz so gut, und es ergibt keine wirksamen Geschosse, aber es knallt entsetzlich! Erinnerst du dich noch an die riesigen Bolzenschleudern in Siedeldorf? Die haben wir immer noch. Aber wir haben auch Raketen, eine ganze Menge davon! Oha, aber die Dinger sind gefährlich! Ein Mann hat das Augenlicht verloren, und einem anderen wurde der Arm abgerissen. Ah, doch wenn die Biester funktionieren, dann richtig! Als Gorvi der Gerissene uns vor einem Jahr mit einer Hand voll seiner Leute und einem Krieger überfiel – was haben wir ihm da das Fell versengt! Aber kräftig, darauf kannst du wetten! Wart's ab, Nathan, du wirst schon sehen! Du wirst schon sehen!

Und wir haben dazugelernt, Junge, wir haben wirklich etwas gelernt. Mehr als wir je zuvor wussten und noch schneller. Weißt du, was ein Flieger ist? Na sicher, du bist ja auf einem von Turgosheim hierher geflogen. Aber weißt du, was ein Flieger *in einer Grube* ist? Nein? Ich sage es dir: Ein Flieger in einer Grube ist tot, und sonst nichts! Wenn ein Flieger in einem Loch im Boden steckt, dann ist er nutzlos. Er kann sich nicht wieder erheben und muss herausgezerrt werden, ehe er wieder in die Lüfte steigen kann. Also haben wir an strategischen Punkten in und um Siedeldorf Gruben ausgehoben und sie mit zugespitzten Pfählen für ihre hässlichen Bäuche bestückt. Das hat eine Zeit lang ganz gut funktioniert, bis die Wamphyri den Braten rochen. Dann ließen sie ihre Bestien auf unsere Häuser stürzen und starteten sie aus dem Schutthaufen heraus. Also bauten wir falsche Häuser aus zerbrechlichen Rahmen, unter denen Gruben ausgehoben waren! Außerdem brachten wir dort sprengbereite Fässer mit Petrescus Pulver unter! Wir haben gelernt, wie wir ihnen die wurmigen Abstoßglieder vom Körper ballern, sie in ihren Gruben mit einem Zischen einschmelzen und dann ein für alle Mal begraben können, wenn der Gestank verflogen ist!« Lardis schmatzte genießerisch, als er die scheußlicheren Eigenschaften seines Abwehrsystems in allen Einzelheiten beschrieb.

»Ihre Krieger sind natürlich am schlimmsten!«, fuhr er schließlich fort. »Aber selbst sie sind nicht unverwundbar. Früher sind wir vor ihnen davongelaufen, aber nun nicht mehr. Wenn du einem Krieger ein Explosivgeschoss in den Gasbeutel setzt, ist der Kampf schon halb gewonnen. Und wenn du darin noch Kneblaschöl verspritzen kannst, umso besser! Weißt du, Krieger erzeugen Gas für den Auftrieb und zum Schweben, aber wenn sie am Boden sind, wird das Gas wieder von ihrem Körper aufgenommen, und die Blasen werden eingezogen. Wenn man also einem Krieger beim Landeanflug die Blasen mit Kneblasch bespritzt – dann ist er erledigt, vergiftet! Na ja, sie zappeln dann ziemlich herum und machen eine Menge Krach, aber wenn sie erst einmal ein bisschen gebrannt haben, werden sie schon ruhig ...« Er nickte heftig.

»Was die Lords betrifft, setzt man am besten auf Silberschrot. Wenn man einem damit in die Augen treffen könnte, wäre er erledigt. Auf diese Weise haben wir schon Offiziere mit unseren Schrotflinten abgeschossen, das ging ganz leicht. Aber ein Offizier ist nun mal kein Lord. Die Lords sind verdammt noch mal zu schlau. Bisher haben wir es noch nicht geschafft, einen von ihnen zu erwischen. Das liegt an ihren Wamphyri-Sinnen. Sie haben mehr als nur die fünf wie wir Menschen, und sie können Ärger riechen. Zuerst schicken sie ihre Truppen vor, um für sie den Weg freizuräumen und oft genug auch für sie zu sterben. Aber ein Lord ist etwas ganz anderes. Er kann einen Nebel aushauchen und sich darin auflösen ...« Lardis verstummte und holte tief Luft. Dann sagte er: »Na, da habe ich wohl ein wenig aus dem Nähkästchen geplaudert, nicht wahr? Aber ich wollte, dass du es begreifst. Wir haben uns ihnen nicht unterworfen und werden es auch niemals tun.«

Schließlich schwieg der alte Lidesci, und Nathan ergriff die Gelegenheit und sagte: »Ihr habt euch wacker geschlagen. Das alles ist ... wundervoll! Und ist es bei allen Szgany so? Auf der gesamten Sonnseite?«

Lardis warf ihm einen kurzen Blick zu, schüttelte den zottigen Kopf und sah beiseite. »Wie soll das sein? Wohltätigkeit setzt im eigenen Heim an, Sohn, und soweit ich weiß, verhält es sich nur bei den Szgany Lidesci so. Was erwartest du? Wie weit, meinst du, können wir unsere Mittel strecken?«

»Und die Leute von Zwiefurt, Tireni-Hang, Mirlu-Städtchen und die anderen Dörfer und Stämme?« Nathans Aufregung klang rasch ab.

Lardis zuckte die Achseln; die Geste wirkte jedoch nicht kaltschnäuzig. »Soll ich ihnen Schießpulver geben, damit sie es an die Wamphyri weitergeben? Wie lange mag es dauern, bis versklavte Stämme es für sie herzustellen beginnen, he? Oder fragst du, warum ich nicht sämtliche Stämme versammelt habe? Das sage ich dir: Ich habe das alles schon einmal erlebt, Nathan! Nur eine kleine Gruppe ist sicher. Hör zu, der Zufluchtsfelsen bietet nicht unbegrenzt Platz. In seinen Höhlen können sich meine Leute verbergen – gerade eben. Und außer meinen Leuten kennt *niemand* seine Geheimnisse! Junge, was glaubst du denn, warum ich Siedeldorf an der Stelle erbaut habe, wo es jetzt steht? Weil sie nahe am Zufluchtsfelsen liegt, deshalb! Ich habe nie ganz auf mein Glück vertraut, und damit hatte ich Recht. Denn ich wusste, wenn es einen Weg zurück gibt, finden die Wamphyri ihn. Du weißt doch, wie fest eine Flechte am Felsen klebt, oder? Das ist nichts im Vergleich dazu, wie sie an ihrem dreckigen, elenden Dasein hängen!«

»Und wenn Wanderer auf der Durchreise sind?« Nathans Stimme war um vieles leiser geworden. »Gewährt ihr ihnen immer noch Unterschlupf?«

»Wenn sie bei Tageslicht kommen und ich sie kenne – dann ja. Aber am Abend oder in der Nacht? Du machst wohl Witze, Nathan! Denk doch nach, Mann! Die Dinge sind nicht mehr wie früher. Würdest du einen Aussätzigen in deinem Lager beherbergen? Selbstverständlich nicht. Na, und um wie viel ansteckender ist ein Vampir?«

Nathan nickte. »Du hast natürlich Recht ...« Nach kurzem Schweigen fragte er: »Was ist mit den anderen Siedlungen? Wie ist es ihnen ergangen?«

»Übel!«, antwortete Lardis sofort. »Karl Zestos führt die Überlebenden von Zwiefurt an. Sie sind wieder zu Wanderern geworden, eine kleine Gruppe, die von den Überfällen fast in Stücke gerissen wurde. Karl ist allerdings kein Dummkopf. Er lernt dazu, genau wie ich es lernen musste, als ich in seinem Alter war. In den Steilhängen östlich von hier haben sie Höhlen eingerichtet. Sie sind nicht so gut wie der Zufluchtsfelsen und lassen sich auch nicht so gut verteidigen; aber sie arbeiten dran.«

Nathan nickte. »Als ich an Zwiefurt vorüberkam, fragte Karl Zestos mich, ob ich mich ihnen anschließen wolle. Ich konnte ihn gut leiden, aber ich suchte immer noch nach Nestor. Was ist mit Mirlu-Städtchen?«

»Hinweggefegt!«, sagte Lardis. »Zerstreut in alle Winde, verschwunden! Vier oder fünf Sonnaufs nach Siedeldorf war Mirlu-Städtchen an der Reihe. Eigentlich hatten wir erwartet, dass sie wieder hierher kommen würden, um uns für das zu bestrafen, was wir Vratza angetan hatten. Aber stattdessen fielen sie über Mirlu her. Die Brüder Wran und Spiro – das müssen Wahnsinnige sein!« (Und Nathan dachte: *Das sind sie!*) »Sie schickten einen Krieger aus, der den Ort in Trümmer legte, und warteten, dass ihnen die fliehenden Menschen in die Arme liefen. Die Bastarde haben in jener Nacht so einige in ihre Reihen aufgenommen, oh ja! Die Überlebenden sind wie die anderen wieder zu Wanderern geworden. Nur ich und die meinen und die Leute von Tireni-Hang haben sich das bewahren können, was ihnen gehörte. Und auch das nur mit Mühe und Not.«

Zwischen den Bäumen konnte Nathan das Bergvorland und

die Kuppe des Zufluchtsfelsens erkennen. Der Morgen war kaum zu einem Drittel vorüber, und er war schon beinahe zu Hause. Oder wenn auch nicht ganz zu Hause, dann doch zumindest unter seinen Leuten. Er spürte, wie ihm das Herz bis zum Hals schlug. Seine Mutter war am Leben und wohlauf ... und Misha! Seine Müdigkeit war verflogen, und er hatte das Bedürfnis, den restlichen Weg in rasendem Lauf zurückzulegen. Lardis spürte seine Absicht.

»Ich kann dich nicht loslaufen lassen, Junge«, sagte er. »Ein paar kennen dich noch, andere aber nicht. Und in diesen Zeiten haben die Menschen nicht mehr viel Vertrauen. Wenn du da reingehst und ihnen erzählst, wie du auf einem Vampirwesen nach Hause geflogen bist ...« Er schüttelte den Kopf. »Na, ich bin genauso ungeduldig wie du, das Gesicht deiner Mutter zu sehen.« Er warf Nathan einen Blick zu und grinste. »Mishas Gesicht natürlich auch.«

Nathan packte ihn am Arm. »Ist sie ... ist sie ...?«

»Sie ist eine Schönheit!«, fiel Lardis ihm ins Wort. »Frag jeden der allein stehenden jungen Männer, und sie werden dir alle das Gleiche sagen: dass Misha Zanesti wunderschön ist.«

Nathans Miene verdüsterte sich. »Die jungen Männer? Aber hat sie ... ist sie ...?«

»Halt mal!«, sagte Lardis. »Was ist los? Stottern wir wieder? Und wieso fragst du mich? Ich bin ein alter Bursche und über solches Zeug hinaus – na ja, fast wenigstens. Jedenfalls dauert es nur noch eine Stunde, dann kannst du das Mädchen selbst fragen.«

Eine Stunde! Es klang wie eine Ewigkeit.

Das letzte Stück Weges zum Zufluchtsfelsen führte durch staubiges Hügelland, und Lardis und die anderen traten sehr behutsam auf. »Hier sind überall Fallgruben«, verkündete Lardis. »Kannst du sie sehen?«

»Jetzt, wo du es sagst, ja«, antwortete Nathan. »Ein Mensch müsste schon ein Narr sein, um hineinzufallen.«

Lardis schnaubte und zuckte die Achseln. »Na ja, ab und zu

werden einige vergesslich, und dann passiert schon mal ein Unfall. Aber Flieger und ähnliches Kroppzeug sind nicht so schlau wie Menschen.« Dann fiel ihm Nathans Geschichte über Karz Biteri ein. »Nun, meistens jedenfalls. Und nachts verlassen sie sich ohnehin eher auf ihre Nasen als auf ihre Augen.«

Sie stiegen weiter zum Felsen hinauf. Der riesige Vorsprung ragte aus dem bewaldeten Berghang hervor. Die kuppelförmige Spitze verbarg die Aushöhlungen, die den Fuß des Steins wie einen hohlen Zahn durchzogen. »Lebt ihr jetzt da drin?« Als Kind war Nathan dort gewesen; doch tatsächlich dort leben zu müssen, erschien ihm ein elendes Dasein.

»Hier *verstecken* wir uns«, erwiderte Lardis, »aber wir *leben* immer noch in Siedeldorf – das gebe ich nicht auf! Es ist nicht weit, und zur Nacht gehen wir wieder zum Felsen zurück. Die Wamphyri sollen revierorientiert sein? Hah! Von uns könnten sie noch was lernen!«

»Aber wenn ihr immer noch im Dorf lebt, warum sind wir hier heraufgekommen?«

»Weil hier im Augenblick am meisten zu tun ist. Genug für alle. Wir höhlen den Platz aus, machen ihn lebenswert und bestücken die großen Außenhöhlen mit Dimis Pulver. Ebenfalls eine Art, einen Krieger umzubringen: den Bastard mit etwa hundert Tonnen Felsgestein plätten!«

»Ohne selbst platt gemacht zu werden?«

»Wir haben uns bis nach hinten auf die andere Seite durchgegraben. Das ist das reinste Labyrinth da drinnen. Der Felsen ist jetzt Zufluchtsstätte, Notunterkunft, Todesfalle und Fluchtweg in einem. Die Wamphyri haben uns noch nicht entdeckt und werden dies mit etwas Glück auch in Zukunft nicht tun. Sollten sie uns doch finden ...« Wieder zuckte Lardis schicksalsergeben die Achseln. »Dann kommt es sie ebenso teuer zu stehen wie uns.«

Im Haupteingang gab eine Kette aus Männern und Frauen schwere, mit Erde und kleinen Steinen gefüllte Ledereimer aus dem Innern nach draußen und kippte sie über einen schmalen Vorsprung auf die darunter liegenden Schieferhänge. Die Leute waren verschwitzt und staubig und kaum voneinander zu unterscheiden. Die meisten sahen nur kurz zu Lardis und seiner Gruppe auf, nickten und fuhren mit ihrer Arbeit fort. Aber eine der Gestalten ließ ihren Eimer fallen, und die Arbeit stockte.

Dann ... schien ein Wirbelsturm loszubrechen! Nana lief so hastig auf Nathan zu, dass sie ihn fast umrannte. Er nahm sie in die Arme, hielt sie ganz fest, küsste ihren schmutzigen Hals und drückte sie wie eine Geliebte an sich. Seine Mutter war am Leben und wohlauf! Schließlich hielten sie sich auf Armeslänge entfernt, und Nathan sog ihren Anblick in sich auf. Er ließ sich von ihrer Aura, ihrem Geruch – nein, ihrem Duft! – überspülen und dachte: *Sie ist so klein!*

»Du bist so ... groß!«, sagte sie. In ihren Augen standen Tränen, aber sie wollte nicht vor den Leuten weinen.

Lardis legte seine Arme um die beiden und sagte zu Nana: »Bring ihn zu deiner Unterkunft im Felsen. Lass die Arbeit ruhen. Das wird dir niemand missgönnen.« Auch seine Stimme klang rau.

Auf ihrem Weg, den sie Arm in Arm gingen, wurden sie von einer riesigen, finsteren Gestalt aufgehalten, die aus der Reihe trat. Es war Varna Zanesti, Mishas Vater. Er umklammerte Nathans Unterarm zum Gruß, nickte und sagte: »Na, du bist ein freundlicher Anblick für meine entzündeten Augen! Und habe ich nun endlich einen Sohn oder nicht?« Wie immer nahm Varna kein Blatt vor den Mund.

Zuerst begriff Nathan nicht, was er meinte, also half Varna ihm auf die Sprünge. »Unsere Unterhaltung, damals an jenem Morgen in Siedeldorf?«

Da verstand Nathan, seufzte auf und sagte: »Es ist mir eine Ehre.«

»Hah!«, schnaubte Varna. »Damit hast du verdammt Recht! Also gut, ich kümmere mich darum – auf der Stelle!« Endlich breitete sich ein Grinsen auf seinem Gesicht aus.

»Wo ist sie?«, fragte Nathan.

»Im Wald bei den Kindern. Sie unterrichtet sie und sammelt mit ihnen Obst und Nüsse. Ist dir die Mittagszeit recht?«

»Hä?«

»Für die Hochzeit natürlich!«

Nathan blickte zu Nana, und sie nickte. »Ja, ganz wie du meinst«, gab er Varna zur Antwort.

»Ist schon so gut wie erledigt«, sagte der andere. »Jetzt geh und genieße deine letzten Stunden als freier Mann.«

Nana hatte eine große Höhle in der Nähe des Haupteingangs bezogen. Sonnenstrahlen fielen durch Löcher im Felsen, und Staubkörner schwebten wie Goldkörnchen durch das Licht. Sie führte Nathan zu einer Nische in der Wand, in der eine Decke lag. Und während sie sich um die Bedürfnisse zweier alter Frauen in ihrer Obhut kümmerte und ihnen das Essen zubereitete, sprach sie über die Schulter mit ihm und stellte ihm Fragen. Nach kurzer Zeit gab er keine Antwort mehr, und Nana sah, dass er sich ausgestreckt hatte und eingeschlafen war.

Als die Alten dann ihre Mahlzeit zu sich nahmen, setzte Nana sich neben ihn. Sie strich ihm über die Falten auf seiner Stirn, ließ ihren so lange zurückgehaltenen Tränen freien Lauf und liebte ihren Sohn für all die einsamen Stunden, die ihn zu lieben sie versäumt hatte ...

Nathan träumte von Maglore. Seit seiner Flucht aus Runenstatt war er seinen Gedanken ohnehin nie fern gewesen. Ein Bild des Mannes, des Vampirlords, des Ungeheuers schien sich seinem inneren Auge unauslöschlich, aber so schwach wie ein Nachbild eingeprägt zu haben.

Maglore saß allein in einem verdunkelten Raum seines Horstes. Ein Lächeln lag auf seinem uralten, boshaften Gesicht, seine Augen waren halb geschlossen, und die dürren Finger seiner spinnengleichen Hände ruhten auf einem Abbild seines Wahrzeichens, der aus Gold gehämmerten Schleife mit der halben Drehung. Nathan träumte von dem Seher-Lord und wusste zugleich, dass Maglore von ihm, Nathan träumte!

Er beschwor den Mahlstrom der Zahlen herauf und fegte Maglore in seinem rasenden Strudel fort – und sah, wie das Lächeln auf Maglores Gesicht sich zu einer missmutigen Miene wandelte –, bevor er in tieferen Schlaf versank.

Er träumte von seinen Wölfen. Sie hatten den wirbelnden Mahlstrom gespürt und rührten sich in ihrer Berghöhle. Er wusste, dass ihre gelben Augen in der Düsternis leuchteten, und konnte ihre Wärme fühlen und die stickige Hitze ihrer zusammengerollten Leiber riechen. Aber sie waren müde, und er sollte sie schlafen lassen. Es reichte aus, dass sie seine Rückkehr zur Kenntnis nahmen ...

Sein frei umherschweifender Geist streifte die Toten, berührte das Bewusstsein der großen Mehrheit der Sonnseite. Ein lebender Geist belauschte die Toten. Sie erkannten ihn sofort, aber der Inhalt ihres rasch zurückweichenden Raunens war so undeutlich und geheimnisvoll wie immer:

»Das ist er – Nathan!«

»Aber die Thyre sprechen für ihn; sie sagen, dass kein Arg in ihm wohnt, sondern nur Gutes.«

»Auch sein Vater war zu seiner Zeit gut. Doch am Ende ...?«

»Wir könnten ihm so viel sagen.«

»Das wagen wir nicht!«

Unter ihnen war eine ganz schwache Stimme. »Ich, Jasef Karis, könnte ihm am meisten offenbaren.«

»Und auf ewig unter den Toten gemieden werden?« Die anderen waren aufgeregt.

»Ihr seid kalt und grausam«, erwiderte die schwache Stimme.

»Aber nicht so kalt und grausam wie der Wamphyri-Nekromant, der sein Bruder ist!«

»Er ist ein Vampir. Sie sind einander nicht gleich.«

»Kann Nathan denn ewig leben? Was wird aus ihm, wenn er stirbt? Ha, wird er tot bleiben*?«*

Schließlich sagte Jasef Karis widerwillig: »Vielleicht habt ihr Recht.« Und ihre toten Stimmen verstummten endgültig, als die zahllosen Toten in ihren Gräbern und Ruhestätten in Schweigen verfielen ...

Und schließlich war Eygor Todesblick an der Reihe, das ledrige Mischgeschöpf, das blind und tot in seiner Grube in Irrenstatt lag. Aber Eygor sprach nicht über Nathan, er sprach zu *Nathan. »Der tödliche Blick, Nathan. Er kann dir gehören!« Das erstickte Gurgeln seines Geistes überspannte mühelos die vielen Meilen zwischen ihnen. »Jetzt sieh her und erblicke, was meine Söhne mir angetan haben!«*

Nathan stand wieder zu Füßen dieses Wesens in der Grube und starrte in das tote Gesicht, in dem die eben noch geschlossenen Augen sich im Traum knarrend öffneten! Zwei blinde, weiße Augäpfel, so groß wie Schwaneneier und so weiß wie schimmernder Marmor, weinten Säuretränen, die auf eine zerfurchte, zerfallende Wange fielen!

»Sieh, wie ich weine«, sagte Eygor, »da meine Augen blind und weiß sind. Ah, doch einst war das rechte mit Blut gefüllt! Sieh her!« Prompt quollen rote Tropfen aus dem Auge des Ungeheuers. »Und das linke war voller Eiter!« Und wahrlich wurde das linke Auge gelb und schwoll an wie ein Geschwür, das kurz vor dem Platzen steht. Und Nathan erkannte, dass er, wenn es platzte und das Gift auf ihn spritzte, davon befallen und der Erbe von Eygors Blick sein würde!

Mit einem Schrei fuhr er auf ...!

Aber die Augen waren verschwunden. Die großen, weißen, blinden, starrenden Augen (glichen sie etwa dem Auge, das Thikkoul in Nathans Sternen gesehen hatte?), das Blutauge und das gelbe Auge: Sie waren weg!

Stattdessen blickte er in die Augen seiner Mutter, als er heftig auffuhr. Und in ihrem besorgten Blick lagen nur Liebe und Fürsorge.

Denn Nathan glich mehr und mehr dem einstigen Harry Keogh, und aus seinem Gemurmel wusste sie, dass er im Schlaf mit ... *Menschen* sprach oder ihnen zumindest lauschte, während sie miteinander sprachen. Aber hauptsächlich machte sie sich Sorgen darüber, wer diese Leute waren, und über die Tatsache, dass sie nicht mehr auf Erden weilten ...

Oh ja, er glich seinem Vater, dem Necroscope, mehr denn je. Das konnte sich als Segen erweisen ...

... oder als Fluch.

Nathan und Misha wurden zu ›Mittag‹ verheiratet, also als die Sonne weit im Süden in der Mitte über der fernen Wüste am höchsten stand. Die Zeremonie war einfach. Lardis stand ihr vor, und fast alle einhundertvierzig Arbeiter des Zufluchtfelsens waren zugegen. Die Zeiten waren zwar schwer, aber Lardis hatte sein Bestes getan und Brot und Wein und ein Schlachttier bereitgestellt; Letzteres drehte sich bereits auf einem Spieß über dem Feuer.

Auf dem Höhepunkt der Veranstaltung versammelte der alte

Lidesci das Paar und seine Eltern vor sich – Misha in Weiß gekleidet, Nathan in seiner frisch gereinigten Thyre-Kleidung, die nach den Maßstäben der Szgany immer noch außerordentlich schön aussah. Nana hatte sich vor Misha aufgebaut und Varna Zanesti funkelte Nathan an, dann sprach Lardis die althergebrachten Worte:

»Varna Zanesti, was kannst du uns über dieses Mädchen sagen, deine Tochter Misha?«

»Dass sie unschuldig ist und weder Mann noch Monster gekannt hat«, knurrte Varna. »Auch ist sie gehorsam und gut. Viel zu gut für den da!«

Nathan musste jetzt einen Schritt zurücktreten und den Kopf senken. Das gehörte alles dazu.

»Und Nana Kiklu«, wandte sich Lardis zu ihr. »Was hast du dazu zu sagen?«

»Kein einfaches Mädchen ist gut genug für einen Sohn meiner Lenden«, antwortete Nana, reckte das Kinn zu Misha und schniefte. »Ich kann nur hoffen, dass ihre Kinder mehr nach ihm kommen.« *Aber nicht zu sehr nach ihrem Großvater!*

Lardis wandte sich dem Paar zu. »Und liebt ihr euch?« Das bejahten sie. »Also dürft ihr und habt von nun an das Recht, euch mit Herz und Leib zu lieben – denn ihr seid nun Mann und Frau!«

Sie küssten sich. Die Leute klatschten Beifall. Alle genossen etwas vom Essen und stießen mit Wein auf die Gesundheit des jungen Paares an. Musik spielte auf, und die Jüngeren, die noch die Kraft dazu hatten, tanzten. Aber bei der ersten Gelegenheit schlichen Nathan und Misha sich leise davon ...

Ihr Karren wartete hinter einem Gebüsch am Fuß der Südwestwand des Felsens auf sie. Dort ließ Misha Nathan wegsehen – »Schließlich sind drei Jahre eine lange Zeit!« –, während sie Wandererkleidung anlegte und ihr weißes Kleid zu einem Kopfkissen zusammenfaltete. Dann wandte sie diskret die Augen ab, als er es ihr nachtat. So war es Sitte bei den Szgany. Dann gingen sie hinaus in den Wald, wobei sie den leichten

Karren hinter sich herzogen. Sie wandten sich nach Südosten und gingen über einen alten Pfad am Felsen vorbei, bogen jedoch auf halbem Weg nach Siedeldorf in unberührtes Waldland ab und fanden schließlich einen Ort, an dem das Frankraut hoch stand.

Mitten im Farn errichtete Nathan ihr Lager, eine Haut über dem Stamm eines umgestürzten Baumes, die an ein paar Ästen befestigt wurde, während Misha den Boden frei räumte und ihre Decken ausbreitete. Mit gemischten Gefühlen betrachteten sie, als sie schließlich fertig waren, ihr Werk. Mittlerweile schien für Nathan alles ineinander zu verschwimmen. Er wagte immer noch nicht recht, daran zu glauben, dass er aus Turgosheim entkommen war. Dennoch war er hier, war mit Misha verheiratet, und ihr erstes Bett war für sie bereit. Sie schien sich nicht verändert zu haben, es war, als wäre er nie fort gewesen.

»Unser Heim für einen halben Tag«, sagte er schließlich.

»Und einen Teil der Nacht«, erwiderte sie. »Denn ehe die Sterne am Himmel stehen, gehe ich nicht zurück. Gerade heute Nacht will ich mich nicht aus Angst vor ihnen verkriechen.«

Nathan blickte etwas wehmütig auf ihr einfaches Lager. »Nicht gerade ein tolles kleines Häuschen, oder?«

Sie lächelte auf eine Weise, die er kannte und die ihm gefiel. Dieses halb unschuldige, halb freche Lächeln zeigte sie nur ihm. Sie sagte: »Menschen haben schon in weit schlimmeren Unterkünften gelebt und geliebt, Nathan. Jedenfalls wirst du dich für den Rest deines Lebens an dieses kleine Haus erinnern. Dafür werde ich sorgen.«

Danach ...

... war es so, wie es zwischen Liebenden schon immer gewesen ist und auch immer sein wird. Für eine Stunde, zwei, drei, erregten, erforschten und erschöpften sie sich und einander. Misha war so unschuldig, dass sie kaum wusste, was sie zu tun hatte, und darüber waren sie beide froh. Und Nathan ... wenn Misha etwas vermutete, dann schwieg sie dazu. Er achtete ohnehin darauf, nicht allzu viel zu ›wissen‹. Von nun an konnten sie gemeinsam lernen, zumindest musste er sie glauben lassen, dass es sich so verhielt. Eigentlich täuschte er sie nicht, sondern zog es vor, sie nicht zu enttäuschen.

Und dies tat er in keiner Weise ...

Nach dem Zeitmaß der Welt, aus der Nathans Vater stammte, blieb das Paar einen ganzen Tag in seinem Liebesnest, und einen weiteren Tag dauerte es noch bis Sonnunter. Wie junge Tiere zur Paarungszeit liebten und schliefen sie im Übermaß. Dazwischen stärkten sie sich mit Brot und Käse aus einem Bündel im Karren.

Drei Jahre ohne einander. Jetzt ersetzte jeder Augenblick, den sie gemeinsam verbrachten, eine Stunde der Trennung, und die Hülle der leeren Jahre fiel von ihnen ab. Sie lernten sich wieder ganz neu kennen, diesmal jedoch mit größerer Sicherheit und Gewissheit - wie eine geborstene Mauer, die nach dem Wiederaufbau stärker ausfällt. Und die eine Falte hier und die andere Furche dort glätteten sich, zumindest schien es so, bis ihre Gesichter wieder wie früher waren und nur an Charakter gewonnen hatten. Nathan hatte Mishas Figur früher für jungenhaft gehalten; jetzt war sie ganz Frau. Sie hatte sein gelbes Haar mit dem Sonnenschein verglichen, jetzt war es ein dunstiger Morgen, und etwas von dem Gold war zu Grau geworden. Schließlich verließen sie ihren Unterschlupf und gingen nach Siedeldorf zurück, was weitere alte Erinnerungen wachrief. Sie wanderten über die Waldwege, die sie als Kinder gekannt hatten, badeten in dem gleichen flachen Teich an der Flussbiegung, verliebten sich noch tiefer und wahrer ineinander. In Siedeldorf aßen sie gemeinsam mit Freunden, und Nathan stand eine Weile vor seinem alten Zuhause an der Westwand der Palisade. Zwar waren einige Reparaturen vorgenommen worden, aber das Haus kam ihm leer vor. Wenigstens befand sich keine Fliegerfalle darunter, und vielleicht würde Nana eines Tages wieder hier wohnen. Aber wirklich *wohnen,* so wie früher.

Als sie im Schatten des Waldes wieder zu ihrer Laube zurückkehrten, erschauerte Nathan plötzlich, hielt inne und lauschte. Nur das Gurren der Tauben war zu hören.

Misha sah ihn neugierig an. »Was ist?«

Stirnrunzelnd berührte er das goldene Zeichen an seinem Ohr. Dann zuckte er die Achseln und lächelte unbeholfen. »Nur die Gespenster alter Erinnerungen.« Oder das Gefühl, von jemandem belauscht zu werden, von jemandem, der beobachtete und abwartete. Instinktiv schirmte Nathan seinen Geist ab und beschwor den Mahlstrom herauf. Zwei vollkommen logische Maßnahmen, von denen nur die eine gut war. Denn Nathan wusste nicht, dass der Mahlstrom zwar bestimmte böse Einflüsse von ihm fern hielt, einen anderen jedoch noch sicherer anzog als ein Maisfeld einen Krähenschwarm. Und selbst wenn er es gewusst hätte, so hätte es doch nur geringen Unterschied gemacht, denn jener andere war tot.

Auf jeden Fall war das Gefühl, lange bevor sie ihr Liebesnest wieder erreicht hatten, schon wieder verschwunden ...

Der Abend legte sich auf die Sonnseite, und die ersten Sterne erschienen am Himmel. Allmählich wurde es Nacht. In ihrer Laube schliefen die Liebenden, der Länge nach aneinander gepresst, so dicht beieinander, dass sie fast eins waren. In Siedeldorf und andernorts brannten die ersten Feuer, um die Lords von der Sternseite anzulocken. Aber der letzte Vampir-Überfall auf Siedeldorf war schon eine Weile her; es gab keinen Grund, warum eines der Ungeheuer ausgerechnet heute Nacht auf die Jagd gehen sollte, und ganz gewiss nicht an diesem abgelegenen Ort. In Nathans metaphysischem Bewusstsein wirbelte der Mahlstrom der Zahlen, und in seinem Zentrum waren die Geheimnisse des Universums hinter zahllosen sich wandelnden Formeln verborgen, ebenso seine geheimsten Gedanken. Damit diente ihm der Mahlstrom als Schutz ...

... und verriet ihn zugleich.

Hoch oben in den Bergen auf einem Sattel zwischen den Gipfeln, wo das Gold schon zu Grau geworden war, blickten ein Lord und sein Offizier auf die Sonnseite hinab, der eine aus blutroten, der andere aus eher tierhaften Augen. Dieser Letztere war Zahar (einst Zahar Saugersknecht), und sein Herr war

Lord Nestor von den Wamphyri, ein gewaltiger Totenbeschwörer, dessen rasend schneller Aufstieg zur Macht ihn zu einer lebenden Legende in sämtlichen Stockwerken des Letzten Horstes der Sternseite gemacht hatte. Ihre Flieger ruhten sich in der Nähe aus und nickten mit den großen, schiefergrauen Köpfen gedankenverloren vor sich hin.

Zahar wusste, warum sie hierher gekommen waren. Nestor hatte die Angewohnheit, sich an ebendieser Stelle ein bisschen auszuruhen und vor einem Überfall über die Sonnseite zu blicken. Immer an dieser Stelle oberhalb von Siedeldorf. Aber obwohl er sich von dem Ort stets fasziniert zeigte, hatte er das Dorf doch kein einziges Mal überfallen. Früher hatte er dafür immer wieder denselben Grund genannt: »Ich glaube ... ich kenne diesen Ort. Aber hier gibt es nichts, was ich will, nicht mehr.«

Heute Nacht war es anders. Wratha hatte angedeutet, dass sie und Nestor gemeinsam zu einem Raubzug aufbrechen würden. Dennoch war er früh abgeflogen, mit Zahar als einziger Begleitung. Nur sie beide ohne einen einzigen Krieger. Nestors Blick war heute Nacht besonders konzentriert, sogar gierig, als er auf die Dorffeuer starrte, die wie Glühwürmchen flackerten. Und Zahar spürte die Entschlossenheit in ihm, seine kalte Leidenschaft, seinen seltsamen Eifer.

Eine Zeit lang trat der Offizier unruhig von einem Fuß auf den anderen. Dann fragte er: »Ziehen wir zu einem Überfall aus? Brauchen wir neue Knechte? Dann sollten wir uns in Acht nehmen, denn diesen Leute eilt ein gewisser Ruf voraus. Diese Feuerstellen könnten ebenso gut ein Lockmittel sein!«

Nestor warf ihm nur einen kurzen Blick zu, aber wenigstens hatte ihn die Frage wieder auf den Boden der Tatsachen zurückgeholt. »Wir gehen auf die Jagd«, gab er zur Antwort.

»*Hah!*«, schnaubte Zahar voller Vorfreude. »Nach Frauen?«

»Nach einem Paar, einem Mann und einer Frau.« Nestors Stimme klang so kalt und tödlich wie der sanfte Wind aus den Eislanden. »Ein Erzfeind von mir, der fort gewesen und nun zurückgekehrt ist. Ein verräterischer Szgany-Hund und seine

Schlampe, die sich gegen mich verschworen haben. Im Augenblick verstecken sie sich vor mir in den Wäldern, wo sie sich schon immer vor mir verbargen. Aber ich werde sie heute so gewiss finden, wie ich sie damals fand.«

Zahar starrte ihn an. Er fürchtete ihn. Nestor hatte keine Vorgeschichte. In seiner Vergangenheit gab es nichts, was seine Zukunft lenken konnte. Außer vielleicht dieser Aufwallung, was immer es auch sein mochte. Und er war Wamphyri durch und durch! Alles, was Nestor wusste, hatte er im letzten Horst der Alten Sternseite gelernt. Und obgleich das Leben im Horst hart war, hatte er schnell gelernt. Zählte man noch die Tatsache hinzu, dass er ein Nekromant war ... der Geist des Lord Nestor und sein Wesen waren unergründlich.

Dennoch dachte Zahar, dass er irgendeine Antwort geben musste. »Wie wirst du diesen Feind aufspüren, mein Lord?«

Wieder Nestors flüchtiger Blick und sein grimmiges Lächeln. »Er schläft und träumt«, sagte er. »Aber ich kenne seine Träume, denn sie durchdringen die meinen wie Pfeile.«

Zahar schwieg. Er hatte sich nicht geirrt. Der Verstand seines Herrn war in der Tat unergründlich.

»Höre nun«, fuhr Nestor lebhafter fort. »In der Dämmerstunde vor dem Morgengrauen spürte ich seine Rückkehr und träumte, dass ich ihn auf die Sternseite holte, um ihn zu bestrafen. Aber mein Traum verkündete Unheil, und in der Stunde meines Triumphes fiel ich einem namenlosen Verhängnis zum Opfer. Heute Nacht ließ ich Wratha weiterschlafen, stand früh auf und stieg in meine Gemächer hinab, von wo ich den Lord Canker Canisohn zum Mond singen hörte. Man sagt, er sei in der Traumdeutung bewandert. Darum erzählte ich ihm meinen Traum. Er heulte wie ein Wolf und sagte mir, dass die Zukunft unveränderlich sei. Die einzige Gefahr liege darin, in ihr lesen oder sie verändern zu wollen; was sein soll, wird geschehen. Mit dem letzten Satz stimme ich überein. Was sein wird, das wird geschehen. Nur ...«

»Ja, mein Lord?«

»Falls mir etwas zustößt, soll dann mein Widersacher davonkommen? Dieser Gedanke wäre mir unerträglich.« Er schüttelte den Kopf. »Nein, denn falls mir die Hölle bestimmt ist, will ich wissen, dass mein Feind mir dorthin voranging oder zumindest dichtauf folgt! Darum lauten meine Anweisungen:

Er gehört mir, und du sollst das Mädchen haben. Wenn alles gut läuft, fliegen wir danach sofort zur Sternseite zurück. Aber falls mir etwas zustoßen sollte, lautet mein Befehl: Lass das Mädchen fahren und ergreife ihn! Hast du verstanden?« Seine Stimme klang mit einem Mal schneidend.

»Ja, mein Lord.«

»Es ist mir gleich, ob sie lebt, aber er soll nicht am Leben bleiben! Und unter keinen Umständen dürfen sie ihr Leben gemeinsam verbringen! Deshalb wirst du ihn dir holen und zur Sternseite fliegen. Denn ich habe von einer gewissen Legende gehört und beschlossen, dass er ihren Wahrheitsgehalt erkunden soll.«

Er führte deutlicher aus, was er meinte, und sagte dann: »Zahar, ein Traum ist eben nur ein Traum, davor fürchte ich mich nicht. Aber falls irgendetwas fehlschlagen sollte, folge unbedingt meinen Befehlen. Denn ich bin der Lord Nestor, Leben und Tod sind für mich eins, und selbst im schlimmstmöglichen Fall *werde* ich zurückkehren!«

»Ich glaube dir, mein Lord«, sagte Zahar.

Sie gingen zu ihren Bestien und stiegen in die Sättel. »Folge mir nun dichtauf«, sagte Nestor, „und ich bringe dich zu ihnen.«

Zahar behielt seine Gedanken für sich, als er seinen Flieger höher aufsteigen ließ. Aber im östlichen Bergvorland und auf den Gipfeln hatte er gesehen, wie sich Nebelbänke bildeten, und wusste, dass die Wamphyri dort ihre Jagd begannen. Während Nestor Träumen und Gespenstern aus seiner unbekannten Vergangenheit nachhaschte, jagten sie nach den guten Dingen des Lebens: nach dem Blut, das *wahrlich* das Leben war, nach Frauen und Sklaven und der schieren Freude an der Jagd. *Hah!* Nestor hatte nicht viel Freude in sich. Aber davon hatte Vasagi auch nicht viel gehabt! Und der hier trug sein Ei in sich.

Nestor hatte nichts davon ›gehört‹; sein mitgenommener

Verstand war mit anderen Dingen beschäftigt und erinnerte sich nur an das, woran er sich erinnern wollte. Und als sein Flieger die Flügel krümmte und durch den Wind auf die Baumgrenze zuraste, trieben ihn die schneller und immer schneller wirbelnden fremdartigen Zahlen in seinem Hirn fast in den Wahnsinn. Jetzt würde er endlich den Strudel bis zu seiner Quelle verfolgen und sie – *ihn!* – für immer vernichten. So wie er ihn schon in einer fernen, undeutlichen und fast vergessenen Vergangenheit hätte vernichten sollen ...

Wie Zahar hatte auch Nana Kiklu den Dunst in den Bergen gesehen und war sofort zu Lardis gelaufen. Nun waren sie unterwegs, um nach den Frischvermählten zu suchen, Nana in die eine Richtung, Lardis in die andere. Er war es, der sie entdeckte, und zwar gerade noch rechtzeitig. Zumindest dachte er das. Tatsächlich jedoch war es gerade zu spät.

Arm in Arm gingen sie über einen Hügelpfad zum Felsen. Müde und mit schweren Füßen zogen sie ihre irdischen Besitztümer hinter sich her. Lardis sah sie, seufzte erleichtert auf und stürzte schon los ... und erstarrte, als die nächtliche Luft zu wummern begann, das Sternenlicht schwächer zu werden schien und ein Schatten über ihm dahinglitt! Lardis duckte sich, ließ seine Schrotflinte einrasten und blickte nach oben. Da sah er sie – zwei Flieger, die über den Hang schossen und wie Falken auf das Paar herabstießen! Und nun spürten auch die beiden das Wummern in der Luft, sahen auf und entdeckten die heranjagenden Flieger. Instinktiv flüchtete Misha sich in Nathans Arme.

»Hierher!«, bellte Lardis. »Zu mir!« Sie sahen ihn und rannten auf ihn zu. Die Flieger änderten leicht den Kurs; ihre Bauchtaschen klafften auf, und ihre Schwingen rundeten sich zu Bögen, als sie über dem Paar zu schweben schienen.

»Runter!«, brüllte Lardis. »Runter mit euch!«

Die Flieger waren überall und trieben die beiden mit Schwingenschlägen auseinander. Der eine, der Nathan verfolgte, stieß zum Fanggriff auf ihn herab. Nathan stolperte, und die Bauchtasche des Wesens streifte ihn und ließ ihn das Gleichgewicht verlieren. Das Ding krümmte seine Schwingen, um die Luft einzufangen, und blieb auf gleicher Höhe mit Nathan, als dieser einen Schieferhang hinabkollerte.

Verzweifelt riss Lardis seine Waffe zu dem anderen Biest herum, wagte jedoch nicht, zu schießen, da Misha sich in seinem Schussfeld befand. Das Wesen hatte sie beinahe erreicht, als sie ... plötzlich aufschrie und verschwand! Sie war einer von Lardis' Gruben zum Opfer gefallen! Aber das war besser als das Schicksal, das ihr sonst gedroht hätte. Weit besser! Möglicherweise war sie verletzt, aber für den Augenblick befand sie sich in Sicherheit. Und der alte Lidesci stürzte Hals über Kopf den Schieferhang hinab und Nathan hinterdrein.

Nathan rappelte sich auf. Er drehte sich um, spähte den Hang hinauf – und da war der Flieger, gleich hinter ihm! Er sah ihn und erkannte in seinem Reiter ...

... Nestor!

Nathan erkannte vielleicht das Gesicht nicht wieder – diese verzerrte, fauchende Fratze mit den blutrot flammenden Augen – aber den Geist dahinter, wie sehr er auch entstellt und verwandelt sein mochte, hätte er überall erkannt. Auf diese kurze Entfernung war ein Irrtum ausgeschlossen; er *spürte* seinen Hass und wusste, dass auch der andere ihn erkannt hatte. Nestor war zu einer regelrechten Macht geworden, und Nathans eigene telepathische Begabung war gewaltig erstarkt.

Du! Das Wort klang wie ein Zischen und floss wie brennende Säure aus Nestors Geist.

»Nestor!«, keuchte Nathan auf, als der Kopf des Fliegers über ihn wischte und die Bauchtasche aufklaffte. Übler Gestank schlug ihm daraus entgegen ... Im gleichen Moment hörte er Lardis' gellenden Schrei:

»Runter!« Nur einen Sekundenbruchteil später kam der alte Lidesci auf Fersen und Hintern herabgeschlittert und stieß mit Nathan zusammen, dass er in hohem Bogen zu Boden stürzte. Die beiden rollten Hals über Kopf den Hang hinab, aber der Flieger folgte ihnen unerbittlich wie ein Schatten. Sie erreichten die Senke, und Lardis rappelte sich als Erster wieder auf. Er knurrte wie ein Bär, richtete seine Waffe auf den Flieger und feuerte sie auf die Augen der Kreatur ab – erst einmal, und dann ein zweites Mal!

Das Wesen stieß einen hohen, schrillen Schrei aus, warf den Kopf nach links und nach rechts und schlug ohnmächtig und angsterfüllt mit den Flügeln. Als eine der Flügelspitzen dann den Hang streifte, kippte die Bestie zur Seite, wodurch ihr Reiter fast aus dem Sattel geschleudert wurde. Lardis schrie wie ein Wahnsinniger, lud nach und zielte auf den Vampirlord.

Selbst wenn Nathan gewollt hätte, konnte er doch nichts mehr tun. Noch während er sich benommen aufzurappeln versuchte, hörte er den Doppelknall der Schrotflinte und *spürte* den Schmerz, der Nestor durchfuhr! Erneut wurden Nathan und Lardis zu Boden gefegt, als die Sprungbeine des verwundeten Fliegers sich streckten und die Bestie in die Nacht hinaufstießen, derweil Nestor schlaff im Sattel schwankte.

Mittlerweile lag die Sonnseite unter einer dichten Nebeldecke, und da die meisten Wamphyri-Jäger sich im Osten aufhielten, konnte es nur ein natürlicher Nebel sein, der aus den Wäldern und Flüssen aufstieg. Nestors Flieger stieß herab und riss ein weiches Loch in den Dunst, der sich rasch wieder hinter ihm schloss.

Lardis brüllte los: »Ich hab den Bastard erwischt! Ich habe ihn genau in die Augen getroffen, wie ich es dir gesagt habe! Wenn ich nur etwas besser gezielt hätte, dann hätte ich ihm den Kopf von den Schultern geschossen!«

Der Dunst rollte heran, bedeckte sie und kroch den Hang hinauf. Und obwohl Lardis von Nestor gesprochen hatte, beherrschte Nathan nur ein einziger Gedanke: »Misha?«

»Komm schon«, knurrte Lardis. »Sie ist in eine unserer Gruben gefallen. Der andere Flieger ist vielleicht noch in der Nähe, vielleicht ist er schon gelandet!« Er lud seine Schrotflinte nach und kletterte den rutschigen Schieferhang hinauf. Doch als sie gerade zum Aufstieg ansetzten, kam Zahar über ihnen herangeglitten und fiel über sie her. Es geschah so schnell, dass ihnen keine Zeit mehr zum Nachdenken blieb. Der Nebel teilte sich, und Zahar war da.

Lardis feuerte noch einen Schuss ab, ehe er beiseite geschleudert wurde. Binnen eines Augenblicks war er wieder auf den Beinen, zielte auf einen nickenden, nebelumwaberten Kopf und drückte ab. Und das Gewehr zerbarst ihm in den Händen! Eine alte, verdorbene Patrone hatte ihn nun doch im Stich gelassen. Er wurde rücklings zu Boden geschleudert und musste sich erst einmal von dem Schock erholen. Dann rappelte er sich auf und hielt nach Nathan Ausschau ... aber außer dem Nebel sah er nichts. Nur wenig später hatte er genug Kraft gesammelt, um den Hang zu erklimmen.

Oben wartete Misha auf ihn, zitternd und zerzaust, aber ansonsten unversehrt. Sie ergriff Lardis' Hand und half ihm hinauf, dann packte sie ihn und sah ihm in die Augen. Er konnte nur den Kopf senken und den Blick abwenden ...

EPILOG

Nathan, noch bewusstlos von den Ausdünstungen des Fliegers, hing schlaff in Zahars Armen, als der Vampir-Offizier ihn durch das von Wurmlöchern durchzogene Terrain zum Tor zu den Höllenlanden trug und ihn auf dessen niedrigem Kraterrand unsanft absetzte. Hinter dieser Mauer lag das grell schimmernde Tor wie ein Auge in seiner Höhle. Es leuchtete mit einem kalten, weißen Schein, der Zahar dazu brachte, seine Lider halb zu schließen und sich die Hand vors Gesicht zu heben.

Er entdeckte eine sichere Trittstelle, stieg auf die Mauer, hob Nathan hoch und ging bis an die ›Haut‹ der leuchtenden Halbkugel aus Licht heran. Dort blieb er stehen, blickte auf den Mann in seinen Armen hinunter und zuckte die Achseln. Nach einem ›Großen Feind‹ sah der nun gerade nicht aus, und wie jeder Vampir wusste, gab es für gutes Szgany-Fleisch bessere Verwendung als dies hier! Andererseits konnte die Warnung seines Herrn nicht missachtet werden. Zahar wagte es nicht, Nestor, der schließlich geschworen hatte, dass er zurückkehren würde, zu trotzen. Denn Nestor war ein Lord und ein Nekromant von großem Geschick, Zahar dagegen nur ein Offizier.

Nun, es war Zeit, es zu Ende zu bringen. Er hielt Nathan wie ein Kind mit einem Arm fest und versetzte ihm ein paar Ohrfeigen, bis er die Augen aufschlug. »Was ist?«, stöhnte Nathan, rollte den Kopf herum und sah zuerst Zahars furchtbares Gesicht und dann das grelle Licht, das aus dem Tor quoll! Er erkannte das Portal zu den Höllenlanden sofort, und es schimmerte wie ... ›ein großes blindes Auge‹!

Zahar grinste auf ihn herab und sagte: »Mit den besten Empfehlungen von Lord Nestor. Wer auch immer du bist, diese Welt hat dich zum letzten Mal gesehen. Aber ich hoffe, dass man dich in der Hölle willkommen heißt!« Mit diesen Worten ließ er Nathan aus seinen Armen in das Leuchten rollen, das ihn sogleich lautlos verschlang wie ein riesiges Auge, das ein störendes Staubkorn wegblinzelt ...

In einer zugeschütteten Grube in Irrenstatt, weit im Osten, lag das riesenhafte Ungeheuer namens Eygor Todesblick dort, wo es gestorben war, an einer salpetergestreiften Wand und stieß ein gewaltiges, schreckliches Stöhnen aus. Der *körperliche* Eygor war zwar tot, aber natürlich dauerte sein Bewusstsein fort. Nur gab es jetzt niemanden mehr, der noch mit Gewissheit darum wusste. Denn Eygor hatte Nathans Licht wie das letzte Flackern einer fernen Kerze in der endgültigen Finsternis des Todes verlöschen sehen. Und das konnte nur eines bedeuten: Dass es den Necroscopen nicht mehr gab.

In den höheren Stockwerken des Vorgebirges namens Runenstatt ›hörte‹ Maglore womöglich etwas von Eygors Stöhnen. Vielleicht ›spürte‹ er etwas von Nathans Verschwinden. Jedenfalls eilte er in sein Meditationszimmer, legte die zitternden Finger auf das goldene Wahrzeichen und ließ seinen Geist aus Turgosheim hinausschweifen und mit der unfassbaren Geschwindigkeit der Gedanken gen Westen rasen. Aber das Wahrzeichen war nun bar allen Lebens, nichts als eine seltsam verwundene, schwere Metallmasse, und Maglores ›Fenster zu einer unbekannten Welt‹ hatte sich geschlossen. Es war eigenartig, denn obgleich Nathans Aura verschwunden war, blieb doch das Gefühl, dass er nicht tot war. Was war er dann? Untot? In jenen Wandelschlaf verfallen, der dem vampirischen Zustand vorausgeht? War er letztlich doch der Verlockung des Vampirismus erlegen? Hatte Wratha oder einer der Ihren sich seiner bemächtigt? Maglore seufzte. Vielleicht wäre es besser gewesen, er hätte ihn sich selbst untertan gemacht...

An allen Traumorten der Thyre hatte die Dunkelheit plötzlich noch an Finsternis gewonnen. Denn die Uralten bemerkten ebenfalls Nathans Fortgang aus dieser Welt, aber sie wussten ein bisschen mehr als die anderen – dass er nämlich nicht tot war. Denn in jenem Fall wäre er einer der Ihren geworden, ein geehrtes Mitglied einer erlesenen ›erloschenen‹ Gesellschaft, in der seine Stimme jederzeit willkommen gewesen wäre. Nein, er war nicht tot, sondern ihnen *entrückt,* entführt, an einen Ort versetzt, von dem niemand je zurückgekehrt war.

Die zahllosen Toten der Sonnseite wussten es ebenfalls und fühlten sich nunmehr sicherer, allerdings schämten sich manche auch ein bisschen dafür. Aber die Menschen ernten nun einmal, was sie säen, und im Sohn findet sich *immer* etwas vom Vater wieder. Vielleicht hatte Nathan eine Bedrohung dargestellt, vielleicht auch nicht. Jetzt machte es jedenfalls keinen Unterschied mehr, denn er war weg. Von allen, die in die Luft und die Erde der Sonnseite eingegangen waren, vermisste ihn allein Jasef Karis und wünschte sich, dass er mit ihm gesprochen hätte.

Aber keiner von ihnen – weder Eygor noch Maglore, die Thyre oder sämtliche Toten der Sonnseite zusammen – hätte sich je träumen lassen, dass sie Nathans Stimme erneut hören oder sein Licht wie zuvor in der Finsternis leuchten sehen würden ...

Nestors Erwachen geschah langsam und unter Schmerzen. Seine Augen brannten, sein Rücken war fast entzwei, aber sein Verstand ... war frei von Zahlen! Mit dieser Erkenntnis kam auch alles andere wieder zurück:

... Der geblendete Flieger, dem das Gesicht halb weggeschossen worden und dessen winziges Gehirn von giftigem Silberschrot durchdrungen war. Nestor schwankte blind im Sattel, sein Gesicht war eine einzige blutige Masse, und das Bewusstsein drohte ihm zu schwinden, als er sein verkrüppeltes Reittier wieder in die Höhe zwingen wollte, fort von hier zur Sternseite. Er erinnerte sich an einen langen, niedrigen Gleitflug und daran, dass er dem Geist des Fliegers seinen Willen nicht aufzuzwingen vermochte. Es glich schon einem Wunder, dass die Bestie so lange in der Luft geblieben war.

Dann der Absturz: der furchtbare Schlag, als er vom Rücken des Fliegers geschleudert wurde, sein Körper sich in der Luft überschlug, gegen den Stamm eines riesigen Baumes krachte, durch die Äste stürzte, die unter seinem Gewicht zerbrachen, und auf dem Waldboden aufschlug. Danach ... wurde es dunkel um ihn.

Und später?

Pflegende Hände, die ihn behutsam berührten? Salben und Verbände, um den Heilungsvorgang zu unterstützen, den Nestors Schmarotzer schon eingeleitet hatte? Es folgten kurze Zeiten, in denen er wieder zu sich kam, in denen er merkte, dass jemand sich in seiner Nähe bewegte, sich um ihn kümmerte, ihm sogar eine scheußliche Suppe einflößte, die sein Körper bereitwillig annahm, obwohl sie nicht seiner üblichen Speise entsprach. Es konnte nur bedeuten, dass es ihm gelungen war, wieder auf die Sternseite zurückzukehren, und dass Wratha ihn nach dem Absturz zwischen den hohen zähen Fichten des Grenzgebirges unterhalb der Baumgrenze gefunden und in den letzten Horst zurückgebracht hatte.

Aber als er versuchte, mit ihr zu sprechen, war es nicht die Stimme der Lady Wratha, die ihm antwortete. Und weil seine Augen so schwer verletzt und verbunden waren, hatte er jene nicht zu Gesicht bekommen, die seinen bebenden Leib in Decken hüllten, um ihn zu wärmen, ihn fütterten, ihm den Silberschrot aus dem Gesicht zupften und sicher durch den Verlauf des Fiebers geleiteten.

Schließlich hörte er ihr Flüstern und spürte wieder die Schmerzen in seinem Rücken und die Pein in seinem verwüsteten Gesicht. Aber als sie ihm den Verband abnahmen, verhielt er sich ruhig und lauschte ihrem leiser werdenden Geflüster, als sie bemerkten, dass er erwacht war. Dann zwang er langsam und allmählich seine Augen, sich zu öffnen, auch als der Schorf schmerzhaft aufriss und Eitertropfen herabsickerten, während ein Teil seiner Sehfähigkeit zurückkehrte.

Aber war der Raum so dunkel, oder lag es an seinen Augen? Beides, wie er wohl wusste. Er war auf dem Weg der Besserung, aber noch nicht zur Gänze geheilt. Denn selbst ein dunkles Gemach würde einem Wamphyri taghell erscheinen. In diesem Raum jedoch schien ein dicker, grauer Dunst zu schweben, und seine Augen brannten wie Feuer, wenn er sich blinzelnd bessere Sicht verschaffen wollte. Nur klärte sich sein Sehvermögen eben nicht. Er war halb blind und hatte noch einen langen Weg vor sich, ehe sein Vampir ihn wieder voll und ganz hergestellt hatte.

Er regte sich, stöhnte auf, streckte seine Glieder und überprüfte seinen Körper. Und die Wesen, die ihn gerettet hatten, wichen wie Schatten zurück und verließen diesen dunstigen Raum, der voller grauer Umrisse und muffiger Gerüche war. Ihre Bewegungen erschienen ihm sonderbar; sie wirkten unbeholfen, als wären sie ebenso schlimm verletzt wie Nestor oder noch schlimmer. Zumindest war er sich der Tatsache bewusst, dass ihm sein Blut durch die Adern floss, und er wusste, dass seine Glieder ihm gehorchten. Noch war er schwach, aber bald würde er wieder stark sein, und mit der Zeit würde er auch wieder so gut sehen können wie ehedem. Nur vorerst noch nicht.

Da Nestor nun allein war, streckte er eine zitternde Hand aus und betastete seine Bettstatt, die Wand, die Kante eines Tisches. Alles bestand aus Holz und fühlte sich warm an – ganz und gar nicht wie der vertraute kalte, graue Stein des letzten Horstes. Was für ein Ort war dies? Wo befand *er* sich, und wieso war er erwacht? Tief in ihm regte sich grinsend und röchelnd ein sonderbares Gefühl, ein instinktives Grauen, und vor seinem geistigen Auge stieg ein Bild aus seiner Vergangenheit auf:

Darin ging es um einen Flieger, aus dessen aufplatzender, schrumpfender Haut Rauch und Dampfschwaden quollen, der seine scheußlichen Körperfette von sich gab, während die Sonne wie Säure an ihm fraß und ihn zu schleimiger Asche verbrannte! Die Sonne ...! Hatte das ihn aufgeweckt – die Angst vor der Sonne? Aber warum? Wo befand er sich ... und welche Tageszeit herrschte gerade?

Jemand betrat den Raum, und Nestor erstarrte. Dann versuchte er seine Angst zu bezähmen, als der graue Schatten näher trat und neben seinem Bett stehen blieb. Seine Angst? Aber wovor denn? Er war Lord Nestor von den Wamphyri!

»Was ...?«, brachte er röchelnd über die verschorften, aufgerissenen Lippen. »Wer?«

»Ah ja!« Der graue Umriss nickte. »Du wirst dich also erholen und zur Sternseite zurückkehren. Gut!«

Aber obwohl die Stimme warm und nicht unfreundlich klang, lag etwas seltsam Verbittertes und ... Zufriedenes in ihrem Ton. Was hatte sie gesagt? Etwas über eine *Rückkehr* zur Sternseite? Plötzlich übermannten Nestor Zorn und Enttäuschung. Er mühte sich in eine sitzende Haltung und strengte seine verletzten Augen an, bis der dunstige Umriss vor ihm sich etwas verfestigte und die Züge seines Gegenüber unter der Kapuze eines Umhangs deutlich wurden. Aber diese Züge blieben grau, waren kaum scharf gezeichnet und wirkten seltsam ... unvollständig. Die gespenstische Gestalt stützte sich leicht auf eine Krücke unter ihrer rechten Schulter, und der Umhang umgab ihren mageren Leib wie ein Leichentuch.

»Es ist so dunkel hier drin«, sagte Nestor. Klang er nun einfältig – oder nur hoffnungsvoll.

Der andere schüttelte den Kopf. »Nein, es ist hell genug. Jedenfalls bald.«

Nestors Pein drohte ihn erneut zu überwältigen. Er war zwar ein Wamphyri, aber noch beherrschte er ihre Künste nicht zur Gänze. Noch konnte er seine Schmerzen nicht unterdrücken. So gut er es vermochte, schob er sie von sich und fragte: »Wer bist du, und was ist das hier?«

»Mein Name ist Uruk Piatra, genannt Uruk der Langlebige«, antwortete der Graue und zuckte dabei die Achseln. »Kein zutreffender Name, wie ich fürchte. Und was diesen Ort angeht ... es ist eine Kolonie der Aussätzigen!«

Für einen Augenblick erstarrte Nestors Gehirn: eine Aussätzigenkolonie! Lepra, der Fluch der Vampire! Doch im nächsten Moment explodierte er in wirbelnder Bewegung. Er schwang die Beine unter der Decke hervor und packte die lose herabhängenden Ärmel am Umhang des anderen. Aber die Ärmel waren leer und trugen sein Gewicht nicht. Sie rissen an den Schultern ab und zerfielen in Nestors Händen, als er aufs Bett zurücksank. Und er sah, dass Uruks dürre Arme in pilzbleichen Stummeln an den Ellbogen endeten!

Dann rauschte das Adrenalin durch ihn – und der Wahnwitz des vampirischen Fluchtreflexes brach sich Bahn und ließ

Nestor seine bisherigen Schmerzen vergessen. In blindem Entsetzen floh er aus der Kolonie in die Wälder. Doch selbst dort gab es keine Schonung, denn im Süden wurde das Licht immer heller und stärker. Im Nebeldunst von Nestors Wahrnehmung standen graue, gespenstisch dürre Gestalten zwischen den Bäumen, als er mal hierhin, mal dorthin hetzte, um ihnen zu entrinnen. Er krachte in vollem Lauf gegen einen Käfig mit gackernden Hühnern und legte ihn dabei in Trümmer, stürzte gegen einen Zaun und Hals über Kopf darüber und spürte keinen Schmerz mehr, nur noch Furcht, als er tiefer und tiefer in den allmählich heller werdenden Wald rannte, um nach einem Versteck zu suchen.

Nach einem tiefen Loch, in dem er sich vor der Sonne verbergen und abwarten konnte, bis der lange Tag vorüber war. Nach einer Zuflucht, in der er sich ausruhen und erholen, schlafen und träumen konnte – von den Dingen, die geschehen waren, und von jenen, die sich erst noch ereignen würden ...

Und gewiss konnte er dabei auch seinen Albträumen freien Lauf lassen ...